AF534797

Angelika Lauriel hat in Saarbrücken Übersetzen und Dolmetschen Englisch/Französisch studiert. Sie schreibt Kinder- und Jugendbücher sowie zeitgenössische Romane für Erwachsene, außerdem Kurzgeschichten für Anthologien und wird seit 2010 verlegt. Neben Humor, Emotion und dem „allzu Menschlichen" sind ihr gut gezeichnete Charaktere wichtig. Für fünf Jahre unterrichtete sie Deutsch als Zweitsprache an weiterführenden Schulen. Seit 2020 übersetzt sie Romane aus dem Englischen und ist für mehrere Verlage als Lektorin tätig. Lauriel ist Mitglied bei „Mörderische Schwestern e.V.", „DELIA – Vereinigung zur Förderung deutschsprachiger Liebesromanliteratur", „Montsegur Autorenforum" und dem „Selfpublisherverband". Die Autorin lebt mit ihrer Familie und der französischen Bulldogge Banou im Saarland. Ihre drei Söhne sind inzwischen erwachsen und haben nach und nach das heimische Nest verlassen.

ANGELIKA LAURIEL

Sommerduft und Weißweinküsse

ROMAN

Überarbeitete Neuasugabe September 2022

Sommerduft und Weißweinküsse

ISBN 978-3-96087-215-6
E-Book-ISBN 978-3-96087-188-3

Covergestaltung: Grit Bomhauer
Umschlaggestaltung: ARTC.ore Design
Unter Verwendung von Abbildungen von
shutterstock.com © alaver, © Ann in the uk, © Elena Istomina,
©Adopik
Lektorat: Sandra Florean
Satz: dp DIGITAL PUBLISHERS GmbH
Druck und Bindung: Books on Demand GmbH, Norderstedt

Kapitel 1

»Ich liebe dich.«

Hatte Leah das tatsächlich gehört?

»Niemand hat solche moosgrünen Augen wie du, Leah!«

Schlagartig fühlte sie sich nüchtern. Das durfte nicht wahr sein. Und wenn, hatte Tom es hoffentlich nicht so gemeint. Bis vor einer Minute war dies die lustigste Geburtstagsfeier gewesen, die Leah je erlebt hatte. Sie war zweiunddreißig geworden, und ihr Leben könnte nicht besser sein.

Tom legte seine Hand auf ihre. »Und dazu deine Schneewittchenhaut! Ich krieg dich einfach nicht aus dem Kopf ...«

Hastig zog sie ihre Hand weg, griff nach ihrem Glas und trank aus. Es war schon spät, und ihre Gäste waren bereits gegangen. Nur Tom saß noch bei ihr in der Karaokebar in Freiburg. Der Einzige, den sie nicht eingeladen hatte. Warum auch? Sie hatte ihn seit zwei Jahren nicht gesehen.

Alle, die in Leahs Leben eine Bedeutung hatten, waren da gewesen – bis auf ihre beste Freundin Silvie. Sie konnte nicht, weil ihre kleine Tochter krank war.

Und dann, gegen zehn Uhr, war Tom plötzlich aufgekreuzt und hatte jede Gelegenheit genutzt, in Leahs Nähe zu gelangen. Jetzt saß er ihr gegenüber, das Kinn in die Hand gestützt, und betrachtete sie mit versonnenem Blick. Leah beschloss, auf sein Gemurmel nichts zu erwidern. Sicher hatte sie es sich nur eingebildet. Mit den Fingern fuhr sie sich durch das lange Haar, das bei dem Abba-Auftritt vorhin durcheinandergeraten war.

»Wir sollten gehen, Tom.« Die Unsicherheit, die seine Worte in ihr wachgerufen hatten, ärgerte sie. »War eine schöne Party, oder?«

»Absolut! Hörst du, welches Lied gerade gesungen wird?«, fragte er dann.

Sie lauschte. O nein, Nickelbacks »Trying not to love you«. Kein Wunder, dass er rührselig war. Leah deutete ein Nicken an, drehte sich um und hielt nach dem Barkeeper Ausschau, um ihm zu bedeuten, dass sie zahlen wollte. Der warf den Bon aus und schlängelte sich zum Tisch durch.

Nachdem Leah gezahlt hatte, klopfte sie mit der Hand auf den Tisch. »Zeit fürs Bett, Tom. Wie kommst du nach Hause?«

Er hörte ihre Frage nicht, denn mit dem ausklingenden Lied sang er leise mit: »... cause trying not to love you only makes me love you more.«

Leah verdrehte die Augen. »Tom, bitte, das bringt nichts.«

Tom und sie hatten sich vor zwei Jahren getrennt, und erst vor Kurzem hatte Leah es geschafft, ihn nicht mehr zu hassen. Und das, obwohl er sie in ihren drei gemeinsamen Jahren mehrmals betrogen hatte.

»Leah, ich vermisse dich.«

Sie schluckte. Sein Geständnis kam unerwartet und weckte Erinnerungen, die sie nicht mehr zulassen wollte. Zu sehr hatte er sie verletzt. »Unsinn. Du machst dir was vor.«

»Ich würde gern wieder mit dir zusammenziehen, Leah.«

Das meinte er ernst!

»Blödsinn ... Lass uns gehen.« Sie angelte nach ihrer Jacke und Handtasche und schob sich auf der Bank hinter dem Tisch heraus. Dann griff sie nach seinem Oberarm, um ihn zum Aufstehen zu bewegen. Er schwankte leicht und warf ihr den Dackelblick zu, mit dem er sie in der ersten Zeit ihrer Beziehung zu allem hatte herumkriegen können. Sie lachte unsicher und beschloss, ihn nach draußen zu lotsen. Sie zog ihn hinter sich her durch das Lokal und winkte ein paar Bekannten zu.

Der Kellner öffnete mit einem Augenzwinkern die Tür. »Gute Nacht.«

Draußen ließ sie Tom los, zog ihre leichte Jacke über und sah ihm in die Augen. »Tom, hör mir zu.«

Er schwieg.

»Du fährst jetzt mit dem Taxi nach Hause, schläfst dich aus, und morgen, wenn du wieder nüchtern bist, ist alles gut.«

Er legte ihr eine Hand auf den Arm. »Gib mir eine letzte Chance, Leah. Ich gelobe Besserung!«

»Du hattest deine letzte Chance bereits, das hat nicht funktioniert. Uns beide gibt es nicht mehr als Paar. Nie mehr.«

Leah war erst hinter Toms Untreue gekommen, als Silvie es nicht mehr aushielt, seine Betrügereien mit anzusehen, und ihr reinen Wein einschenkte. Tom war der Typ Schwiegermuttertraum. Aber dass er seinen Jagdtrieb einfach nicht in den Griff bekam, hatte ihrer Beziehung das Genick gebrochen. Es war Leah nicht leichtgefallen, ihre Vision von Tom und sich zu begraben, und erst, nachdem ihr das gelungen war, hatte sie wieder Leichtigkeit zulassen können.

In diesem Moment hatte sie nicht die geringste Lust, ihre gemeinsame Geschichte nochmals durchzukauen, zumal er getrunken hatte. Am nächsten Morgen sähe er es hoffentlich wieder mit anderen Augen.

Kurzerhand winkte Leah ein Taxi herbei, das in Sichtweite wartete, nannte dem Fahrer Toms Anschrift und bugsierte ihn auf die Rückbank. Leahs Frage, ob er genug Geld dabeihabe, beantwortete er mit einem Nicken.

»Gute Nacht.« Leah blickte den Rücklichtern hinterher, als sich das Taxi in den Verkehr einreihte. Nachdenklich drehte sie sich um und machte sich zu Fuß auf den Weg nach Hause, denn sie musste nur quer durch die Altstadt, und es war eine laue Sommernacht. Leah brauchte einen Moment, um die Gefühle abzuschütteln, die Toms Geständnis in ihr wachgerufen hatte. Sie wollte ihn nicht wieder in ihr Leben lassen.

Langsam schlenderte sie durch die leeren Straßen zum Schwabentor, in dessen Nähe sie wohnte, und ließ den Tag Revue passieren. Es war eine schöne, ausgelassene Geburtstagsparty gewesen. Nur der Moment, als ihre Freunde die scheinbar unvermeidliche Frage aufbrachten, warum sie nach zwei Jahren noch Single war, hatte sie nachdenklich gemacht. Und dann tauchte Tom auf und verunsicherte sie mit seinem Geständnis noch mehr.

Früher hatte Leah geglaubt, man könne nicht glücklich sein, wenn man allein war. Völliger Quatsch. Nach der Geschichte mit Tom hatte sie von den Kerlen erst einmal die Nase vollgehabt. Ihn hatte sie ernsthaft für ihren Traummann gehalten. Inzwischen wusste sie, dass sie sich das damals erfolgreich eingeredet hatte, weil es mit siebenundzwanzig Jahren langsam Zeit wurde, den Partner fürs Leben gefunden zu haben. Alle in ihrem Alter waren jedenfalls mehr oder weniger fest liiert.

Tom war, als sie ihm seine Untreue auf den Kopf zusagte, ehrlich zerknirscht gewesen. Und sie Dummkopf hatte sich überreden lassen, es noch einmal zu versuchen. Noch heute wurde ihr flau im Magen, wenn sie daran dachte, wie sie nur zwei Wochen später vorzeitig von einem Übersetzungsseminar zurückgekommen war. Sie hatte ihn vermisst. Und dann hatte sie ihn mit seiner Ex in ihrem Bett erwischt. Das war der endgültige Schlusspunkt gewesen.

Sie war an dem Mietshaus angekommen, in dem sie ganz oben wohnte – eine wunderschöne kleine Wohnung mit winziger Dachterrasse. Sie schloss auf und stieg die drei Stockwerke nach oben.

In ihrer Wohnung zog sie ihr Handy aus der Tasche, um es an das Ladekabel anzuschließen. Aus Gewohnheit checkte sie den Maileingang. Sie hatte sich als Übersetzerin in ihren Spezialgebieten Weinbau, Hotelfach und Landwirtschaft einen Namen gemacht. Es war ein Glücksgriff gewesen, ihre Liebe für Sprachen mit ihrer Naturverbundenheit, der Lust an gutem Essen und an Weinen – ein Erbe ihres in der Champagne aufgewachsenen Vaters – zu verbinden und zum Beruf zu machen. Sie hatte sich Übersetzen bereits mit zwölf Jahren als Traumberuf erkoren, und daran hatte sich nichts geändert.

Wenn man nach einer Übersetzerin für diese Bereiche googelte, tauchte der Name Leah Bonnet sogar unter den ersten Einträgen auf. Das hatte sie sich erarbeitet, und sie war stolz darauf.

Tatsächlich entdeckte sie an diesem Abend eine Übersetzungsanfrage in ihrem Postfach.

Sehr geehrte Frau Bonnet,
ein französischer Kollege hat mir Ihren Namen genannt, als ich mich nach einer guten Übersetzungsagentur erkundigte. Ich bin elsässischer Weinbauer und erweitere meinen Absatzmarkt in Deutschland und Frankreich. Ich brauche möglichst bald mehrere Übersetzungen und Überarbeitungen meiner Werbetexte für Produktflyer und meine neue Website, die auf Französisch und Deutsch sein soll. Man sagte mir, Sie sind zweisprachig, kennen sich in der Branche aus und liefern zuverlässig und schnell. Sie müssten meine Textvorlagen der hochdeutschen Sprache anpassen und ins Französische übersetzen.
Im Mailanhang finden Sie die Texte, um die es geht. Ich würde mich sehr freuen, wenn Sie mir bis übermorgen Ihr Angebot unterbreiten könnten.
Mit freundlichen Grüßen
Marc Wolfler

Wolfler – das Weingut war ihr vage ein Begriff. Sie erinnerte sich an das Familienunternehmen, das sie vor vielen Jahren kennengelernt hatte, als sie mit Silvie zusammen an der Elsässer Weinstraße bei der Lese half. Eine wunderschöne Region, und die Menschen sprachen meist den elsässischen Dialekt. Das Ehepaar, das das Gut damals geführt hatte, war sehr freundlich gewesen. Offensichtlich lag das Unternehmen nach wie vor in Familienhand.

Leah öffnete den Dateianhang und überflog die Texte. Der Aufbau der Flyer gefiel ihr, er war modern und selbstbewusst. Die Inhalte waren für Leah kein Neuland, obwohl Familie Wolfler von den üblichen Floskeln abwich. Hier und da war tatsächlich der dialektale Einfluss zu spüren. Es sprach nichts dagegen, den Auftrag anzunehmen. Es dürfte leicht verdientes Geld werden, auch wenn es eilig klang. Leah beschloss, die Anfrage gleich am nächsten Tag zu beantworten. Wie schön, wieder an die Zeit mit Silvie im Elsass zu denken. An das besondere Licht, das am frühen Morgen und abends die gesamte Region wie ein Märchenland aussehen ließ. Leah freute sich auf diesen Auftrag.

Kapitel 2

Am nächsten Morgen spürte Leah nur leichten Druck im Kopf. Gut, dass sie gestern nicht zu viel getrunken hatte. Nach einer ausgiebigen Dusche setzte sie sich mit einer Tasse Kaffee und ihrem Frühstücksmüsli an den Schreibtisch und fuhr den PC hoch, um die Mail von Herrn Wolfler zu öffnen. Sie klickte auf »Antworten«.

Sehr geehrter Herr Wolfler,
gern übernehme ich diesen Auftrag. Meine Konditionen finden Sie in meiner Honorartabelle im Anhang.
Mit freundlichen Grüßen
Leah Bonnet

Er reagierte schnell. Zehn Minuten später hatte sie seine Bestätigung. Wunderbar, durch den kleinen Zeitdruckaufschlag würde sie damit eine schöne Summe verdienen. Entschlossen begann sie mit dem ersten Flyertext und war nach kurzer Zeit so in ihre Arbeit vertieft, dass sie alles um sich herum vergaß. Wie immer, wenn sie in die Feinheiten des Weinbaus einstieg, fühlte sie sich ihrem Vater nahe. In ihrer Kindheit hatten sie oft die Sommerferien in seiner Heimat verbracht und ihren Onkel besucht, der Kellermeister bei einer der berühmtesten Champagnermarken war. Den Geruch der Crayères, der unterirdischen Kreidestollen bei Reims, in denen der Champagner lagerte, verband sie mit wunderschönen Erinnerungen, und der typische, leicht gärige Traubenduft in den Kellern löste unweigerlich Wohlbefinden bei ihr aus. Der Effekt stellte sich auch ein, wenn sie an Texten arbeitete, die mit der Thematik zu tun hatten, so wie jetzt. Wahrscheinlich war das der Grund, weshalb sie ihre Arbeit so liebte.

Als das Telefon klingelte, schrak sie auf. Sie checkte die Nummer auf dem Display und ging ran. »Hallo Silvie!«

»Na, wie geht's dir?«

»Prima. Ich habe einen neuen Übersetzungsauftrag. An dem sitze ich gerade.«

»Es tut mir so leid, dass ich gestern nicht kommen konnte.« Silvie wusste alles über Leah und sie alles über Silvie. Seit der Oberstufe im Gymnasium waren sie beste Freundinnen. Sie hatte Leah damals ein paar Jahre hintereinander zur Weinlese mitgenommen – meist im Elsass, weil ihre Großeltern von dort stammten. Sie hatte nicht lange gebraucht, um Leah zu überzeugen. Seit Silvie ein Kind hatte, war sie für Leah wie eine Heldin. Leah verstand nicht, wie sie es schaffte, den Familienalltag und ihren Beruf unter einen Hut zu bekommen. Sie schrieb immer noch für die größte Württembergische Tageszeitung und außerdem für mehrere Magazine, darunter das eine oder andere für Frauen.

»Ja, schade. Geht's Kim wieder gut?«

»Geht so. Sie schläft noch. Du, sag mal, magst du nicht auf eine Tasse Kaffee vorbeikommen? Hier wartet eine Überraschung auf dich. Und ich kann ja nicht weg wegen Kim.«

In letzter Zeit schafften sie es selten, sich zu treffen. Leah schielte auf den Bildschirm und sah, dass sie ein ordentliches Stück weggearbeitet hatte. Eine Pause konnte nicht schaden.

»Super Idee«, sagte sie also. »Ich bin in ein paar Minuten bei dir.«

Silvie wohnte in ihrem Elternhaus im historischen Zentrum des Städtchens. Wenig später huschte Leah durch die angelehnte Eingangstür ihres Häuschens hinein und zog sie leise ins Schloss. Ihre fünfjährige Patentochter Kim hatte einen leichten Schlaf, und wenn sie krank war, wachte sie noch schneller auf. Leah schlich zur Küche, aus der sie leise das Radio hörte.

Silvie stellte gerade zwei Untertassen neben eine Schale mit Gebäck auf den Tisch. Sie sah Leah, kam auf sie zu und zog sie in die Arme. »Alles Liebe! Wie war die Karaokeparty?«

Während Silvie Kaffee aufbrühte, schilderte Leah, wie sie den Tag verbracht hatte. »Es war schön«, schloss sie, »nur eines nervt.«

»Was meinst du?«

Sie schnalzte mit der Zunge. »Die ewige Frage, warum ich Single bin.«

Silvie zog eine Braue hoch und schob ihr den Teller mit den Keksen hin. »Mach dir nichts daraus. Wahrscheinlich meinen sie es gut.«

»Kann sein, trotzdem fühle ich mich, als müsse ich mich rechtfertigen.« Silvie beobachtete sie über den Rand ihrer Tasse hinweg und schwieg. Leah machte eine vage Bewegung mit dem Arm. »Außerdem ist Tom gestern aufgekreuzt, stell dir vor! Und er wurde umso anhänglicher, je mehr er intus hatte.«

Silvie wusste, wie lange Leah gebraucht hatte, um ihren Groll über Tom zu verarbeiten. Wie oft hatte ihre Freundin sie getröstet und ihr Papiertaschentücher gereicht, um sich die rotverheulten Augen zu wischen und die Nase zu putzen.

»Nicht wirklich, oder?« Silvie zog eine missbilligende Grimasse. »Warte eine Sekunde.« Sie sprang auf und verließ die Küche. Kurz darauf kam sie mit ihrem Notebook zurück. »Ich sagte doch, ich hätte eine Überraschung für dich ...« Sie schob ihre Tasse zur Seite, öffnete das Notebook und fuhr es hoch. »Ich finde, du solltest dir was gönnen.«

»Was gönnen?«

Sie hackte auf die Tastatur ein und nickte. »Genau, und damit kommen wir zu meinem Geschenk. Was hältst du von ein paar Wellnesstagen? Einfach ausspannen und dich verwöhnen lassen.«

Leah musste lachen. »Hm, nicht gerade jetzt, ich habe doch diesen Übersetzungsauftrag bekommen.«

»Erzähl!«

»Genau mein Ding: ein paar Werbetexte für einen Weinbaubetrieb. Wolfler heißt er, im Elsass.«

»Im Elsass?« Ihr Gesicht strahlte. »Weißt du noch, die drei Jahre, in denen wir bei der Weinlese waren?«

»Allerdings.« Leah lächelte, weil Silvie verträumt aus dem Fenster blickte und dort offenbar Dinge sah, die sie selbst nicht wahrnahm.

»Erinnerst du dich, wie die Weinberge in der Sonne lagen? Sattgrün, und morgens der Tau in den Spinnweben?«

Sofort entstand das Bild vor Leahs innerem Auge. Die Weinberge, die sich in wellenförmigen Hügeln in der Region von Colmar und Ribeauvillé erstreckten. Sie sahen sich an und brachen in Kichern aus. Unvermittelt hob Silvie die Rechte, Leah klatschte ab.

»Das war eine geile Zeit«, sagte Silvie.

»Und nicht nur wegen der Landschaft.«

Silvie konzentrierte sich wieder auf den Computer und murmelte vor sich hin. Dann blickte sie auf. »Erinnerst du dich an meine Kolumne neulich über Ruheoasen in unserer hektischen Zeit?«

»Klar.«

»Dadurch bin ich auf die Idee für dein Geschenk gekommen. Bei der Recherche habe ich ein paar sehr schöne Wellnesshotels gefunden.«

Leah begriff. »Du willst mich in eines dieser Häuser schicken?«

Silvie nickte begeistert. »Genau, und das so schnell wie möglich.« Schon tippte sie wieder auf der Tastatur herum.

Leah konnte auf dem Bildschirm aufgrund des Winkels, in dem er eingestellt war, nicht viel erkennen; sie sah nur, dass Silvie mehrere Seiten nacheinander öffnete.

Währenddessen redete sie weiter. »Du kannst im Prinzip deine Übersetzung auch mitnehmen, oder? Wenn das so ein Traumjob ist, stört er ja nicht die Ruhe, die du dir gönnen sollst.«

»Schon ... Was soll ich abends auch machen, allein im Hotel? Dort sind eh nur Rentner und Frauenbanden unterwegs.« Leah grinste.

Silvie zwinkerte ihr zu. »Sei dir mal nicht so sicher.« Sie klickte sich weiter durch ein paar Seiten. »Du würdest also fahren?«

»Muss es sofort sein?«, fragte Leah. So war Silvie schon immer gewesen. Sie war nicht der Typ, der Dinge aufschob.

»Warum nicht?«, stellte sie die lapidare Gegenfrage. »Du bist doch frei.« Sie feixte. »Jedenfalls sagst du das ständig.« Silvie drehte den Minirechner zu ihr um.

Darauf waren mehrere Hotels zu sehen, die in der besagten Weinbauregion lagen. Viel Fachwerk, viel Grün, viel Natur. Traumhaft schön. Aber jetzt, mitten in der Feriensaison? Da wäre doch alles überlaufen.

»Diese Wellnesshotels hier sind noch neu und haben alle vergleichbare Schnupperangebote.«

Sie schoben die Köpfe zusammen und klickten die kleinen Fotos nacheinander an, um sie zu vergrößern. Leah merkte, wie reizvoll sie Silvies Idee fand. Bei einem modernen Hotel mit dem Anhang Spa im Namen blieb sie hängen. »Das sieht gut aus«, sagte sie. »Geh mal auf die Homepage.«

»Ach ja, das kenne ich, es hat vor ein paar Monaten eröffnet.«

Leah sah ein schönes, modernes Haus, im Grünen gelegen. Eguisheim hieß der Ort. Bekannt für seinen Wein. Leah musste lachen. »Eguisheim? Dort liegt das Weingut, für das ich gerade übersetze.«

»Ha, wenn das kein Zufall ist! Nehmen wir es?«

»Ich denke drüber nach.«

Silvie tippte rasend schnell. »Zu spät.« Sie ließ sich nach hinten fallen, verschränkte die Arme und lächelte zufrieden.

»Wie jetzt?«

»Am Freitag fährst du nach Eguisheim. Zwei Übernachtungen. Mit der Option, auf eine Woche zu verlängern.« Sie strahlte. »Hot-Stone-Massage, Sauna und Pool inbegriffen, alles andere zubuchbar. Das ist mein Geschenk an die beste Freundin der Welt.« Sie zog Leah in die Arme. »Dort lässt du dich verhätscheln. Und du nimmst das neue Kleid mit, das wir dir ausgesucht haben. Keine Widerrede. Und wenn du klug bist, verlängerst du deine Auszeit auf eine Woche.« Sie zog den Kopf zurück und machte eine Schnute. »Vorausgesetzt natürlich, du erledigst diesen Traumjob in angemessener Zeit.«

Leah unternahm einen halbherzigen Versuch zu meutern. »Freitag? Das ist morgen! Spinnst du?«

»Ja, morgen. Genial, oder?«

Ein Grinsen stahl sich auf Leahs Gesicht. Typisch Silvie! Andererseits hatte sie recht. Ihre letzten Ausflüge waren allesamt beruflicher Natur mit eng getakteten Terminen gewesen. Da hatte es keine Möglichkeit gegeben zu entspannen. Ein Wochenende für sie. Und gab es für die Übersetzung der Wolflertexte einen besseren Rahmen als die elsässischen Weinberge? Wohl kaum.

Zu Hause rief Leah ihre Eltern an, um ihnen zu erzählen, dass sie verreisen würde. Ihre Mutter reagierte begeistert, als sie verstand, worum es ging.

»Gute Idee. Du siehst schon länger viel zu blass aus. Du vergisst vor lauter Arbeit ja das Leben. Und wer weiß, vielleicht triffst du dort jemanden wie Tom.«

»Du kannst es nicht lassen, oder? Ich bin glücklich. Außerdem reicht mir *ein* Tom im Leben völlig.« Leah beendete das Gespräch zügig, wie immer, wenn Mutter auf geplatzte Enkelträume zusteuerte. Trotzdem ließ sie sich davon nicht die Stimmung vermiesen, sondern arbeitete an der Übersetzung weiter.

Am frühen Nachmittag klingelte das Telefon, und noch bevor sie abhob, ahnte sie, wer dran war. Die

Rufnummer im Display bestätigte ihren Verdacht. Mit einem Lachen meldete sie sich. »Na, wieder nüchtern?«

Toms Stimme hörte sich noch ein bisschen mitgenommen an. Er hatte gestern definitiv ein oder zwei Bier zu viel getrunken. »Ich will mich entschuldigen.«

»Schon gut. Hauptsache, dein Kopf ist wieder klar.«

»Hm«, druckste er herum. »Weißt du, in letzter Zeit muss ich oft an dich denken. Sehr oft.«

Nicht schon wieder! Dem Ziehen in ihrem Bauch wollte sie sich nicht stellen. »Tom, lass gut sein.«

Als er schwieg, redete sie weiter. »Du, ich fahre für ein paar Tage weg, in ein Wellnesshotel. Silvie hat mir das Wochenende zum Geburtstag geschenkt.«

»Oh, okay. Ich wollte dich eigentlich ... Na, egal. Vielleicht können wir uns danach mal treffen?«

»Ach, Tom. Eher nicht. Ich habe auch so viel Arbeit ...« Sie ließ den Satz in der Luft hängen.

Tom räusperte sich. »Verstehe. Dann genieß die Zeit. Ich krieg mich wieder ein.«

Das hoffte sie! Wieder brauchte sie eine Weile, um die Erinnerungen an Toms Umarmungen aus dem Kopf zu verbannen. Doch den restlichen Tag nutzte sie, um den zweiten Wolflertext roh herunter zu übersetzen. Irgendwann packte sie ihre Reisetasche, wobei sie Silvies Rat beherzigte und das Sommerkleid mitnahm, das sie noch nie getragen hatte.

Am späten Freitagmorgen tuckerte sie über urige Landstraßen, die von Weinbergen gesäumt waren. Über den Hügeln strahlte ein wolkenfreier Himmel und ließ sie wie samtene, saftig-grüne Wellen aussehen. Gegen Mittag sah sie von ihrem Auto aus das Hotel am Ende der Straße, etwas abseits des Winzerorts

Eguisheim, und unverhofft machte die Vorfreude sie kribbelig. Ihr letzter Urlaub war schon so lange her!

Die erste Überraschung erwartete sie auf dem Parkplatz. Mit Mühe fand sie eine Lücke, und das nur, weil sie so ein kleines Auto besaß. Auf dem Weg zum Eingang des Hotels erkannte sie, dass das Haus größer war als gedacht. Ein modernes Gebäude, in dem viel Glas und Holz verbaut worden war. Der Architekt hatte ganze Arbeit geleistet, um eine Mischung aus hochmodernem Luxushotel und beschaulichem Fachwerkstil herzustellen. Wenn innen alles so schön war, wie das Haus von außen wirkte, erwartete Leah ein entspannendes Wochenende.

An der Rezeption empfing sie eine sehr schlanke Frau um die dreißig. Ihr perfekter Teint erinnerte sie an Nofretete; ein Eindruck, den die glatten, schwarzen Haare der Frau noch unterstrichen. Sie reichte Leah die Hand. »Madame Bonnet, herzlich willkommen. Ich bin Jeannette Ritter. Wir freuen uns, dass Sie unser Haus besuchen. Darf ich Ihnen einen Begrüßungscocktail reichen?«

Leah sah wohl etwas hilflos drein, denn während die Dame ihre Daten eintippte, fragte sie nach: »Möchten Sie einen Drink? Oder lieber ein alkoholfreies Getränk?« Mit eleganten Bewegungen trat sie dann hinter dem Tresen hervor und führte Leah zu einem kleinen Tisch, auf dem Sektgläser standen.

»Einen Hugo bitte«, sagte Leah. Doch als sie sah, wie Nofretete einen Crémant d'Alsace aus dem Kühlschrank nahm, änderte sie ihre Entscheidung.

»Wollen Sie diesen Crémant dafür verwenden?« Leah griff nach der Flasche, die Madame Ritter auf dem

Tisch abgestellt hatte, um inzwischen den Holundersirup zu öffnen. Das Etikett war puristisch. Darauf prangte in einem kantigen, schattierten Schriftzug der Name des Weinguts, und in der rechten unteren Ecke war die Silhouette eines einzelnen Wolfs zu sehen. Leah erkannte das Motiv sofort wieder, denn es gehörte zu dem Weingut, dessen Texte sie übersetzte.

»Den würde ich lieber pur probieren.«

Jeannette Ritter sah ihr einen Moment in die Augen. Ihr Blick erinnerte sie nun ebenfalls an Nofretete. Eine Frau wie sie hätte Leah hier nicht erwartet. Sie atmete unwillkürlich den Duft ihres Parfums ein – eine edle Marke. Die Hoteluniform, bestehend aus Bleistiftrock und schmal geschnittener, ärmelloser weißer Bluse, stand ihr ausgezeichnet.

»Gern«, sagte sie schließlich lächelnd. »Ich würde ihn, ehrlich gesagt, auch nicht mischen. Andererseits ist ein Cocktail nur so gut wie seine Zutaten, und da können Sie mit dem Wolfler keinen Fehler machen, n'est-ce-pas?«

Sie schenkte ein, und nachdem der Schaum auf der hellen Flüssigkeit in sich zusammengefallen war, nahm Leah einen Schluck. Köstlicher, intensiver Fruchtgeschmack perlte auf ihrer Zunge. Sie nippte noch einmal und behielt den Crémant einen Moment im Mund.

»Ich sehe, er schmeckt Ihnen.« Nofretete schenkte Leah erneut ihr Lächeln. »Es ist ein Crémant aus unserer Region. Wolfler hier aus Eguisheim. Ich kenne den Winzer persönlich.« Wurde sie rot, als sie das sagte, oder war es nur eine Sinnestäuschung?

Leah schmunzelte. »Er schmeckt mir noch besser als vor dreizehn Jahren, als ich zur Weinlese hier war.«

»Ach, Sie kennen sich aus ...« Ihr Lächeln wurde herzlicher. »Damals müssen die Senioren noch das Gut geführt haben, n'est-ce-pas? Ich bin erst seit acht Jahren hier.«

»Ja, ich kann mich dunkel an ein freundliches Ehepaar erinnern. Nach dem Abi habe ich in Heidelberg Übersetzen studiert und danach noch einige Jahre dort gelebt. Seit der Schule war ich nicht mehr hier.«

»Ah, daher auch der fehlende Akzent. Sie arbeiten mit Sprachen?« Jeannette Ritter taute sichtlich auf.

Leah beneidetes sie heimlich um ihren Oliventeint. Dagegen kam sie sich mit ihrer blassen Haut gleich käsig vor. Und wer behauptete, Sommersprossen seien sexy, hatte vermutlich nie den direkten Vergleich gesehen. Doch sie schob den Anflug kleinlichen Neids beiseite. Jeannette Ritter war ihr sympathisch, und sie dachte bei sich, dass der Mann, der mit ihr zusammen war, das große Los gezogen hatte.

»Ich bin Diplomübersetzerin«, beantwortete sie die Frage. »Und zufällig übersetze ich oft für Winzer, Sterneköche und Hoteliers. Macht Spaß und führt dazu, dass man ab und an in den Genuss kommt, einen edlen Tropfen zu kosten.« Sie nahm einen weiteren Schluck und hob das Glas hoch, sodass sie beide die Perlen beobachten konnten, die vom Boden des Glases nach oben trudelten. »Und jetzt raten Sie, von wem ich kürzlich einen Auftrag bekommen habe.«

Jeannette Ritter blinzelte. »Von Marc Wolfler etwa?«

Sie prostete ihr zu. »Von eben jenem. Jetzt weiß ich auch, welches Produkt ich damit bewerbe. Nicht übel.«

»Kennen Sie ihn?« Nofretetes Blick hatte etwas Lauerndes angenommen.

Leah schüttelte den Kopf. »Nur per Mail. Ich habe schon mit der Übersetzung begonnen, und da scheinen keine Stolpersteine auf mich zu warten.«

»Umso besser«, murmelte sie und stellte die Sektflasche in den Kühlschrank, um zurück hinter den Empfangstresen zu gehen. »Hoffentlich bleibt's so.« Soeben betraten weitere Gäste die Lobby. Jeannette Ritter reichte ihr den Zimmerschlüssel und erklärte den Weg.

Bevor Leah der Beschreibung folgte, fragte sie: »Warum sagten Sie, hoffentlich bleibt's so?«

»Na ja, der Winzer ist ... schwierig.« Einen Augenblick schien es, als würde ihr Blick traurig, doch dann lächelte sie, nickte in Leahs Richtung und wandte sich den Neuankömmlingen zu.

Eine Stunde später hatte Leah ausgepackt und mit der Überarbeitung ihrer Rohübersetzung begonnen. Nun freute sie sich auf die Hot-Stone-Massage, die für sechzehn Uhr angesetzt war. Im weißen Bademantel, der im Zimmer bereitlag, durchquerte sie den Ruheraum vor den Behandlungszimmern und stellte fest, dass der Eindruck auf dem Parkplatz nicht getäuscht hatte: Das Hotel war für dieses Wochenende offenbar ausgebucht. Ältere Ehepaare und mehrere Frauengrüppchen hatten sich auf die bereitstehenden Liegestühle verteilt und unterhielten sich leise. Allerdings entdeckte Leah keine männlichen Gäste in ihrem Alter.

Dafür begrüßte sie in dem Behandlungsraum, in dem es nach Vanille und Zitronengras duftete, ein junger, drahtiger Mann namens Luc. Er bat sie, den

Bademantel abzulegen und sich auf den Bauch zu legen. Dann deckte er ihren Po mit einem Handtuch ab. Er zeigte ihr die schwarzen, flachen Lavasteine.

»Die speichern besonders gut Wärme. Ich habe sie schön heißgemacht, und während ich Ihren Rücken und Ihre Beine vorbereite, lassen wir sie ein bisschen abkühlen.«

Mit vorgewärmtem Massageöl rieb er ihr den Rücken ein, wobei er echtes Talent an den Tag legte. Leah schlummerte fast weg, als er auch ihre Beine komplett mit Öl einrieb. In der völligen körperlichen Entspannung musste sie auf einmal an Tom denken. In der Zeit, bevor sie ahnte und dann wusste, dass er sie betrog, war ihre Beziehung sehr intensiv gewesen. Tom behandelte sie zuvorkommend, er war aufmerksam und ein wundervoller Liebhaber gewesen.

Der Masseur strich mit den Steinen in kreisenden Bewegungen über Leahs Rücken und weckte damit sinnliche Empfindungen. Sie blendete seine Anwesenheit aus und schaffte es auch, Tom wieder aus ihren Gedanken zu vertreiben. Ihr Kopf war angenehm leer, und sie driftete davon wie bei einer Meditation.

»Madame Bonnet ...«

Schlagartig war sie wach und musste sich orientieren. Wo war sie?

Der Masseur beugte sich über sie. »Sie sind eingeschlafen.« Er grinste. »Ich glaube, die Massage hat Ihnen richtig gutgetan.«

Leah nickte schlaftrunken. Luc wurde plötzlich geschäftig. »Während ich aufräume, können Sie noch ein bisschen liegen bleiben ...«

Er sammelte alle Steine ein und legte sie in eine Spüle, öffnete das Fenster, um zu lüften, und pfiff fröhlich vor sich hin.

»Danke, Luc, das war eine neue Erfahrung für mich.« Leah reichte ihm die Hand. Er schüttelte sie lächelnd. Angenehm matt schlurfte sie zu ihrem Zimmer zurück. Silvie hatte recht behalten: Das hier war genau das, was Leah brauchte. Das Leben war wunderbar.

Kapitel 3

Tiefenentspannt machte sich Leah um sieben Uhr auf den Weg zum Abendessen. Sie trug zum ersten Mal das türkisfarbene Sommerkleid, das sie mit Silvie eingekauft hatte. Im Vergleich zu ihrem üblichen Modestil war es auffallend; sonst trug sie dezente Kleidung in gedämpften Farben. Aber Silvie hatte das Kleid bei einem ihrer selten gewordenen gemeinsamen Shoppingbummel im Schaufenster gesichtet und im Laden zielstrebig danach gegriffen.

Mit den Worten »Das ist für dich gemacht« hatte sie es ihr entgegengehalten und sie damit zur Umkleide geschoben. Nachdem Leah herausgefunden hatte, wie sie den Neckholder schließen musste, hob sie den Kopf – und eine fremde Frau blickte ihr aus dem Spiegel entgegen. Sie gefiel ihr. Der Schnitt schmeichelte ihren Proportionen. Leah war nicht super schlank, aber auch nicht dick. Mittelmäßig eben. Ihr eher zierlicher Busen wirkte durch den weichen Faltenwurf des Stoffs genau richtig. Über die schneeweiße Haut sah sie großzügig hinweg und nahm sich vor, ihr eine Ladung Selbstbräuner zu verpassen, bevor sie das Kleid jemals tragen würde.

»Perfekt!«, hatte Silvie gequietscht und ihre langen Haare nach oben gehalten. »So musst du dir die Haare hochstecken, das betont deinen Hals und deine Schultern. Ganz klar: Das ist dein Kleid.«

Mit einem Schmunzeln hatte Leah nach dem Preisschild geschielt. Herabgesetzt! Also hatte es tatsächlich extra für sie da gehangen.

In der Erinnerung an Silvies Stylingtipp hatte Leah für das Abendessen ihre Haare zusammengenommen, umeinander gezwirbelt und mit einer riesigen Klammer festgesteckt. Eine breite Strähne fiel nach vorn ins Dekolletee. Die Sache mit dem Selbstbräuner hatte sie natürlich vergessen, aber die Lichtverhältnisse waren gnädig: Die Abendsonne übertünchte ihre blasse Haut mit sanftem Schimmer. Das kurze Kleid ließ ihre Beine schlanker und länger aussehen. Dazu trug sie neue Schuhe: hinten offene Riemchensandaletten mit halbhohem Absatz, die so bequem wie Flipflops waren. Sie fühlte sich ungewohnt hübsch. Sie würde lecker essen und entspannt schlafen gehen. Am nächsten Morgen würde sie an ihrem Auftrag weiterarbeiten, und dann wollte sie sich Sauna, Schwimmen und vielleicht noch die eine oder andere Anwendung gönnen. Sie genoss ihre Zeit in vollen Zügen!

Obwohl sie es hätte ahnen können, überraschte Leah die volle Besetzung im Restaurant. Als offenbar einzigem Menschen ohne Begleitung wies man ihr den Katzentisch am Rand des Speisesaals zu, in der Nähe zur Tür. Da sie so den gesamten Raum überblicken konnte, störte sie das jedoch nicht weiter. Sie entschied sich für das Fitnessmenü.

Während sie einen Gruß aus der Küche – Weißbrot mit einem Mus aus mehreren scharf gewürzten Gemüsesorten – aß, wurde es im Flur laut. Anscheinend versammelte sich heute Abend eine Gruppe, die fast ausschließlich aus Männern bestand, im Nebenraum. Sie sah mehrere bäuerlich gekleidete Typen an der Tür vorbeigehen und tippte auf ein Winzertreffen. Ein oder zwei Exemplare waren darunter, die Jeans und lässige

Hemden trugen. Also gab es hier außer Luc doch noch Männer in Leahs Alter, nicht nur Senioren.

Der Ober brachte ihr einen großen Salat mit gegrillten Jakobsmuscheln. »Dazu empfehle ich einen trockenen Weißen. Mineralwasser wäre nicht ideal.«

»Finde ich auch. Haben Sie einen Wolfler Riesling da?«

Er zog eine Augenbraue hoch. »Gute Wahl.«

Sie entschied sich für eine ganze Flasche. Wie in Hotels üblich, würde sie morgen weitertrinken können. Der Ober entkorkte den Wein am Tisch und ließ Leah einen Schluck probieren.

»Sehr gut.« Sie hielt ihm das Glas hin, er schenkte ein und stellte die Flasche in einen Kübel mit Eiswasser, den er mit zum Tisch gebracht hatte.

Leah ließ sich mit dem Essen Zeit, beobachtete die Paare und die Frauengrüppchen und trank langsam ihren Wein, während sich der Speisesaal nach und nach leerte.

»Es hat Ihnen geschmeckt«, stellte der Ober später zufrieden fest und nahm den leeren Teller hoch. Er wartete ihre Zustimmung ab und zählte auf, unter welchen Desserts sie wählen konnte, als es im Flur erneut laut wurde. Offenbar waren die Männer aus dem Nebenraum schon im Aufbruch begriffen. Ein paar von ihnen kamen herein, um an der Theke zu zahlen.

»Crème brulée, sagten Sie?«, fragte sie nach. Leah griff nach ihrem Weinglas, doch als sie es an den Mund führen wollte, war es leer. Schon wurde die Flasche darüber gehalten, und frischer Wein floss ins Glas.

Zuerst war es der Duft, der ihr in die Nase stieg und ihren Herzschlag schneller werden ließ. Dunkel und männlich. Dann sah sie die Hand, die die Flasche hielt. Es war nicht die des Kellners, sondern eine Hand, die Arbeit im Freien verrichtete. Braun schimmernde Haut mit unzähligen, winzigen Rissen an den Fingerkuppen. Die Nägel waren kurz und glatt. Bevor Leah den Blick hob, war sie auf eigenartige Weise von dieser Hand fasziniert – und von der selbstverständlichen Bewegung, mit der sie die Weinflasche über das Glas hielt. Es war ein schöner Anblick.

Endlich sah sie nach oben, weil sie wissen wollte, wer ihr da nachgeschenkt hatte. Das Gesicht passte zur Hand: Gebräunte Haut spannte sich über hohe Wangenknochen, die zusammen mit den tiefliegenden Augen und den dichten, schwarzen Brauen einen geheimnisvollen Eindruck hervorriefen. Jemand, der selbstbewusst war und sich gleichzeitig versteckte. Als müsse es so sein, fiel ihm eine störrische Haarsträhne in die Stirn, die ihren Blick magisch anzog. Am liebsten hätte Leah sie zur Seite gestrichen. Was war mit ihr los? Der Fremde stellte die Flasche zurück in den Kühler und richtete sich auf. Der Kellner wirkte neben ihm plötzlich wie ein Kind.

»Nun?«, fragte der Fremde mit angenehm tiefer, leiser Stimme.

Leah zögerte. Hatte er mit ihr gesprochen? »Pardon?« Sie nestelte nervös an ihrem Ausschnitt herum.

»Möchten Sie die Crème brulée?«

Nie hatte sich ein Nachtisch verheißungsvoller angehört.

Sie nickte. »Sie ebenfalls?« Von ihrer Frage selbst überrascht riss sie die Augen auf.

Er lachte. »Hm, warum nicht?« Sein Tonfall rief ein Kribbeln in Leah hervor. Er setzte sich ihr gegenüber. Sein Knie stieß gegen ihres, doch er zog es rasch zurück.

»Bring uns bitte noch eine Flasche hiervon«, sagt er zum Kellner, »und zweimal Crème brulée.«

Die Bewegung des Obers, als er sich umdrehte und davontrollte, erweckte den Eindruck, dass er eingeschnappt war. Kurz darauf kam er mit einer zweiten Weinflasche und den Desserts zurück.

Leah ertappte sich dabei, dass sie ihr Gegenüber anstarrte. Etwas an ihm war widersprüchlich. Er strahlte Stärke und Selbstbewusstsein aus, aber sein eigenartiger Blick verriet nichts über ihn. Er hatte sich einfach so zu ihr gesetzt, also schien sich dieser auf sehr eigene Art schöne Mann für sie zu interessieren. Seine Aufmerksamkeit machte sie unsicher. Errötend setzte sie sich aufrecht hin und dachte krampfhaft über ein Gesprächsthema nach. Der Fremde hatte sich zurückgelehnt und ihre Musterung mit einem angedeuteten Lächeln über sich ergehen lassen. Dabei hatte Leah das Gefühl, er betrachte seinerseits jedes noch so kleine Detail an ihr, und sie war Silvie unendlich dankbar, weil sie ihr dieses Kleid aufgequatscht hatte. Während er entspannt wirkte, wuchs in ihr die Nervosität. Das Schweigen wurde langsam peinlich. Warum redete er denn nicht?

»Sind Sie von hier?«, fragte sie schließlich. Was für eine originelle Gesprächseröffnung!

»Ja, ich lebe hier. Und Sie sind Hotelgast?« Wenigstens war seine Antwort auch nicht origineller.

»Ja, meine Freundin hat mir dieses Wochenende geschenkt. Vermutlich bleibe ich noch ein paar Tage länger. Es gefällt mir.«

»Sind Sie allein hier?«

»Ich bin solo.« Erst, nachdem sie es gesagt hatte, bemerkte sie die Bedeutung ihrer Äußerung. Ein Zucken seiner Augenbraue zeigte, dass er es auch registriert hatte. »Ähm, meine Freundin konnte mich nicht begleiten, meine ich.« Sie räusperte sich. »Das Hotel ist noch neu, oder?« Sie nahm einen Löffel von der Creme, während er ihren Mund beobachtete. Ohne dass sie es wollte, fühlte es sich mit einem Mal sehr sinnlich an, als sie die Creme vom Löffel leckte.

»Ja, es ist kürzlich eröffnet worden. Ich kenne den Koch – die Crème brulée ist die beste, die man in ganz Frankreich bekommt.« Seine Stimme ließ die banale Feststellung wie eine Offenbarung klingen. Er nahm sich ebenfalls einen Löffel voll, und sie beobachtete, wie sich seine Kiefermuskeln bewegten. Obwohl er rasiert war, lag ein dunkler Bartschatten auf seinen Wangen. Mit unsicheren Fingern griff sie zum Weinglas und betrachtete beim Trinken eingehend die Maserung der Wandtäfelung. Warum hatte dieser Typ eine so außergewöhnlich starke Wirkung auf sie? Und das, obwohl sie sich in den vergangenen beiden Jahren doch im Ignorieren von attraktiven Männern geschult hatte.

»Schmeckt Ihnen der Wein?«, fragte er, und sie musste sich ihm schon aus Höflichkeit wieder zuwenden.

»Ja, dieser Riesling ist speziell, finde ich.« Ihre Stimme hatte sich normalisiert, zum Glück. Beim Thema Wein kannte sie sich aus. Es war ein Moment zum Genießen:

Sie saß in einem schönen Kleid einem attraktiven Mann gegenüber. Wie der Zufall es wollte, war sie Single. Sie könnte sich Schlimmeres vorstellen. Fast hörte sie Silvies Stimme im Kopf. *Sie* würde Leah empfehlen, die Gelegenheit beim Schopfe zu packen – und es war ein sehr ansprechender Schopf. An den Schläfen durchzogen wenige weiße Haare das dichte, glänzende Schwarz. Sexy.

Leah hielt das Glas ein Stück weg und betrachtete die helle Farbe des Getränks. »Ich frage mich, wie der Winzer es schafft, eine so alte Rebsorte so modern auszubauen.«

Ihr Gegenüber zog amüsiert eine Braue hoch. Dadurch fiel zum ersten Mal ein bisschen mehr Licht auf seine Iris. Heller Bernstein. Doch sofort war der belustigte Eindruck wieder weg, und es war, als legte sich ein Vorhang darüber.

»Tatsächlich?«, sagte er und nahm probehalber ebenfalls einen Schluck. »Sie haben recht, ein hervorragender Wein.«

»Sonst ist der Elsässer Riesling, den alle Welt so liebt, ja oftmals etwas sauer«, fügte sie hinzu.

Er lächelte so breit, als hätte sie einen guten Witz gemacht. Einem der vorderen Schneidezähne fehlte ein winziges Stück. Das war tröstlich und machte ihn zugleich noch einen Tick attraktiver. Seine geballte Männlichkeit bekam dadurch einen jungenhaften Zug.

Sie beschloss, ihn nach seinem Namen zu fragen, da erklang eine weitere männliche Stimme von der Seite. »Der Wolfler hat bekanntermaßen einen hohen Säuregrad. Wenn Sie einen empfindlichen Magen haben, sollten Sie vorsichtig sein.«

Leah drehte sich um und sah einen weiteren Mann ungefähr in ihrem Alter neben dem Tisch stehen. Wo hatten sich die beiden den ganzen Tag versteckt? Dieser war blond, grauäugig und hatte die Ausstrahlung eines amerikanischen Schauspielers der Sechzigerjahre. Wie Leahs Gegenüber trug er Jeans und ein lässiges Hemd. Sein Lächeln war entwaffnend, als er sich vom Nebentisch – der Saal war mittlerweile fast leer – einen Stuhl schnappte und sich zu ihnen setzte.

»Guten Abend, ich bin André Kern, Winzer aus Eguisheim.« Er streckte ihr die Hand hin, die sie verdutzt schüttelte. »Wenn Sie den Wolfler mögen, sollten Sie unbedingt meinen Rosé probieren.« Er drehte sich um und winkte den Kellner herbei.

Überrascht sah sie, wie der andere Mann die Stirn runzelte. Fühlte er sich durch das forsche Verhalten von André Kern gestört? Leah wurde hingegen bewusst, dass er sich nicht vorgestellt hatte. Das war ziemlich unhöflich ... Moment, noch eine Flasche Wein?

»Halt!« Sie legte die Hand auf den Unterarm von André Kern, sodass sich dieser umdrehte und sie angrinste. Er blickte auf ihre Finger, die sie schnell zurückzog. »Ich möchte heute Abend keinen Wein mehr probieren, vielen Dank. Ein anderes Mal gern.« War es ein Anflug von Genugtuung, mit der der Fremde sein Weinglas griff und einen weiteren Schluck trank?

»Abgemacht.« André Kern schenkte ihr ein Lächeln, das sie noch mehr verwirrte, als sie es schon war.

Fast unsicher warf sie einen Blick auf den Dunkelhaarigen ihr gegenüber, der über den Rand seines Glases die Szene beobachtete. Dabei wirkte er irgendwie genervt.

»Mach die Fliege, André«, grummelte er. Seine Worte hatten eine erstaunliche Wirkung auf den Blondschopf. Dieser streckte den Rücken durch und berührte Leahs Unterarm. Seine Hände waren rau, was angesichts seines Berufs kein Wunder war. Wie mochten sich die Hände des Dunkelhaarigen anfühlen?

»Verraten Sie mir Ihren Namen?«

»Ähm, natürlich. Ich bin Leah Bonnet.« Sie bemerkte aus dem Augenwinkel, dass der Dunkelhaarige erneut amüsiert die Lippen verzog.

»Und Sie sind noch ein paar Tage hier?«, wollte André Kern wissen.

»Erst einmal bis Sonntag. Danach sehe ich weiter.«

»Oh, nächste Woche ist unser Winzerfest, das müssen Sie erleben! Bleiben Sie doch bis zum nächsten Wochenende, es lohnt sich.«

Der Dunkelhaarige lächelte bei den Worten von André Kern noch breiter. Leah fühlte sich eigenartig; so von zwei interessanten Männern umgeben, die augenscheinlich an ihr interessiert waren. Oder lag es an dem Wein, dass sie übermütig war?

»Gern«, sagte sie, ohne groß nachzudenken. Aber warum auch nicht? Ihre Arbeit hatte sie mitgebracht, und das Hotelangebot für die Verlängerung war günstig.

»Dann testen wir so bald wie möglich den Kernschen Rosé. Ich bin sicher, Sie mögen ihn. Und wie gesagt, seien Sie vorsichtig mit dem Wolfler. Da weiß man vorher nie genau, was er anrichtet. Stimmt's, Guillaume?«

Leahs Gegenüber räusperte sich, während André Kern lachte. Leah irritierte abermals der Anblick der

Bernsteinaugen. Verwirrt gestand sie sich ein, dass sie diese Augen unbedingt aus der Nähe betrachten wollte.

In der nächsten Sekunde bedauerte sie, dass sich André bereits wieder erhob. Er beugte sich über den Tisch herüber und küsste sie zart zuerst auf die eine Wange, dann auf die zweite. Er berührte dabei mit den Lippen ihre Haut. Das war eigentlich nicht üblich. Bei den »Bises«, die sich die Franzosen zu Begrüßung und Abschied gaben, legte man normalerweise nur die Wangen kurz aneinander. Es fühlte sich an, als schnuppere er an ihr. Das war ihr zu übergriffig. Sie zog den Kopf zurück.

Er richtete sich wieder auf, ein zufriedener Zug lag auf seinem Gesicht. »Wir sehen uns.« Es klang ein bisschen wie eine Drohung, gesprochen in die Richtung des Dunkelhaarigen.

Dieser musterte Leah prüfend und ignorierte André Kern, der schließlich ging. Leah beobachtete, wie ihr Gegenüber mit den Fingern den Stiel des Weinglases entlangstrich, und konnte sich von diesem Anblick nicht lösen. Wie eine Liebkosung wirkte die Bewegung. Der Alkohol musste schuld sein. Sie hatte plötzlich das Gefühl, ihre Haut stünde in Flammen. Nervös bewegte sie die Schultern, als müsse sie etwas abstreifen, worauf er die Hand zurückzog und flach auf dem Tisch ablegte.

»Sie haben einen französischen Nachnamen, Leah?«, fragte die tiefe Stimme, die zu den Wahnsinnshänden gehörte.

Sie schluckte trocken. »Mein Vater ist Franzose«, erklärte sie und riss sich endlich vom Anblick der Finger los. Nur um in den Augen zu versinken, die den

Vorhang ein bisschen gelüftet hatten. »Er stammt aus Reims, hat in Deutschland studiert und meine Mutter kennengelernt. Ich bin zweisprachig aufgewachsen und habe diesen Vorteil für meinen Beruf genutzt. Ich bin Übersetzerin.« Was plapperte sie denn da? Wollte er das überhaupt wissen? Er sprach ja selbst zwei Sprachen. Wobei sein Deutsch einen starken, eigenwilligen Akzent hatte.

»Ein interessanter Beruf. Es ist schön, mit Sprachen zu arbeiten.«

»Finden Sie, Guillaume?«

Er stutzte kurz, dann lachte er leise.

Oh, sie würde gern diesen Mund mit den Fingern nachzeichnen. Stattdessen stützte sie den Kopf auf und legte den kleinen Finger auf ihre Unterlippe. Ihr wurde endgültig bewusst, wie herrlich beschwipst sie war. Sonst wäre sie mehr auf der Hut. Dieser Mann konnte ihr gefährlich werden.

Seine Lippen kräuselten sich amüsiert, und er reagierte mit einer Gegenfrage. »Hätten Sie sonst nicht etwas anderes gemacht?«

Bevor sie antworten konnte, hörte sie Absatzklappern, das sich dem Tisch näherte. Es waren die Schritte einer Frau – Nofretete kam auf sie zu. Das Lächeln in ihrem Gesicht wirkte gezwungen. Erst jetzt bemerkte Leah, dass die Nacht hereingebrochen war.

»Wir schließen gleich den Restaurantbereich, Madame Bonnet. Vielleicht möchten Sie in der Bar noch einen Drink nehmen?«

Leah sprang auf und strich mit beiden Händen das Kleid nach unten. Silvie hatte ihr versichert, Türkis stünde ihr, aber wie jedes Mal, wenn sie mit Menschen zu tun hatte, deren Haut diesen Oliventon hatte, fühlte sie sich plump und hässlich. Der Dunkelhaarige hatte sich ebenfalls erhoben.

»Trinken wir noch einen Absacker an der Bar?«, fragte er. Jeannette Ritter musterte ihn.

»Du fährst nach Hause, Jeannette, nehme ich an?« Die beiden kannten sich also. Sie verschränkte die Arme vor der Brust.

»Natürlich. Es war ein langer Tag. Das Haus ist dieses Wochenende ausgebucht.« Ihre Stimme klang ein bisschen spröde.

»Gute Nacht«, wünschte er und hauchte ihr ein Küsschen auf die Wange.

Sie drehte sich um und verließ vor ihnen den Speisesaal. Überdeutlich nahm Leah die Wärme des Mannes neben sich wahr. Als sie die Tür erreichten, legte er ihr eine Hand auf die Taille und schob sie sacht nach vorn. Er ließ sie nicht los, sondern dirigierte sie in Richtung einer weiteren Tür, hinter der sich die Bar befand.

»Sollen wir uns an den Tresen setzen?«, fragte er. Er zog einen Barhocker für sie heran.

Unbeholfen versuchte sie, sich so zu setzen, dass das Kleid nicht allzu weit nach oben rutschte. Sie schlug die Beine übereinander. Trotzdem fühlte es sich ungewohnt und freizügig an, als sie sah, wie seine Blicke über die Knie zu ihren Füßen wanderten. Irritiert hielt sie den Fuß still, der nervös zu wippen begonnen hatte. Die Sandalette hing lose herab. Wie machen andere Frauen das mit solchen Kleidern und solchen Schuhen?, fragte sich Leah.

Sie nahmen einen Drink, wodurch sie etwas lockerer wurde. Sie schaffte es, zusammenhängende Sätze zu formulieren, und bald plauderten sie angeregt über Weinbau. Er klärte Leah über einige Neuerungen in der Region auf, die sie noch nicht kannte. Als er seine Eltern in breitestem Dialekt imitierte, musste sie laut lachen. Er hörte seinerseits interessiert zu, während sie ein paar Anekdoten aus ihrer beruflichen Laufbahn erzählte und erklärte, welche Kunden sie betreute und wo sie im Laufe ihres Berufslebens schon überall gewesen war.

»Wussten Sie von Anfang an, dass Sie Übersetzerin werden wollten?«

»Ja, sehr früh.« Leah fühlte sich entspannt. Er gab ihr mit seinen Blicken das Gefühl, attraktiv zu sein. »Es gab eine Phase, als ich noch sehr klein war, da habe ich mich geweigert, Französisch zu sprechen. Ich wollte nur einer Sprache zugehören.« Sie musste lachen. Ihre Eltern hatten ihr oft von dieser Zeit erzählt. »Heute kann ich das nicht mehr verstehen, aber ich habe gehört, dass das bei zweisprachig aufwachsenden Kindern oft so ist.« Sie nahm noch einen Schluck ihres Drinks. »Das hat sich aber in der Grundschulzeit schon gelegt. Ich habe es geliebt, mit den beiden Sprachen zu spielen. Im Gymnasium erkannte ich irgendwann, wie faszinierend unterschiedlich bestimmte Dinge ausgedrückt werden – je nach der Sprache. Aber ...« Sie sah ihm in die Augen und musste einen Moment die Luft anhalten, weil der Bernstein bis in ihr Innerstes zu strahlen schien. » ... das müssen Sie doch auch kennen. Wollten Sie nie Ihre beiden Sprachen zum Beruf machen?«

Der Bernstein wurde dunkel und das Strahlen erlosch. Ihr Gegenüber drehte sich einen Moment zur

Seite, bevor er sich ihr wieder zuwandte. Sein Blick ging knapp neben ihrem Gesicht vorbei, während er antwortete. »Nein, Sprachen waren nie meine Wahl. Und auch nicht meine Stärke.«

»Dann wussten Sie schon früh, dass Sie Winzer werden würden?« Wie konnte sie die Leichtigkeit von eben wieder herstellen? Und wodurch war sie verschwunden; hatte sie etwas Falsches gesagt?

»Nein.« Er drehte sich zum Tresen um. Es fühlte sich an, als schlage ihr Kühle entgegen. Fröstelnd zog sie die Schultern hoch und ließ den Blick durch die Bar schweifen. Die anwesenden Frauen und wenigen Männer hatte sie zuvor kaum wahrgenommen.

Er räusperte sich und legte den Kopf schief, bevor er weitersprach. »Nun mache ich den Job aber schon einige Jahre, und es war eine gute Wahl. Es liegt mir im Blut.«

»Das ist doch wunderbar.«

»Ja, das ist es.« Er wirkte wieder gelöst, und sie sprachen im gleichen leichten Plauderton weiter wie zuvor.

Leah beantwortete all seine Fragen und konzentrierte sich ausschließlich auf den faszinierenden Mann, der sie mit jeder Äußerung und jeder Bewegung weiter in seinen Bann zog. Schon bald hatte sie das irritierende Gefühl, ihn lange zu kennen und doch nichts über ihn zu wissen. Sie scherzten miteinander, und intensive Blicke flogen hin und her. Wie zufällig berührte sein Knie ihren Unterschenkel. Sie spüre, wie ihre Augen immer stärker strahlten und ihre Lippen kribbelten.

Jetzt, da ihr Körper so ungewohnt sinnlich auf den Mann vor ihr reagierte, fragte sie sich, wie sie so lange auf all das hatte verzichten können. Und sie merkte, dass er die Veränderung registrierte. Sie fühlte sich unglaublich zu ihm hingezogen und hätte ihn am liebsten berührt, seinen Duft eingeatmet und die Muskeln unter seinem Hemd ertastet.

»Feierabend!«, erklang irgendwann die Stimme des Barkeepers, eines sympathischen älteren Mannes, der sich die ganze Zeit leise mit einer Dame unterhalten hatte, die am Tresen saß. »Zahlst du?«, fragte er Leahs Begleiter, dieser nickte und schob ihm einen Geldschein hin.

Leah dankte ihm, und kurz darauf verließen sie die Bar.

Schlagartig befiel sie Nervosität. Ihr Begleiter legte ihr wieder den Arm in den Rücken und geleitete sie zum Aufzug.

»Wievielter Stock?«, fragte er, und nachdem sie es ihm gesagt hatte, drückte er auf die Vier.

Als sich der Aufzug in Bewegung setzte, stand er ihr gegenüber und sah ihr in die Augen. Sie roch ihn und spürte seine Wärme. Peinliches Schweigen lag plötzlich in der Luft. Er hatte den Vorhang vor seinen Augen wieder geschlossen. Doch er machte einen Schritt auf sie zu. Sein Gesicht war so dicht vor ihrem, dass sie die Poren seiner Haut erkennen konnte. Sein Duft betörte sie, und sie hatte das Gefühl, in seinen Augen zu versinken. Er neigte den Kopf herunter, seine Lippen kamen näher, sodass sie ihre Wärme und den Strom seines Atems spüren konnte. Sollte sie ihm entgegenkommen?

Der Fahrstuhl hielt an, die Türen öffneten sich mit einem *Pling*. Er zog den Kopf wieder zurück und ließ sie vorgehen.

»Welche Zimmernummer?«, hörte sie seine Stimme.

»Achtundvierzig.« Sie flüsterte es fast.

Sie nahm ihre Tasche von der Schulter und ging die wenigen Schritte zur Tür. Ihre Nervosität steigerte sich ins Unermessliche. Wollte er mit in ihr Zimmer kommen? Sie suchte nach dem Schlüssel, doch als sie ihn gefunden hatte, fiel ihr die Tasche aus den zitternden Händen, und der Inhalt purzelte auf den Teppich. Ihr Begleiter bückte sich, um alles einzusammeln. Den Geldbeutel, das Plastikdöschen mit Tampons, ihren Lippenstift, ein Tempopäckchen. Und ihr Smartphone. Es vibrierte in diesem Moment.

Er reichte es ihr, automatisch schaltete sie es ein. Nanu, drei neue Nachrichten. Die Erregung, die sie durch seine Nähe spürte, war auf einen Schlag gedämpft. Etwas kämpfte sich in ihr nach oben und wollte ihre Aufmerksamkeit. Ihr war schwindlig, sie fühlte sich überfordert.

Nein, ich möchte jetzt nicht gestört werden! Doch schon vibrierte das Handy abermals in ihrer Hand. Sie tippte auf WhatsApp und sah die eingegangenen Nachrichten. Tom! Was wollte er denn jetzt?

Und was würde Guillaume denken, dessen irritierenden Duft sie immer noch roch? Leah sah auch eine WhatsApp von Silvie, doch Toms Name neben dem kleinen Profilbild war nicht zu übersehen. Sie hatte vergessen gehabt, dass seine Nummer noch auf dem Smartphone gespeichert war!

Leah schaltete das Gerät ab, schob es in die Tasche und hob den Blick zu Guillaumes Augen.

»Tom«, sagte er. Es war weder eine Feststellung noch eine Frage.

Sie nickte und öffnete den Mund, um zu erklären, wer Tom war, da sagte er: »Sie sollten antworten.«

Sie schüttelte den Kopf. »Nein, das werde ich nicht. Ich bin im Urlaub.« *Verflixt, Tom, einen besseren Moment hättest du nicht erwischen können.* Ihr Kopf wurde wieder etwas klarer. Hatte sie etwa allen Ernstes mit dem Gedanken gespielt, diesen Guillaume zu küssen, von dem sie nichts wusste, außer dass er ein Winzer war und dass er betörend gut aussah und roch? Sie straffte die Schultern und sah ihn unverwandt an.

»Bitte entschuldigen Sie, Leah.« Er wirkte plötzlich geschäftsmäßig. Sein Blick war abweisend, die Lippen zusammengepresst.

Leah ließ die Arme herabhängen und warf ihm einen Blick zu, der ihn für eine Sekunde dazu brachte, die Deckung fallenzulassen. Sie konnte sehen, dass er sie mochte, dass er sie anziehend fand. Doch so schnell, wie er gekommen war, verschwand dieser Eindruck auch wieder. Er reichte ihr mit einer förmlichen Geste die Hand, was den Abstand zwischen ihnen noch zu vergrößern schien.

»Ich wollte Sie nur sicher zur Tür bringen. Gute Nacht. Schlafen Sie gut.« Einen kurzen Moment sah er sie an, als wolle er noch etwas hinzufügen, doch dann schwieg er.

Sie wollte antworten, es fiel ihr nichts ein.

»Melden Sie sich bei Tom.« Noch ein letztes Mal streifte er mit seinen Blicken ihren Körper, wendete sich ab und ging. Seine geschmeidigen Bewegungen faszinierten sie. Dann öffnete sich die Lifttür, und er war weg.

Leah ging ins Zimmer, ließ sich auf das Bett fallen und fing an zu grübeln. Was für ein eigenartiger Tag! Sie hatte gedacht, sie wäre über all das Beziehungsgedönse hinweg und könnte ohne Männer glücklich sein. Ohne Tom, der sich nun immer wieder in ihren Kopf drängen wollte, ohne den mysteriösen Guillaume. Und ohne einen Sunnyboy namens André Kern, an den sie jetzt auch wieder denken musste. Wie war es möglich, dass plötzlich drei Männer ihre Gedanken belagerten?

Sie gab sich Mühe, sich auf etwas anderes zu konzentrieren. Auf die Arbeit, auf die angenehmen Dinge, die sie in diesem Hotel noch machen mochte. Auf Silvie, mit der sie jetzt gern geredet hätte. Beinahe musste sie lachen. Wie hatte sie in so eine eigenartige Lage geraten können? Am Ende sah sie wieder Guillaume vor Augen, wie er von ihr wegging, und konnte nichts dagegen tun, sich von ihm unwiderstehlich angezogen zu fühlen.

Vielleicht würde sie ihn wiedersehen. Aber nicht mal nach seinem Nachnamen hatte sie ihn gefragt.

Kapitel 4

Nach einer langen Weile setzte sich Leah auf, straffte die Schultern und dehnte ihre Nackenmuskulatur. Wie hatte sie derart den Kopf verlieren können? Vielleicht war es das Ungewohnte an der Situation. Immerhin war es fünf Jahre her, seit sie zum letzten Mal einen Mann kennengelernt hatte, mit dem sie Zeit hatte verbringen wollen.

Die Begegnung mit dem geheimnisvollen Guillaume hatte sie irritiert. Welche intensiven körperlichen Reaktionen er bei ihr ausgelöst hatte! Sie hätte ihn zu gern geküsst.

Sie dachte darüber nach, wie das hatte passieren können, aber ihre Bestandsaufnahme brachte nichts Greifbares zutage. Er war groß, was sie gern mochte. Außerdem hatte er für einen Mann traumhaftes Haar. Sein Gesicht war nicht glatt wie das eines Jungen, sondern es stand so vieles darin geschrieben, was sie nicht lesen konnte und gern herausfinden wollte. Er wäre eine makellose Schönheit, wenn nicht an dem einen Schneidezahn eine kleine Ecke fehlen würde. Aber gerade dieses nicht ganz perfekte Lächeln weckte das Kribbeln in ihr. Und das fühlte sich so gut an!

Nur etwas an seiner Hand hatte sie irritiert, aber sie wusste nicht, was es war, und auch beim Nachdenken kam sie nicht darauf. Sie nahm sich vor, darauf zu achten, wenn sie ihn wiedersähe.

Wenn sie ihn wiedersähe? Verwirrt gestand sie es sich ein: Sie wollte ihn unbedingt wiedersehen und näher kennenlernen.

Sie zog sich aus und schlüpfte in ihr kurzes Sommernachthemd. Es war aus schlichter, hellgrauer Baumwolle, gerade geschnitten, mit weißer Spitze an allen Kanten und einem zarten Blumenmuster. Es war ein Geschenk von Tom gewesen. Er hatte gesagt, wenn sie darin im Bett läge und schlafe, die Haare wie Seetang um den Kopf ausgebreitet, müsse er immer an eine Nixe denken. Er hatte sie wohl oft im Schlaf beobachtet.

Das war lange her, und Leah fragte sich abermals, wieso er ausgerechnet jetzt wieder Gefühle für sie zu entdecken schien. Sie wusste nicht, wie sie damit umgehen sollte. Es ließ sie nicht völlig kalt, dazu war ihre gemeinsame Zeit einfach zu intensiv gewesen.

Seufzend füllte sie sich ein Glas mit Leitungswasser, setzte sich auf das Bett und schaltete schließlich ihr Handy ein, um Toms Nachrichten zu lesen.

Wünsche dir eine tolle Zeit.

Melde dich mal, wenn du kannst, ja?

Ich möchte mit dir reden.

Sie las die nächsten Nachrichten und gewann beim Lesen das Gefühl, dass er sich dabei gerade die Kante gab. Sie waren in ungefähr halbstündlichen Abständen geschrieben, und sein Tonfall wurde mit jeder Nachricht weinerlicher. Musste sie sich das antun?

Du gehst mir nicht aus dem Kopf.

Da ist etwas, und ich möchte mit dir darüber reden.

Bitte.

Er wechselte ins Englische. Das hatten sie oft gemacht, weil sich manches so leichter ausdrücken ließ.

It was written that I would love you ...

Er fuhr wirklich alle Geschütze auf. Dies war eine Liedzeile aus »Calico Skies«, einem Song von Paul McCartney. Er ging weiter mit: »... from the moment I opened my eyes«. Ob sie es wollte oder nicht – nun hatte sie dieses Lied im Kopf. Paul McCartney hatte den Song damals für Linda, die Frau seines Lebens geschrieben, die er an den Krebs verlor.

Leah las die nächste Nachricht, und richtig, da schrieb er das, was sie immer am meisten gerührt hatte. Es war die Liedzeile, in der er ihr versprach, sie so lange in den Armen zu halten, wie sie es sich wünschte. Zu dumm nur, dass Tom eben nicht nur Leah gehalten hatte, sondern auch andere Frauen. Sie war sich nicht sicher, ob es klug wäre, ihm jetzt überhaupt zu antworten, noch dazu, weil sie selbst die Wirkung des Alkohols spürte. Trotzdem wollte sie das geklärt wissen. Wie sollte sie sonst ruhig schlafen können in dieser Nacht?

Sie klickte auf »Antworten«.

Tom, hör bitte auf. Wir haben heute Morgen geredet.
Wir können Freunde bleiben, mehr nicht.
Gruß, Leah

Es kam keine Antwort. Hatte er es verstanden? Erleichtert suchte sie schließlich nach Silvies Nachricht und öffnete sie.

Meine Lieblingsfreundin! Ich hoffe, du hast Spaß. Erzähl mir alles, wenn du wieder zurück bist, ja? Und nimm so viele Anwendungen mit, wie du kannst ... Sollte jemand mit dir flirten: Steig darauf ein. Tu alles, was ich machen würde ... Wenn ich nicht mit dem besten Mann der Welt verheiratet wäre
und das süßeste Kind von allen hätte
(auch wenn sie mir wieder mal den Schlaf raubt).
GlG Silvie!

Silvie, du hast mir genau das richtige Geschenk gemacht. Ich danke dir! Berichte, wenn ich zurück bin. Alles extrem verwirrend. Habe jemanden getroffen, bleibe wahrscheinlich nächste Woche auch noch.

In der Zwischenzeit war eine weitere Nachricht von Tom eingegangen:

Okay. Aber ich möchte mit dir reden, sobald dir danach ist. Ich gebe nicht auf, Leah!

Sie stöhnte. Aber wenigstens gab er jetzt Ruhe, darauf konnte sie sich verlassen. Sie trank ihr Glas aus, füllte noch einmal nach und legte sich endlich hin, um zu schlafen. Aufregende Bilder geisterten durch ihren Kopf, doch nachdem sie sich eine ganze Weile herumgewälzt hatte, glitt sie endlich in den Schlaf hinüber.

In aller Frühe erwachte sie, einigermaßen erholt. Ihr erster Gedanke galt dem Mann mit dem pechschwarzen Haar und dem verschleierten Blick. Guillaume. Sie hatte von ihm geträumt, und es prickelte in ihr, während sich sein Bild vor ihrem inneren Auge nur langsam auflöste. Das Gefühl seiner Hände auf ihrer Haut ... Sie wollte ihn unbedingt wiedersehen. Sie *musste* ihn wiedersehen!

Ein bisschen nervös, doch voller Tatendrang sprang sie aus dem Bett, schnappte sich Bikini und Bademantel und ging zum Hallenbad. Wenig später zog sie ihre Bahnen durch das Wasser und fühlte sich erfrischt. Während sie zwischen den Schwimmzügen auftauchte, um einzuatmen, trieben ihre Arme und Beine sie vorwärts, und sie genoss die Geschwindigkeit. Das Gefühl völliger Freiheit ließ sie wie schwerelos dahingleiten.

Bei der Wende am Ende der Bahn bemerkte sie eine Gestalt neben sich im Wasser. Etwas an ihr ließ sie stutzen. Sie griff nach der Beckenkante und schaute, wer es war. Die pechschwarzen Haare waren es wohl gewesen, die Leahs Aufmerksamkeit geweckt hatten. Die Frau hatte, wie sie selbst, die Haare zu einem Pferdeschwanz gebunden, der glänzend wie Öl in ihrem Rücken herabfiel. Wie seltsam, dass sie den Gästepool benutzte! Aber das passte zu dieser toughen Frau.

Jeannette Ritter lächelte. Ihr Blick wirkte ein bisschen traktierend.

»Guten Morgen, Madame Bonnet. Gut geschlafen? Es war spät gestern, nicht wahr?«

Leah lächelte freundlich zurück – und ein bisschen verwirrt. Was war das für eine eigenartige Frage? Dann fiel ihr ein, wie schroff sie sich gestern Abend gegeben hatte. Doch Guillaume hatte sich nur mit einem ganz normalen Wangenkuss von ihr verabschiedet. Wie unter guten Bekannten.

»Danke, ich habe super geschlafen. Nach der Hot-Stone-Massage nachmittags war ich herrlich entspannt.« Leah stieß sich ab und behielt aus Höflichkeit den Kopf oben, weil sie bemerkte, dass Frau Ritter ebenfalls weiterschwamm und zu ihr aufschloss.

»Das freut mich.«

»Es ist ein wunderschönes Hotel«, plauderte Leah aus dem Gefühl heraus, es würde von ihr erwartet, weil Jeannette Ritter sie immer noch ansah, »alles so neu. Ich habe mich gefühlt wie im Paradies.«

Frau Ritter runzelte ein bisschen die Stirn bei Leahs Worten, doch ihre Miene blieb bemüht undurchdringlich. Trotzdem wirkte sie verärgert. »Ja, wir haben auf den höchsten Standard gesetzt. Wellnesshotels gibt's schließlich wie Sand am Meer, und in unserer abgelegenen Gegend müssen wir schon mehr bieten als die Konkurrenz.« Sie waren am Beckenrand angelangt, und Madame Ritter stellt sich auf die Stufe im Wasser. »Hat es Ihnen in der Bar gefallen?«

»O ja, sehr.« Worauf wollte sie hinaus? Wollte sie wissen, wie spät genau es geworden war? Dann erst begriff Leah: Natürlich interessierte es Jeanette Ritter, wie lange Leah mit Guillaume zusammen gewesen war.

»Ich hatte ein langes Gespräch mit Guillaume. Den Nachnamen kenne ich leider nicht.« Erneut stieß sie sich ab, und Jeannette Ritter folgte ihr eilig, bis sie wieder auf gleicher Höhe waren.

»Worüber haben Sie denn gesprochen?« Abermals wirkte ihr Blick lauernd, als sie diese aufdringliche Frage stellte.

Das ging sie nichts an. Trotzdem antwortete Leah, vielleicht um herauszufinden, welches Problem die Frau hatte. »Über Weinbau. Er kennt sich sehr gut aus.«

Jeannette Ritter lachte auf, wobei ihr ein bisschen Wasser in den Mund schwappte und sie sich verschluckte. Sie hielt an, trat Wasser und hustete, bis sie wieder normal atmen konnte. Leah blieb auf gleicher Höhe. »Geht's wieder?«

»Ja, schon gut.« Sie grinste und schwamm weiter. Leah bewunderte die Grazie, mit der sich Nofretete im Pool vorwärtsbewegte. »Natürlich kennt er sich bestens aus. Guillaume ist schließlich Marc Wolfler.«

»Wie bitte?« Nun war Leah diejenige, der ein paar Tropfen in die Luftröhre gerieten und die heftig husten musste. Wieder traten sie Wasser. Guillaume war Marc Wolfler, Leahs Auftraggeber, und er hatte es mit keiner Silbe erwähnt? Als sie sich André Kern vorstellte, musste er doch gemerkt haben, wer sie war!

Immerhin, der Name passte zu ihm. Mit seinen Bewegungen und Blicken hatte er sie tatsächlich an einen Wolf erinnert. Wieso hatte André ihn denn Guillaume genannt? Und er hatte auch nichts darauf gesagt, als sie selbst ihn mit diesem Namen angesprochen hatte!

Endlich konnte sie wieder ruhig atmen und beendete ihre Bahn, nicht darauf achtend, ob Nofretete ihr noch folgte.

Diese holte auf, und bevor Leah wieder etwas sagen konnte, fragte sie: »Wussten Sie das nicht? Hat Marc sich etwa nicht richtig vorgestellt?«

Leah schwieg, peinlich berührt. Der Pool füllte sich mittlerweile. Fast alle Bahnen waren nun belegt. Leah musterte Jeannette Ritter, die sie noch immer forschend anstarrte. Wie konnte sich Leah auch nur eine Sekunde einbilden, Marc Wolfler könnte sie attraktiv finden, wenn er Umgang mit einer solchen Schönheit hatte?

»Das überrascht mich nicht«, murmelte die nun.

»Was? Dass ich nicht wusste, mit wem ich gestern Whisky getrunken habe?«, sagte Leah herausfordernd. Zwar hatte sie nicht gewusst, dass er Marc Wolfler war, aber sie hatte einen schönen Abend mit ihm verbracht. Und das schien Frau Ritter ja irgendwie zu stören. Oder warum insistierte sie so? »André hat ihn mit Guillaume angesprochen«, sagte sie dann.

Nofretete lachte auf. »Das ist sein Spitzname, den er als kleiner Junge verpasst bekam. Der ist ihm natürlich erhalten geblieben. Hier nennen ihn die meisten so. Er ist Guillaume, sein Bruder war Jacques. Sie haben als Kinder Märchen geliebt, besonders die der Gebrüder Grimm. Zumindest hat er mir die Herkunft seines Spitznamens so erklärt.«

Damit bestätigte sich Leahs Gefühl, dass Jeannette Ritter wohl eine Geschichte mit Guillaume, vielmehr mit Marc Wolfler, hatte. Und so, wie sie sich benahm, war diese Geschichte noch nicht ganz beendet. Na wunderbar, dachte sie, als sie sich erinnerte, wie er ihr gestern empfohlen hatte, Tom anzurufen. Dabei hatte er womöglich selbst noch eine offene Baustelle.

Doch schon stieß sich Nofretete wieder ab und ignorierte die zahlreicher werdenden Schwimmer. Offenbar ging sie davon aus, dass die anderen auf sie achteten und auf ihrer Bahn blieben. Und irgendwie funktionierte das auch. Leah hingegen musste sich um einen älteren Herrn herumschlängeln, der prustend und planschend in eigenartigem Stil versuchte, seine Bahn zu schwimmen. Bis sie zu Jeannette Ritter aufgeschlossen hatte, war diese bereits wieder am Ende des Beckens angelangt. Sie hangelte sich zum Geländer an der Leiter und stieg, ohne Leah eines weiteren Blickes zu würdigen, die Stufen hinauf. Alle im Schwimmbecken schauten ihr dabei zu. Als sie oben stand, drehte sie sich um. Ihre Beine waren endlos lang. Leah zögerte, aus dem Becken aufzutauchen. Ihre eigene Haut würde jetzt die ansprechende Farbe einer Wasserleiche haben.

»Ich muss arbeiten. Madame Bonnet, ich wünsche Ihnen einen schönen Tag. Wir sehen uns später.« Damit rauschte sie davon. Leah stieg aus dem Pool, tröstete sich damit, dass es sowieso nur Frauen und Senioren waren, die sie taxierten, und griff nach ihrem Bademantel, den sie auf einem der Liegestühle abgelegt hatte. Dann eilte sie Jeannette Ritter hinterher und zog sich dabei hektisch den Mantel über.

»Warten Sie, Frau Ritter«, rief sie, worauf diese nicht anders konnte als stehenzubleiben. Langsam drehte sie sich zu Leah um. Ein bisschen unsicher wirkte sie, das war neu. Leah ging zu ihr, hielt den Mantel vor der Brust zusammen. Jeannette Ritter stand im Bikini vor ihr.

»Sie haben gestern schon einmal eine komische Bemerkung gemacht. Was hat es mit Marc Wolfler auf sich? Ich fand ihn sehr sympathisch.« Dass sie bei diesen Worten nervös wurde, versuchte sie zu überspielen. Hoffentlich sah Jeanette Ritter ihr die kindische Schwärmerei, die sie für ihn empfand, nicht an der Nasenspitze an.

Diese schlang die Arme um den Oberkörper, wodurch ihre Brüste noch ein bisschen mehr ins rechte Licht gerückt wurden. Leah streckte den Rücken durch, damit man wenigstens denken könnte, sie verberge ein ähnlich spektakuläres Dekolletee unter dem unförmigen weißen Frotteemantel.

»Marc ist kompliziert ...« Sie stockte. Es wirkte, als überlege sie, ob sie mit einem Hotelgast über ihn reden dürfe. Doch dann straffte sie die Schultern. »Er ist ein schwieriger Mensch. Schon viele Frauen haben sich an ihm die Zähne ausgebissen. Ich kann Ihnen im Grunde nur empfehlen, die Finger von ihm zu lassen.« Ihr Blick verdunkelte sich. »Glauben Sie mir, ich weiß, wovon ich rede.« Ein schmerzlicher Zug huschte über ihr Gesicht. Leahs Gefühl, dass Jeannette Ritter selbst mit ihm zusammen gewesen und wohl nicht ganz darüber hinweg war, wurde stärker. Nofretete schob das Kinn vor. »Vergessen Sie Marc Wolfler am besten so schnell wie möglich. Das ist wohl das Klügste.«

Waren das nur die Worte einer verschmähten Frau? Oder waren es gar die Worte einer geschlagenen Frau? Der Schmerz, den Leah im Gesicht ihres Gegenübers erkannte, könnte darauf hindeuten.

In diesem Moment hörte Leah ein Pochen an der Glasscheibe, die das Schwimmbad vom Außenbereich trennte, und wandte sich um. Dort stand André Kern. Jeannette Ritter ging zur Glastür und öffnete sie. »André?«, fragte sie ihn.

Die Art, wie die beiden sich betrachteten, zeigte, dass sie sich ebenfalls schon lange kannten. Über Andrés Gesicht huschte ein Ausdruck, der Leah an das erinnerte, was sie soeben an Jeannette Ritter beobachtet hatte. Ob sich hier der Kreis schloss? Es sah ganz danach aus, als hätte André Kern ein Interesse an der unnahbaren Schönen, das sie offenbar niemals erwidert hatte. Doch nun wandte er sich Leah zu.

»Bonjour! Ich hatte gehofft, Sie hier zu finden.« Er strahlte, als hätte er im Lotto gewonnen.

»Bonjour.«

»Ich muss an meine Arbeit«, sagte Jeannette Ritter. »André, du darfst nicht mit Straßenschuhen hier herein, das weißt du.« Sie sah zu Leah. »Können Sie die Tür gleich schließen?« Als Leah nickte, spiegelte sich eine gewisse Zufriedenheit in Nofretetes Gesicht. Sie sagte: »Er ist einer der begehrtesten Junggesellen der Gegend«, lächelte ihn an, schlug ihm kurz mit dem Handrücken gegen die Brust und eilte davon.

Was war das denn gewesen? Das wirkte fast so, als wolle sie Leah André Kern wie eine Kupplerin schmackhaft machen.

Er sah das offenbar nicht so. Oder er fand es gut. Jedenfalls grinste er Leah an. »Darf ich Sie zum Frühstück einladen?«, fragte er.

Ungläubig lachte sie. »Zuerst muss ich meine Haare waschen und mich anziehen.«

»Perfekt, ich führe in der Zwischenzeit noch ein Telefonat. Treffen wir uns in einer halben Stunde im Frühstücksraum?«

Sie wollte protestieren, doch er hob abwehrend die Hände. »Sagen Sie ja.« Er zog eine Schnute wie ein kleiner Junge, sodass Leah lachen musste. Wenn sein Herz daran hing, sollte er eben in den Frühstücksraum kommen.

Kapitel 5

Während sich Leah das Chlor aus dem Haar wusch, dachte sie über André Kern und Marc Wolfler nach. Warum begegnete sie nach Jahren plötzlich gleich zwei Männern, die sich für sie interessierten und die zugegebenermaßen infrage kämen? André schien gradliniger zu sein als der Wolf. Es irritierte sie allerdings, andauernd nur das Bild des Wolfs vor Augen zu haben. Es sah ganz so aus, als habe ihr Inneres längst eine Wahl getroffen. Leah seufzte und zog sich an, trocknete nachlässig ihre Haare und machte sich auf den Weg.

Um in den Frühstücksraum zu gelangen, musste sie an der Rezeption vorbei. Sie lächelte Nofretete zu. Ihre Haare waren offensichtlich noch ein bisschen feucht, genau wie die von Leah. Im Gegensatz zu Leahs Matte kräuselte sich bei ihr jedoch kein einziges Härchen entgegen der Schwerkraft. Leah entschied, die Vergleiche mit Jeannette Ritter zu unterlassen. Dabei zog sie sowieso den Kürzeren. Daran änderte auch das Sommerkleid nichts, in dem sie sich seit zehn Jahren immer pudelwohl gefühlt hatte. Mit dem Türkisfarbenen war es natürlich nicht zu vergleichen, aber es fühlte sich an wie eine liebgewonnene zweite Haut, hatte einfache, breite Träger, war leicht auf Taille geschnitten und fiel locker herab. Wie alt es war, stand ja nicht dran. Die Farbe, ein helles Lindgrün, unterstrich zudem ihre Augen.

Während sie von der Rezeption zum Restaurant weiterging, nahm sie ihre Haare zusammen und drehte sie zu einem Knoten, den sie mit einem Haargummi locker fixierte. Es sollte heute heiß werden.

Schon während sie den Raum betrat, entdeckte sie den Sunnyboy, dessen Blondschopf in der Morgensonne mit seinen Augen um die Wette leuchtete. Er sprang auf und winkte ihr mit übertrieben wilden Gesten zu. Leah musste lachen und ging zu André Kern. Er begrüßte sie mit Wangenküsschen, als ob sie sich schon ewig kennen würden. Ihr Lachen schien ihn zu ermutigen.

»Leah, wie schön. Setzen Sie sich.« Eifrig hielt er ihr das Brotkörbchen hin. »Sie sind bestimmt hungrig.«

Umständlich legte sie erst mal den Zimmerschlüssel neben ihrem Teller ab und strich den Rock unter dem Po glatt, bevor sie sich setzte. Unbeirrt hielt André ihr das Körbchen vor die Nase. Er lächelte dabei so breit, dass ihre Mundwinkel ebenfalls nach oben wanderten. Seine positive Ausstrahlung wirkte ansteckend. Mit einem Danke griff sie nach einem Brötchen mit Sonnenblumenkernen.

»Wollen wir uns nicht duzen? Ich bin André.«

»Warum nicht?«

»Magst du es süß oder herzhaft?«, fragte er und sprach schnell weiter, bevor sie antworten konnte. »Lass mich raten ...« Er sah ihr in die Augen. »Herzhaft, jede Wette!«

»Wie kommst du darauf?«, fragte sie überrascht. »Sehe ich so dick aus?« Sie stöhnte innerlich. Was für eine peinliche Frage! *Fishing for compliments* nannte man das wohl.

»Nein, im Gegenteil! Du bist bezaubernd.« Er zwinkerte bei dem altmodischen Wort. »Ich lese es in deinen Augen.«

Sie schmunzelte. Der legte sich ja mächtig ins Zeug. »Falsch getippt.« Sie griff nach der Kirschmarmelade. Den Triumph wollte sie ihm nicht gönnen, obwohl der Parmaschinken auf der Platte extrem gut roch.

André lehnte sich zurück. »Seltsam. Ich irre mich sonst nie.«

»Ach? Wohl ein Frauenversteher?«

Er beugte sich vor und fixierte sie, eine Braue hochgezogen. »Das war frech.«

Sie musste schon wieder kichern, was ihm einen zufriedenen Ausdruck auf das Gesicht zauberte. Er war wirklich attraktiv, das musste sie ihm lassen. Aber sie war unkonzentriert. Sie nahm sein Blondhaar, die goldenen Härchen auf seinen Unterarmen und die klaren Augen deutlich wahr und fand sie ausgesprochen anziehend. Zugleich sah sie jedoch den schwarzen Schopf von gestern und die Schatten vor sich, die die Bernsteinaugen des Wolfs so geheimnisvoll wirken ließen. Und sie wusste einfach nicht, was sie stärker anzog. Oder fand sie beide Männer gleich faszinierend?

»Ach was.« Sie feixte. Dieses Geplänkel machte ihr Spaß.

»Darf ich fragen, was du beruflich machst?«

»Ich bin Diplomübersetzerin.«

»Für welche Sprachen?«

»Französisch und Englisch. Französisch ist meine zweite Muttersprache.«

Er nickte. »Ja, das ist naheliegend. Ein schöner Beruf. Und jetzt hast du Urlaub?«

Sie sah nach der Uhr. »Nun, eigentlich arbeite ich an einem Auftrag, der zügig fertig werden muss. Aber ich bin gut vorangekommen. Mein Auftraggeber ist übrigens ein Kollege von dir.« Gespannt sah sie ihn an.

»So?«

»Ja. Marc Wolfler.« Sie spürte einen Anflug von Gänsehaut, als sie den Namen aussprach.

André streckte den Rücken durch. »Guillaume?« Seine Stimme hatte den schmeichelnden Tonfall verloren, in dem er die ganze Zeit geredet hatte. »Was hast du denn mit dem zu schaffen?«

»Er ist sozusagen mein Chef.« Irgendwie ein aufregender Gedanke.

André runzelte die Stirn. Sie griff nach einer Scheibe Schinken, rollte sie auf ihrem Teller zusammen und biss hinein. Eine Sekunde schloss sie die Augen. Herrlich!

Ein Grinsen breitete sich auf Andrés Gesicht aus. »Also doch herzhaft, ich wusste es. Wieso ist Gui..., ich meine Marc, dein Chef? Das musst du mir erklären.«

»Er hat mir einen Text- und Übersetzungsauftrag gegeben. Dass ich ihn hier kennengelernt habe, war reiner Zufall.« Vielleicht war es gar kein so großer Zufall, wenn sie an ihre Freundin Silvie dachte. Sie war damals zu den Weinlesen ja auch hier gewesen. Möglicherweise hatte sie gleich eins und eins zusammengezählt, als Leah den Übersetzungsauftrag erwähnte. Es würde jedenfalls zu ihr passen. Leah verleibte sich eine zweite Scheibe Schinken ein, was ein erneutes Feixen zur Folge hatte.

»Ach so.« Er fegte ein paar Brötchenkrümel mit den Fingern zusammen und ließ sie auf seinen Teller fallen.

»Mal was anderes: Du hast mir gestern noch ein Glas Kerner Rosé versprochen.« Gespannt wartete er ihre Reaktion ab.

»Nein, *du* hast es *mir* versprochen.«

Er strahlte. »Sehr schön, dann hole ich dich morgen Nachmittag hier ab. Ich zeige dir die Gegend, und du kannst meinen Rosé kosten. Ich wette, du magst ihn.« Er lachte. »Du magst ja auch den Parmaschinken.«

Als Leah später zu ihrem Zimmer zurückging, sah Nofretete sie mit dem geheimnisvollen Ausdruck einer Sphinx an. Leah winkte verlegen und schwebte vorüber – und dann nichts wie an die Arbeit. Sie wollte noch eine oder zwei Anwendungen mitnehmen, vorher aber mit den Übersetzungen weitermachen. Für ihren Chef. Bei dem Gedanken musste sie schmunzeln.

Bei offenem Fenster saß sie zwei Stunden später noch immer an der Übersetzung und stieß auf unerwartete Schwierigkeiten. Das Weingut warb mit Methoden und Prinzipien, die offensichtlich an die Philosophie der großen französischen Champagnermarken angelehnt waren. Um sie korrekt übersetzen zu können, benötigte Leah die Termini, die sie entweder über das Internet recherchieren müsste, da sie in den Fachwörterbüchern noch nicht aufgelistet waren – oder sie versuchte, an Originaltexte aus der Champagne zu gelangen. Was nicht wirklich ein Problem darstellte, da ihre eigene Verwandtschaft sie ihr besorgen könnte. Andererseits bot sich hier ein Grund, um Marc Wolfler anzurufen. Wenn sie ihre grauen Zellen ein wenig anstrengen würde, sollte sie auch selbst auf die richtigen Formulierungen kommen. Komischerweise fiel ihr das gerade extrem schwer. Bevor sie also Zeit investierte, um im Internet danach zu forschen, war es naheliegender, ihn selbst anzurufen und zu fragen, ob er französische Texte besaß oder ihr Tipps geben konnte, welche Weingüter in Frankreich mit den gleichen Methoden arbeiteten. Das redete sie sich jedenfalls ein. Froh über ihre geniale Idee suchte sie in ihrem Mailwechsel nach seiner Telefonnummer, und als sie etwas später das Freizeichen hörte, schlug ihr das Herz bis zum Hals. Sie war gespannt, wie er ihr erklären würde, dass er sich gestern nicht mit seinem echten Namen zu erkennen gegeben hatte.

»Salut, hier ist Clarisse Wolfler«, hörte sie eine kindliche Stimme. Damit hatte Leah nicht gerechnet.

»Ähm, hier ist Leah Bonnet. Ist Marc Wolfler zu sprechen?«

»Nö, Paps ist unterwegs. Kann ich was ausrichten?«

Diese Auskunft ernüchterte sie. Statt Herzklopfen spürte sie ein schales Gefühl in der Magengegend. Marc Wolfler war verheiratet und hatte ein Kind. Logisch! Wie hatte sie davon ausgehen können, ein Mann wie er wäre Single? Und würde ausgerechnet auf sie warten ... Geradezu lächerlich. Leah riss sich zusammen und versuchte, an den Auftrag zu denken.

»Er soll mich bitte zurückrufen. Es geht um die Werbetexte für das Weingut. Hast du etwas zum Schreiben?«

»Moment, ich hole mir was.«

Leah hörte, wie sie mit heller Stimme einen Jungennamen rief und um einen Stift bat. Also hatte er sogar mehr als ein Kind! Enttäuschung breitete sich wie kalter Nebel in ihr aus. Dann war Clarisse wieder am

Apparat. Leah diktierte ihr ihre Handynummer und legte auf.

Verdammter Mist! Sie fühlte sich, als hätte ihr jemand mit einem großen Hammer gegen die Stirn geschlagen. Fröstelnd ging sie zum Fenster und schloss es. Das helle Grün und die bunten Farbtupfer da draußen schienen nun nicht mehr so zu leuchten wie noch vor einem Moment. Warum bildete sie sich auch ein, dass sie hier mal eben *dem* Traummann begegnete? Diese kindische Vorstellung eines Mister Right, der nur auf sie wartete, hatte sie doch eigentlich abgelegt. Und dann traf sie ausgerechnet auf jemanden wie Marc Wolfler – und entwickelte prompt Gefühle für ihn. »Du bist so was von bescheuert«, pflaumte sie sich murmelnd an. »Bleib bei deinen Leisten.« Ein Lieblingsspruch ihrer Mutter, die niemals ihre Kindheit vergessen hatte. Ihr Vater war Schuster gewesen und musste hart arbeiten, um das Leben der kleinen Familie zu finanzieren.

Tja, und Leah war letzten Endes nur eine kleine Übersetzerin, die zwar gut in ihrem Job war und auf eigenen Füßen stand, aber bei gelegentlichen Engpässen doch auf die Finanzhilfe der Eltern zählen konnte. Und sie bildete sich ein, mit einem Mann mithalten zu können, der aus einem kleinen Weingut ein international erfolgreiches Unternehmen gemacht hatte und sogar den Vergleich mit den großen französischen Champagnern nicht scheute? Wie lächerlich war das denn?

Verärgert über sich selbst warf sie sich auf das Bett und blätterte die Hotelbroschüre durch, in der alle Anwendungen aufgelistet waren. Gab es noch eine am frühen Samstagnachmittag, die sie auf die Schnelle buchen konnte? Sie entdeckte eine Gesichtsbehandlung mit Peeling, Pflegebalm und Massage. Das könnte jetzt genau das Richtige sein. Sie hatte ihr Gesicht noch nie in einem Kosmetikstudio behandeln lassen.

Kurzerhand rief sie beim Empfang an, und Jeannette Ritter gab ihr einen Termin.

Auf dem Weg dorthin hörte Leah über ihre Handykopfhörer Kate Nash. Langsam ging ihr die sanfte Wellnessmusik nämlich auf den Zeiger. Das Vibrieren ihres Telefons entging ihr deshalb beinahe. Als sie danach sah, erkannte sie, dass es keine eingegangene Nachricht war, sondern jemand versuchte, sie zu erreichen. Es war eine unbekannte Nummer mit französischer Vorwahl. Mit schlechtem Gewissen, denn eigentlich sollten Handys hier abgeschaltet sein, ging sie ran.

»Hallo?«

»Marc Wolfler hier«, erklang seine tiefe Stimme.

Ihr rutschte beinahe das Handy aus der Hand, hektisch angelte sie danach und hob es wieder ans Ohr.

»Ups, sorry«, quietschte sie.

Er lachte. Was für ein Timbre!

»Nichts passiert!«

Ausgerechnet in diesem Moment öffnete eine junge Frau die Tür des Behandlungsraums. »Leah Bonnet?«

»Entschuldigen Sie, ich habe einen Termin.« Wenigstens war die Quietschfrequenz aus ihrer Stimme weg. »Ich melde mich später bei Ihnen, okay?«

»In Ordnung. Ich warte darauf.«

Das klang seltsam. Wie eine Drohung oder eher wie ein Versprechen? Sie schaltete das Handy aus und stolperte in den Behandlungsraum. Ihr Gesicht war erhitzt und feuerrot. Natürlich.

Die junge Kosmetikerin mit dem langen Blondzopf lächelte freundlich. »Sie haben sehr sensible Haut. Die Behandlung wird Ihnen bestimmt guttun. Wir machen ein sanftes Peeling und massieren den Pflegebalsam vorsichtig in Ihre Haut ein. Lassen Sie sich einfach ein bisschen verwöhnen.«

Wie das ultimative Verwöhnprogramm fühlte es sich auch tatsächlich an. Leahs Haut brannte oder juckte überhaupt nicht, sondern es fühlte sich an, als würde sie mit allem aufgefüllt, was ihr guttat. Die zarten Fingerbewegungen auf Leahs Gesicht halfen ihr, die Herzfrequenz wieder herunterzufahren, die das kurze Gespräch mit dem Wolf so durcheinandergebracht hatte. Sie sagte sich immer wieder vor, dass sie cool bleiben musste. Marc Wolfler war Familienvater. Nicht der Richtige für sie. Außerdem hatte Jeannette Ritter sie vor ihm gewarnt. Wieso eigentlich? Wenn er verheiratet war, stand er eh nicht zur Debatte. Es sei denn, er war ein Schürzenjäger, der seine Frau betrog. So wie Tom sie betrogen hatte. Mist!

War das einer der Gründe, weshalb er ihr gestern Abend nicht gleich gesagt hatte, dass er Marc Wolfler, ihr Auftraggeber, war? Die Verwirrung in Leah wuchs. Ihr Gefühlsaufruhr zeigte ihr klar, wie weit sie mit dem Verstand hier käme. Vermutlich sollte sie jegliche Begegnung mit dem Wolf vermeiden, sonst verfiele sie ihm hoffnungslos. Doch der Gedanke reizte sie – trotz Kindern und Ehefrau und trotz des Schmerzes in Jeannette Ritters Gesicht. Unwillkürlich sah sie seine widersprüchlichen, beschatteten Augen vor sich. Und sie wollte herausfinden, was er verbarg. Sie wollte ihn unbedingt wiedersehen!

»Sie sind mit Ihren Gedanken ganz woanders, nicht wahr?«, holte die Stimme der Kosmetikerin sie wieder ins Hier und Jetzt.

Leah tauchte wie aus einem Nebel auf, öffnete die Lider und sah ihr freundliches Gesicht vor sich.

»Wir sind fertig. Ihre Haut ist jetzt glatt und weich wie Seide. Schützen Sie sie vor der Sonne.«

Sie seufzte, während sie sich aufsetzte. »Ja, das tue ich, danke.« Sie fühlte sich wieder gelöster, als sie den Weg zum Hotelzimmer einschlug. Kurzerhand machte sie einen Abstecher zum Restaurantbereich, um nach einer Kleinigkeit zu essen zu suchen.

Kapitel 6

Anstelle des ausgefallenen Mittagessens ließ sich Leah einen riesigen Obstsalat schmecken, bevor sie zurück ins Zimmer ging. Dabei ignorierte sie ihre unterschwellige Nervosität wegen des bevorstehenden Telefonats gezielt. Sie setzte sich an ihr Notebook, öffnete die zuletzt bearbeitete Datei und wählte Marc Wolflers Telefonnummer.

»Hallo Leah!«, meldete er sich.

»Bonjour.«

»Kann ich Ihnen helfen?«

»Ja, das können Sie.« Sie verstummte.

»Das ist schön. Womit denn?«

»Rein geschäftlich«, sagte sie und verzog das Gesicht.

Er lachte. Sein gelöster Tonfall ließ sie wünschen, den ganzen Tag mit ihm gemeinsam zu verbringen, herumzualbern und zu lachen. Sie blickte auf die geöffnete Datei.

»Interprofession Champenoise«, warf sie ihm einen der Begriffe an den Kopf, die sie markiert hatte.

»Hm, das klingt spannend«, sagte er, »und aus Ihrem Mund sehr …«, er machte eine Pause, »französisch.«

Und das wiederum klang aus seinem Mund wie ein Angebot, aber sie hütete sich, das zu sagen. Grinsend änderte sie ihre Sitzposition und klopfte mit dem Finger auf das Wort. »Das ist ein Begriff aus Ihren Texten.«

Er lachte leise. »Ja, allerdings. Wir richten uns seit geraumer Zeit nach der Interprofession Champenoise.«

»Das ist mir schon klar«, versicherte sie ihm. »Ich wüsste nur gern, ob Sie vielleicht einige Originaltexte anderer Champagnermarken besitzen.«

»Ja. Mich hat immer interessiert, was den Champagner in den Augen der Welt so besonders macht. Nachhaltiger Weinbau wird schließlich nicht nur dort seit Langem praktiziert.«

»Ich weiß, aber ich bin in Ihren Texten auf ein paar ungewöhnliche Formulierungen gestoßen. In den Prospekten anderer Weingüter habe ich sie so noch nicht gelesen.«

»Das freut mich. Genau das ist mein Ziel. Mich von den anderen absetzen. Wolfler ist eine Marke. Ich bin eine Marke.« Das hörte sich nicht gerade bescheiden an. Aber wenn sie sich den Wolf und seinen Wein vorstellte, wäre Bescheidenheit zugegebenermaßen fehl am Platz.

»Dann verstehe ich nicht ganz, warum Sie sich mir gestern gar nicht vorgestellt haben, *Guillaume*.« Seinen Spitznamen zog sie betont in die Länge.

Er lachte auf. »Ich fand es interessant zu hören, was Sie über meinen Riesling zu sagen hatten, und es war ja klar, dass Sie meine kleine Charade bald durchschauen würden. Sind Sie mir deswegen böse?«

»Ach nein, es hat mich nur etwas irritiert.«

»Und welche Formulierungen meiner Prospekte meinen Sie im Einzelnen? Vielleicht kann ich Ihnen helfen.«

»Sie würden mir helfen, wenn Sie mir die französischen Texte der Konkurrenz geben könnten. Anstatt mir für einzelne Begriffe mühsam Übersetzungen auszudenken, die möglicherweise gekünstelt klingen, könnte ich die entsprechenden Formulierungen heraussuchen. Das ist authentischer.« Endlich fühlte sie sich wieder sicherer. Das war ihr Ding. »Natürlich immer im Einklang mit Ihrer persönlichen Werbestrategie.« Als Wolf, hätte sie gern noch hinzugefügt, verkniff es sich aber. Das wäre richtig albern!

»Was für Begriffe zum Beispiel?«

»Ähm ...« Sie spürte ein Kribbeln. Er hatte sie gestern an der Nase herumgeführt, das konnte sie auch. Sie suchte nach einer Formulierung, bei der er sofort durchschauen würde, dass sie es nicht ernst meinte. »Kontrollierte Bepflanzung«, sagte sie und musste sich beherrschen, nicht zu kichern. Dann setzte sie noch eines drauf mit »Kräuter oder Gras säen«. Sie schloss die Augen und wartete darauf, ob er auf ihren Flirt-Tonfall einsteigen würde.

Wie erwartet, ertönte ein tiefes Lachen am anderen Ende der Leitung. »Hm, das klingt extrem kompliziert ...«

»Verspotten Sie mich?«, sagte sie gespielt empört.

»Leah, ich schlage vor, Sie kommen hoch zu meinem Gut.«

»So?«, fragte sie nach, plötzlich aufgeregt.

»Ja. Ich suche die Broschüren heraus, und dann können wir gemeinsam nachsehen, wie man ›Bepflanzung‹, ›Kräuter‹ und ›Säen‹ am besten übersetzt.« Er lachte nochmals diesen Dreiklang. »Oder ... was war es noch? ›Gras‹.«

Sie stimmte in sein Lachen ein. »Wann soll ich denn kommen?«

»Morgen Nachmittag. Heute Abend und morgen früh habe ich noch zu tun. Wann passt es Ihnen?«

Damit war auch die Entscheidung endgültig getroffen, länger zu bleiben. Vielleicht tatsächlich die gesamte Woche. Sie wollte herausfinden, was es mit seiner Familie auf sich hatte. Und sie wollte ihn näher kennenlernen.

Am nächsten Nachmittag also. Mist, da war sie ja schon mit André Kern verabredet. Aber das war ihr jetzt ebenfalls egal. Wenn sie André eine gute Stunde gab, sollte das reichen. Und danach zum Wolf! Der Gedanke löste Nervosität in ihr aus.

»Sagen wir siebzehn Uhr?« Sie würde André schon klarmachen, dass die Arbeit wichtiger war als sein Rosé.

»Sehr gut. Ich erwarte Sie.« Er legte auf.

Sie saß mit klopfendem Herzen an ihrem Notebook und fragte sich, ob es klug gewesen war, mit ihm zu flirten. Na, sie würde es herausfinden.

Lässig tippte sie die gesuchten Übersetzungen in die Leerstellen in ihrem Text.

Kapitel 7

Den Sonntagmorgen begann sie mit einem Schwimm- und anschließenden Saunagang. Dann buchte sie am Empfang ihr Zimmer für die folgende Woche, was zum Glück kein Problem war. Nach dem Frühstück, das sie ohne Begleitung einnahm, machte sie einen ausgedehnten Spaziergang durch Eguisheim und genoss das Treiben.

Offenbar nutzten viele Deutsche die relative Nähe zur Grenze, um hier französisches Lebensgefühl und die elsässische Gemütlichkeit zu erleben. Ein junges Mädchen in der traditionellen Tracht wanderte mit einem Korb voller Blumen herum und ließ sich bereitwillig mit Touristen fotografieren. Sie wirkte wie aus einer anderen Zeit hierher versetzt. Sie trug einen roten Rock, darüber eine schwarze Schürze mit Spitzenbesatz. Über der weißen Bluse mit fein gearbeitetem Spitzenkragen hatte sie ein Mieder stramm geschnürt, das unbequem und durch den festen schwarzen Stoff bei diesem Sommerwetter auch schweißtreibend wirkte. Die Kopfbedeckung war sehr französisch: eine eigenartig geformte schwarze Haube, an der natürlich eine kleine Trikolorerosette nicht fehlen durfte. Ob die Form eine bestimmte Bedeutung hatte, so wie der Trachtenhut und die Farbe der Bollen bei den Schwarzwälderinnen? Das Mädchen schien sich in dem Kleid wohlzufühlen, sein Lächeln war aufgeschlossen und auch ein bisschen stolz. Leahs Blick wanderte immer wieder zu ihm zurück, und sie fühlte sich wohl in dem malerischen Ort. Es war wirklich Urlaub vom Alltag.

Eine gewisse Verwirrung, die Leah gelegentlich spürte, hatte mit den beiden Männern zu tun, auf die sie hier gestoßen war. Die meiste Zeit schlich sich zwar ein großer, dunkelhaariger Mann mit Wolfsblick in ihrem Kopf in den Vordergrund, aber auch André Kern konnte sie nicht ganz vergessen. Die Leichtigkeit, mit der er mit ihr flirtete, bezauberte sie.

Am frühen Nachmittag vertiefte sie sich nochmals in die Texte des Wolfs und merkte kaum, wie die Zeit verging. Fast erschrocken stellte sie irgendwann fest, dass es schon halb vier war. André Kern würde bald aufkreuzen. Schnell fuhr sie das Notebook herunter. Wenige Minuten später hatte sie Shorts, Top und eine ärmellose Bluse angezogen, da klopfte es auch schon an der Tür. Das musste er sein. Sie schlüpfte in die Zehensandaletten, mit denen sie bei diesem heißen Wetter am liebsten herumlief, zog am Bund der kurzen Hose, bis sie bequem saß, und öffnete die Tür. Andrés graue Augen leuchteten auf, als sie vor ihm stand und er mit seinen Blicken die Konturen ihres Körpers nachzeichnete.

»Salut, ma belle.« Er trug Bermudashorts, die seine gebräunten Beine in Szene setzten.

Leah hätte gewettet, dass er Fußball spielte oder gespielt hatte. Seine schönen, muskulösen Waden wurden offensichtlich regelmäßig der Sonne ausgesetzt. Sein schmal geschnittenes T-Shirt betonte den breiten Oberkörper. Wie hatte Jeannette Ritter ihn genannt? Den begehrtesten Junggesellen der Gegend?

Dann kam Leah ein anderer Gedanke: Bei ihm stand keine Frau im Hintergrund. Der Blick in seine Augen löste ein Flattern in ihrem Magen aus. Sie fühlte sich sehr lebendig.

André fuhr mit ihr im Pick-up zu seinem Gut und führte sie zu den Weinbergen. Sie waren steil und nicht in Terrassen angelegt, wie sie es aus den baden-württembergischen Weinregionen kannte. Der Anblick war charakteristisch für die Elsässer Weinstraße. Ganz Winzer, führte André sie stolz herum, zeigte ihr die kleinen, noch unreifen Früchte und erklärte ihr, welche Rebsorten er anbaute. Es war nicht zu übersehen, wie sehr er seinen Beruf liebte.

Vorsichtig strich sie mit der Fingerkuppe über die wie Reif wirkende, helle Schicht, die die Beeren überzog. »Du bist mit Leib und Seele Winzer, oder?« Ihr war heiß geworden. Sie nahm die Hand zurück und zog die Bluse aus, sodass sie nur noch das luftige Trägertop trug. Die Sonne schien erbarmungslos herunter, und Leahs Haut war durch die Hitze bereits gerötet.

Er nickte stolz und ließ seinen Blick auf ihrer nackten Schulter ruhen. »Ja, wie alle hier. Wir lesen noch von Hand. Im September geht es los. Es ist eine Knochenarbeit, aber Maschinen können die guten nicht von den schlechten Trauben unterscheiden.« Er zwinkerte ihr zu.

Leah wusste, wie es sich anfühlte, mit dem großen Korb auf dem Rücken und klebrigen, oft klammen Fingern die Trauben zu ernten. Sie war sich nicht sicher, ob sie es heute noch einmal machen wollen würde.

Unvermittelt zog André sie ein Stück weiter unter einen riesigen Baum, der auf der Grenze zwischen zwei Weinbergen stand. »Du solltest im Schatten bleiben.«

Sehr zart legte er seine Finger auf ihre Schulter, was angenehm erfrischend wirkte.

»Oh, danke. Die Sonne brennt ziemlich.«

»Ich würde dir gern den Gewölbekeller unserer Kelter zeigen. Dort können wir den Rosé probieren. Und da ist es kühler.« Er zwinkerte erneut.

»Ich weiß nicht …«, sagte sie ausweichend und warf verstohlen einen Blick auf ihre Armbanduhr. Die Zeit rannte! Jetzt bedauerte sie, dass sie die Treffen mit beiden Männern so dicht hintereinandergelegt hatte. Es wäre schön, André etwas näher kennenzulernen. Bisher hatte er gegen den Wolf keine große Chance. Der Gedanke an Marc Wolfler, während Andrés Hand auf ihrer Haut ruhte, verwirrte sie extrem.

»Betreibst du das Gut gemeinsam mit deinen Eltern?«, fragte sie, um abzulenken.

»Ja, wir sind ein Familienunternehmen. Wir Weinbauern haben nicht gerade einen einfachen Beruf, und wir müssen zusammenhalten, um erfolgreich zu sein. Hier achtet jeder ein bisschen auf die Nachbarn.« Er zog seine Hand zurück, mit gerunzelter Stirn warf er einen Blick über die Weinberge, die sich aneinanderschmiegten, soweit das Auge reichte. An einer bestimmten Stelle blieb er hängen. »Fast jeder. Es gibt natürlich auch Individualisten und Eigenbrötler.«

Sie folgte seinem Blick und sah auf einen ausgedehnten, samtig grün schimmernden Weinberg ein Stück weiter weg. Er erstreckte sich über einen größeren Hügel und umfasste daher mehrere Höhenlagen. Sie streckte den Arm aus und zeigte mit dem Finger dorthin. »Wem gehört denn dieser Wingert? Er ist riesig, oder?«

Er sah ihr in die Augen. »Ja. Dem Wolfler. Er ist einer dieser Eigenbrötler.«

»Was ist mit ihm? Du kennst ihn gut, oder?«

André zog die Schultern hoch, die Hände in den Taschen seiner Bermudas vergraben. »Ja, schon unsere Väter sind zusammen zur Volksschule gegangen. Wir sind *Freunde* ...«, er betonte das Wort eigenartig, fast klang es sarkastisch, »... von Kindesbeinen an. Aber Gui..., Marc ist kompliziert. Er lässt sich nicht gern in die Karten schauen.«

»Ist er unbeliebt?«

»Hm ...« André legte ihr die Hand an die Taille und leitete sie umsichtig wieder vom Baum weg über einen Pfad hinunter zu seinem Pick-up. »Das ist schwer zu sagen. Marc ist kauzig, dabei nicht direkt unfreundlich. Alle hier haben gehörigen Respekt vor ihm.« Er half ihr an einer Stufe, indem er sich zu ihr umdrehte und ihr die Hand reichte. Beim Weitergehen hielt er ihre Finger weiter fest, doch da sie nur hintereinander vorwärtskamen, entzog Leah sie ihm wieder. »Er hat aus dem Gut wirklich was gemacht, das muss man neidlos zugeben. Mit seinem Rosésekt ist er international auf dem Vormarsch. Was unserer Region wiederum zugutekommt.«

»Worauf gründet sich sein Erfolg?«

»Er trifft die richtigen Entscheidungen zum richtigen Zeitpunkt. Sein Gebiet ist riesig, wodurch er mal was ausprobieren kann. Außerdem hat er völlig freie Hand, weil seine Eltern ihm nicht reinreden.« Kurz wirkte es, als ärgerte sich André über diese Tatsache.

Überhaupt hatte Leah den Eindruck, dass er einen gewissen Neid nicht unterdrücken konnte. Sie waren am Pick-up angekommen, er hielt ihr die Beifahrertür auf.

»Haben seine Eltern den Weinbau aufgegeben? Ich erinnere mich dunkel an die beiden.«

»Tatsächlich? Woher kennst du sie denn?«

»Ich war vor einer halben Ewigkeit zwei, drei Mal bei den Weinlesen hier.«

Er lachte und stieg auf den Fahrersitz. »Dann gehören wir ja fast zur selben Familie. Wieso erinnere ich mich nicht daran – an dieses schöne Gesicht?« Er drehte sich ihr zu und betrachtete sie. Kurz wirkte es, als wolle er die Hand heben, um mit den Fingern über ihre Wange zu streichen. Leah konnte sich nicht dagegen wehren, dass seine offene Bewunderung ein zartes Ziehen in ihr hervorrief.

Als er sich umdrehte und den Zündschlüssel einsteckte, sah sie auf die Uhr. Viertel vor fünf! Ihr Herz setzte einen Schlag aus. Gleich würde sie den Wolf wiedersehen! Nun musste sie es bloß André schonend beibringen.

»André?«, fragte sie mit schmeichelnder Stimme.

Er würgte den Motor ab und lächelte sie breit an. »Ja?«

»Ähm, ich habe noch eine berufliche Verabredung.«

Er runzelte die Stirn. »Am Sonntagnachmittag?«

»Ja, es geht um einen Übersetzungsauftrag.«

Er zog die Brauen zusammen. »Verstehe«, presste er zwischen den Zähnen hervor.

Sie räusperte sich. Sein Verhalten schüchterte sie ein. Von dem gelassenen Sunnyboy war gerade nicht mehr viel zu sehen. »Ich muss mit Marc Wolfler ein paar Fachbegriffe klären. Ich soll um siebzehn Uhr an seinem Gut sein.« Sie musste tief Luft holen, bevor sie sich traute, die Frage zu stellen: »Könntest du mich hinbringen?«

Er schnaubte und ließ den Motor wieder an. »Nicht zu fassen«, glaubte sie ihn grummeln zu hören, doch dann sagte er: »Klar.«

»Es ist wirklich wichtig. Die Übersetzungen müssen bis Mitte nächster Woche raus. Tut mir leid«, hängte sie lahm an und fühlte sich schäbig.

»Schon gut, verstehe. Da habe ich das Nachsehen.« André brauste los und fuhr, als wären sie auf einer Autobahn und nicht auf einem mehr schlecht als recht befestigten Pfad. Gerade, als er halsbrecherisch um eine Kurve bog und die Steine am Rand wegspritzten, klingelte ein Telefon. Fluchend hielt er an und zog das Handy aus seiner Gesäßtasche. »Ja!«, blaffte. »Nein, ich bin im Weinberg ... Ja, ja ... Kriegt ihr vielleicht mal allein was auf die Reihe?« Er warf Leah einen finsteren Blick zu und trommelte mit den Fingern auf das Lenkrad. »Schon gut, ich komme ... Das läuft hier sowieso alles falsch. Passt also nahtlos ins Muster ... Ja, ich sage doch, ich komme!« Er legte auf. Seine grauen Augen waren dunkel vor Wut. »Wie es aussieht, hätten wir sowieso hier abbrechen müssen. Ich muss nach Eguisheim.« Er startete den Motor und bog auf die Landstraße ab.

Leah saß still neben ihm und wusste nicht, was sie sagen sollte. In ihr kämpfte das schäbige Gefühl, Andrés Gutmütigkeit auszunutzen, gegen die nervöse Vorfreude, wenige Minuten später dem Wolf zu begegnen. Andrés unvermittelt aufgeblitzte Wut verunsicherte sie zusätzlich.

»Die brauchen mich bei den Vorbereitungen für das Fest, du erinnerst dich? Das Winzerfest. Ich habe gestern davon gesprochen.« Er bemühte sich spürbar darum, sich in den Griff zu bekommen.

Leah nickte vage.

Er murmelte vor sich hin, dann warf er ihr einen Blick zu. »Leah, ich würde dich wirklich gern näher kennenlernen. Die nächsten paar Tage habe ich viel zu tun, aber es wäre schön, wenn du zum Fest kommst.«

»Mal sehen«, antwortete sie ausweichend.

»Kommst du?« Flehend sah er sie an. Die Wut war komplett verraucht. Seinem Blick war nur schwer zu widerstehen.

»Ich verspreche nichts.«

»Vielleicht?«

Leah musste lachen. »Ja, vielleicht.« Wenigstens konnte sie ihre Dreistigkeit damit etwas abschwächen, auch wenn sie ihm nicht unumwunden zusagen wollte.

Er feixte und bog kurz darauf in eine Einfahrt ein. Sie führte hoch zu einem schönen Anwesen, das inmitten der Weinberge lag. Unter den Reifen spritzte der Kies auf, als er vor dem Eingang bremste. Leah entdeckte zwei Kinder, die vor dem großen, hellen Gebäude spielten: ein etwa zehnjähriges Mädchen, vermutlich Clarisse, und einen kleineren Jungen. Sie sahen überrascht auf und kamen zum Wagen gelaufen. Leah war nervös wie vor einer Prüfung, während sie die Tür öffnete und ausstieg. Die beiden Kinder liefen zur Fahrerseite.

»André«, rief Clarisse mit ihrer hellen Stimme. Sie wirkte erfreut, ihn zu sehen.

Er stieg aus, ein Lächeln auf den Lippen. »Princesse!« Sie sprang an ihm hoch, und André fing sie auf. Der

Junge blieb neben ihm stehen und himmelte ihn an. »Hallo, Großer.« André wuschelte ihm mit einer Hand durch das Haar und ließ Clarisse wieder hinunter.

»Ich habe euch jemanden mitgebracht.« Er deutete auf Leah, die beiden Kinder musterten sie mit großen Augen.

»Deine Freundin?«, fragte der Junge arglos.

André sah sie einen Moment prüfend an. Leah konnte in seiner Miene lesen, wie gern er die unschuldige Frage mit Ja beantworten würde. Doch er legte den Kopf schief. »Wer weiß?« Er zwinkerte. »Sie kommt hierher, weil sie mit eurem Papa arbeiten muss.«

Clarisse lief um den Pick-up herum und streckte Leah die Hand entgegen. »Sie haben gestern angerufen, stimmt's?«

»Richtig.« Leah nahm die Kinderhand und drückte sie kurz. »Ich bin Leah Bonnet, die Übersetzerin. Ist euer Vater da?«

»Pa-aps«, rief der Junge gellend quer über den Hof.

»Ja«, erklang die tiefe Stimme von irgendwoher, und sofort wurden Leahs Handflächen feucht. Dann trat der Wolf aus einer Tür heraus, die zu einem Nebengebäude gehörte. Vielleicht der Weinkeller.

Er stutzte einen Moment, als er den Pick-up erkannte, und kam mit langen Schritten auf Leah und André zu. Er trug eine abgewetzte Jeans und ein hellblaues, schlichtes Hemd, die Ärmel hochgekrempelt. Dieser Mann sähe selbst in der schmuddeligsten Bauernkluft noch atemberaubend aus. Seine Haare waren verstrubbelt, die widerspenstige Strähne in seiner Stirn zog Leahs Blick magisch an. Ein Sonnenstrahl verfing sich in seinen Augen, und wieder musste sie an einen Wolf denken.

Andrés Blick wirkte finster. Marc Wolfler blieb auf Leahs Seite des Wagens stehen und reichte ihr die Hand. Seine fühlte sich trocken und warm an, ein bisschen rau. »Da sind Sie ja«, sagte er. »Guten Abend.« Der Vorhang vor dem Bernsteinblick war besonders dicht.

Leah konnte seine Stimmung nicht einschätzen. War er überrascht, weil André sie hergebracht hatte? Wenn ja, ließ er es sich nicht anmerken. Sie knetete nervös ihre Bluse in der Hand, und erst, als der Wolfsblick ihre Schulter streifte, wurde ihr klar, wie sie dastand. Verlegen schlüpfte sie in die Bluse, ließ sie jedoch offen, angelte ihre Tasche vom Beifahrersitz und schlug die Tür zu.

Marc Wolfler und André Kern musterten sich wortlos. Leah meinte, eine unterschwellige Spannung zu spüren. *Sind sie Freunde, oder wollen sie sich lieber prügeln?*

Der Junge machte ein paar Schritte neben seinen Vater und schob seine Hand in dessen Pranke. Sofort wirkte der Wolf entspannter. Doch die nächsten Worte des Kindes ließen ihn die Schultern wieder straffen.

»Paps, das ist die Freundin von André.«

»Stimmt gar nicht, Denis«, fuhr seine Schwester dazwischen, doch Marc Wolfler hatte bereits fragend die Brauen hochgezogen.

Leah atmete tief ein. Was musste er von ihr halten? Warum hatte sie sich in eine solche Situation gebracht? Sie hätte André absagen und mit dem eigenen Auto herkommen sollen. Oder sie hätte mit dem Wolf einen anderen Termin vereinbaren können. Aber nun stand sie da, mit zwei konkurrierenden Männern, die sie noch dazu beide anziehend fand.

»Aber vielleicht bald«, versuchte der Junge seine Behauptung zu retten.

Leah spürte, wie ihre Wangen heiß wurden. *André wird das richtigstellen, oder?*

»Ich muss los«, sagte dieser und kam nun ebenfalls auf die andere Seite des Pick-ups. »Du weißt ja, für das Winzerfest ist einiges vorzubereiten.«

Der Wolf blieb unbewegt stehen. Leah konnte seine Miene noch immer nicht deuten. André musste sich zwischen Clarisse und dem Wagen hindurchschlängeln, um zu ihr zu gelangen. Forsch schob er den Arm um ihre Mitte, zog sie an sich und küsste sie auf die Wange.

»Bis morgen ... vielleicht«, sagte er und ließ den Arm eine Sekunde länger liegen als nötig.

»Tschüss.« Leah wand sich heraus.

André erweckte einen völlig falschen Eindruck vor Marc. Sie trat vom Pick-up zurück, endlich stieg André ein und fuhr davon. In ihr blieb das Gefühl zurück, ihn unnötig verletzt zu haben.

Kapitel 8

Marc Wolfler betrachtete Leah schweigend. Sie fühlte sich wie vor einem Strafgericht. Was hatte der Mann für ein Problem? Er sah ihr in die Augen, bis sie vor Nervosität hibbelig wurde. Sie straffte die Schultern, um ihre Verunsicherung nicht zu zeigen. Dann tat er etwas, das sie nicht erwartet hätte. Bisher hatte sie den Eindruck gehabt, er sei zurückhaltend – trotz seiner Art, mit der er ihr vor zwei Tagen fast unbemerkt den gesamten Abend abgeschmeichelt hatte. Er hob die Hand und berührte sie am nackten Oberarm. Eine Art starker Strom jagte ihr unter die Haut, und sie atmete heftig aus.

»Sie müssen aus der Sonne raus«, sagte er. »Ihre Haut ist schneeweiß.«

Genauso umsichtig wie André Kern also. Allerdings war seine Berührung ungleich intensiver. »Und sonst krebsrot«, versuchte sie zu scherzen. Seine Finger lagen noch immer an ihrem Oberarm, und anscheinend wollte er sie nicht wegziehen. Sein Blick hingegen ließ nichts durch. Plötzlich spürte sie kühle, schmale Finger, die sich in ihre Hand schlängelten, und schaute zur Seite. Clarisse wollte sie in Richtung Haus ziehen.

»Sonnenbrand ist echt Mist, das kenne ich von Mama.«

Marc ließ bei ihren Worten die Hand herunterfallen, und Leahs Arm fühlte sich dort an, als habe er ihr ein Brandzeichen eingeprägt. Eines, das nicht wehtat und mit dem sie am liebsten ihren gesamten Körper kennzeichnen würde.

Leah begriff nicht, was in ihr vorging, denn mit jeder Sekunde, die sie in der Nähe dieses Mannes verbrachte, fühlte sie sich mehr zu ihm hingezogen. André Kern verblasste gegen ihn fast augenblicklich zu einer netten Erinnerung. Offenbar verabschiedete sich Leahs Verstand schleichend. Sie erkannte sich selbst nicht wieder. Trotzdem sickerten die Worte des Mädchens nach und nach in ihr Hirn ein. Sie hatte von ihrer Mama gesprochen. Leah ließ sich von Clarisse zur Haustür ziehen.

»Bietet Madame Bonnet bitte etwas zu trinken an, ja? Ich bin gleich da. Mache noch den Weinkeller zu.« Marc Wolfler warf Leah einen weiteren rätselhaften Blick zu und verschwand zu der Tür, aus der er vorher herausgekommen war.

Der Junge hüpfte voraus, in das Haus und durch einen dunklen Flur, an dessen Ende sie einen lichtdurchfluteten Raum mit einer Eckbank und einem großen Tisch betraten, um den fünf weitere Stühle standen. Offensichtlich hatte Marc Wolfler das Inventar des Hauses vor nicht allzu langer Zeit erneuern lassen. Leah erinnerte sich von früher an viele dunkle Einrichtungen in den Winzerhäusern. Eiche rustikal war damals das vorherrschende Mobiliar gewesen. Dieses Zimmer wirkte dagegen hell und offen. Durch die Balkontür sah Leah eine Terrasse aus Naturstein mit ein paar hölzernen Sitzgruppen und geschlossenen Sonnenschirmen – offenbar ein Weingarten. In den Dekorationen draußen und im Zimmer erkannte sie die Handschrift einer Frau mit Geschmack. Nichts wirkte überladen und nichts war kitschig. In einer Ecke lag Spielzeug herum; das gehörte zu einem Haus mit Kindern dazu.

Von der Mutter der Kinder sah Leah jedoch noch immer nichts.

»Bitte sehr.« Clarisse zeigte auf die Eckbank. Ihre Manieren wirkten reif für ein Mädchen in ihrem Alter. Aber vielleicht musste das so sein, wenn man oft Gäste zur Weinprobe hatte. Ein Vitrinenschrank in der Zimmerecke stand voll mit Gläsern verschiedener Größen und Formen, und auf einer Anrichte erkannte Leah die Wein- und Sektflaschen mit dem charakteristischen Wolfleretikett. Davor standen Kärtchen, auf denen vermutlich die Rebsorten und die Preise aufgelistet waren. Offenbar war dies nicht das Familienesszimmer, sondern ein Raum, in dem der Wein verkostet wurde.

»Möchten Sie ein Glas Wein trinken?«, fragte Clarisse.

Leah betrachtete sie eingehender. Sie war ein hübsches Mädchen mit einem dicken weizenblonden Pferdeschwanz. In ihrem Gesicht leuchteten himmelblaue Augen. Die gleiche Farbe hatte Leah eben bei ihrem Bruder Denis gesehen. Die Augenfarbe mussten die Kinder von der Mutter haben. Denis' Haare kamen hingegen ganz nach dem Vater. Sie waren pechschwarz und standen in alle Himmelsrichtungen ab. Es waren bezaubernde Kinder.

»Nein«, sagte sie auf Clarisses Frage, »mir wäre ein Glas Wasser lieber.«

»Mit oder ohne Blubber?« Sie lächelte. Die Zähne schienen zu groß für ihren Mund, und doch konnte man schon klar erkennen, welche Schönheit sie in wenigen Jahren sein würde. Mit einem Strahlelächeln, das an Julia Roberts erinnerte.

»Mit Kohlensäure, wenn ihr habt.«

»Klar.« Sie zuckte die Schultern. »Mama hat immer stilles Wasser getrunken, aber Paps mag das mit Blubber lieber.«

Sie lief in den Flur hinaus, und noch während Leah ihr hinterher sah, fiel ihr auf, dass sie von ihrer Mutter in der Vergangenheitsform gesprochen hatte. Denis hatte inzwischen die Sitzklappe am kurzen Ende der Eckbank hochgehoben und kramte darin herum. Schließlich förderte er einen Malblock, Wachskreiden und einen Bleistift zutage. Leah war überrascht, ohne genau zu wissen, weshalb. Vielleicht, weil sie schon lange keine Kinder mehr beim Malen gesehen hatte. Denis ließ die Klappe wieder zufallen und bemerkte, dass sie ihn beobachtete. Sie lächelte. Das ermunterte ihn anscheinend, denn er legte die Stifte auf den Block und kam mit allem um den Tisch herum auf Leahs Seite. Mit einem entwaffnenden Grinsen, das sie an seinen Vater erinnerte, sagte er: »Rutsch mal ein Stück.«

Er setzte sich neben sie auf die Bank. »Soll ich ein Bild für dich malen?«, fragte er.

Sie wusste nicht, weshalb sein Angebot sie so rührte, aber sie freute sich darüber. Hatte der Junge so schnell Zutrauen zu ihr gefasst?

»O ja, sehr gern«, antwortete sie also.

Die Tür öffnete sich, und ein leichter Essensduft zog herein. Irgendjemand bereitete wohl gerade das Abendessen zu. Clarisse kam mit zwei Flaschen Wasser, die sie auf den Tisch stellte. Sie warf ihrem Bruder einen Blick zu und grinste.

»Hast du ein neues Opfer gefunden?«

Wie alt mochte der Junge sein? Mit dem Bleistift in der Hand musterte er Leah. »Was soll ich dir malen?«

»Ähm, worauf hast du denn Lust? Hast du ein Lieblingsthema?«

Clarisse lachte hell auf. Sie hatte vier Gläser aus dem Schrank geholt und auf den Tisch gestellt. Eines davon schob sie Leah hin, nahm die Flasche und drehte umständlich am Verschluss. »Am besten suchst du dir eine Figur von Star Wars aus. Die kennt er alle und malt sie am liebsten.«

»Echt? Hast du alle Filme gesehen?«

»Klar, mit Paps. Er sagt allerdings, er hat keine Lust, sie drei- oder viermal zu gucken.« Er kicherte und sprang auf. »Warte, ich geh' mal was holen.« Schon war er weg.

Fragend sah Leah seine Schwester an.

»Er holt bestimmt seine Sammelalben mit den Karten«, erklärte sie.

»Wie alt ist Denis denn?«

»Sechs«, erklang die tiefe Stimme von der Tür her. Leah schloss eine Sekunde die Augen, während ihr Herzschlag sich sofort beschleunigte. Der Wolf betrat den Raum.

»Nein, Paps, er wird erst sechs«, belehrte ihn Clarisse, bevor sie sich zu Leah umdrehte. »Und ich bin elf.«

Marc Wolfler lachte schallend. »Nein, Schatz, du wirst erst elf!«

Leah stimmte in das Gelächter ein.

»Pah, schon in drei Wochen.« Clarisse zog eine Schnute. »Denis hat erst in vier Monaten Geburtstag.«

Marc Wolfler deutete auf Leahs Wasserglas. »Keinen Wein für Sie?«

Sie schüttelte den Kopf. »Ich bin noch so aufgeheizt von der Sonne.« Ihre Wangen glühten schon wieder.

Dabei hatte er jetzt wirklich nichts Verfängliches gefragt.

Er setzte sich auf den Stuhl am Kopfende des Tisches über Eck zu ihr, nahm von seiner Tochter ein Glas Sprudel entgegen, prostete Leah zu und trank. Sie setzte ebenfalls an, verschluckte sich dummerweise und musste keuchend husten, um zu Atem zu kommen.

»Geht es?«, fragte Marc Wolfler mitfühlend. Wie gut es sich anfühlte, dass er sich um sie sorgte. Er stand vom Stuhl auf und setzte sich neben Leah auf die Bank. Seine plötzliche Nähe brachte sie noch mehr aus dem Konzept. Er legte ihr die Hand auf den Rücken, ohne zu klopfen, wie es die meisten wohl getan hätten.

Leah kam endlich wieder zu Atem, ihre Luftröhre schmerzte, aber sie konnte den ersten normalen Zug nehmen. Überdeutlich nahm sie die große Hand in ihrem Rücken wahr. Und sie roch den Mann neben sich. Er duftete nur ganz wenig nach Deo oder Shampoo, dafür intensiv nach sich selbst – angenehm frisch, ein bisschen erhitzt und erdig. Sie widerstand dem Impuls, die Augen zu schließen und an ihm zu schnuppern. Der unpassende Gedanke brachte sie zurück in die Gegenwart.

Clarisse sah sie mit großen Augen an. Denis war inzwischen zurückgekommen. Er warf seinem Vater einen ärgerlichen Blick zu. »Hey, Paps, das ist mein Platz!«

Der Wolf lachte. Leah glaubte, aus seinem Tonfall die Liebe zu seinen Kindern herauszuhören. Allerdings machte er keine Anstalten, den Platz zu räumen. »Wenn du dich da gegenüber hinsetzt, kannst du dich mit deinen Malsachen viel besser ausbreiten.«

Leah war die Nähe von Marc Wolfler nur zu deutlich bewusst. Wenn sie sich minimal bewegte, berührte sie mit dem Oberschenkel sein Bein.

Denis schob ihr ein Sammelalbum hin und sagte: »Such dir was aus.«

Sie schlug das Einsteckheft auf und blätterte durch unzählige Karten, auf denen die Charaktere von Star Wars abgebildet waren – aber nicht als echte Menschen, sondern als animierte Figuren. Sie blätterte in dem Heft. Wen sollte sie nehmen? Meister Yoda? Das sagte bestimmt jeder. Leahs Blick blieb an einer Art Kampfamazone hängen, deren Gesicht mit einem Tattoo aus eckigen Mustern geschmückt war. Sie trug ein langes Gewand und das unvermeidliche Laserschwert. Leah tippte auf die Figur. »Schau mal, meinst du, die bekommst du hin?«

Denis zog die Sammelmappe zu sich rüber. »Bariss Offee? Klar kriege ich die hin.« Er grinste. »Ihr Mädchen wollt immer Mädchen.«

Clarisse und der Wolf lachten, und Leah merkte, wie angenehm wohl sie sich hier fühlte.

»Gut, dann ist Denis beschäftigt«, sagte Marc. »Sie wollten mir noch ein paar Fragen stellen, stimmt's?«

Leah nestelte unwillkürlich an ihrem Blusenkragen. »Ach ja, richtig.«

Er verzog die Lippen zu einem Grinsen. »Wir wollten gemeinsam herausfinden, wie Sie die Fachbegriffe am besten übersetzen. Gras, Kräuter, säen. Waren das die Wörter?« Sein Grinsen wurde breiter.

»Ach so, das.« Sie winkte ab. »Habe ich in der Zwischenzeit schon erledigt.« Sie grinste.

Clarisse hatte sich neben ihren Bruder gesetzt und sah ihm beim Zeichnen über die Schulter. Die Kinder schienen dem Gespräch nicht zu folgen.

Der Wolf zog die Brauen hoch. »Folglich sind Sie ganz umsonst gekommen? Und ich habe die Broschüren für die Katz zusammengesucht?«

Leah schluckte. »Ähm ... Nein, es wäre toll, wenn Sie mir die Broschüren geben könnten. Ich finde darin ganz sicher noch ein paar Anregungen.«

»Ein paar Anregungen, so so ...«

Verlegen rutschte sie auf der Bank hin und her. Durch ihre Bewegung spürte sie plötzlich den warmen Jeansstoff seiner Hose an ihrem nackten Oberschenkel. Sie zuckte zurück und bedauerte es im nächsten Moment. Eigentlich würde sie ihn gern weiter an ihrer Haut spüren.

Überraschend griff er nach ihrer Hand, rutschte aus der Bank heraus und zog sie mit. »Kommen Sie, ich gebe Ihnen die Broschüren.« Sie dachte noch darüber nach, ob sie ihre Tasche mitnehmen sollte, da sagte er: »Lassen Sie die ruhig hier. Wir kommen gleich wieder zurück.«

Leider ließ er ihre Hand los und ging ihr voraus in den Flur, in dem es jetzt herrlich nach geröstetem Speck roch. Er nahm zwei, drei Hefte von einem kleinen Schrank, den sie vorher nicht bemerkt hatte, und hielt sie ihr hin. »Hier sind ein paar Prospekte von Vranken-Pommery. Natürlich sind meine eigenen Broschüren ganz anders formuliert.«

»Ja, klar.« Sie griff nach den Seiten und berührte dabei seine Fingerspitzen. Ein kleiner elektrischer Impuls schien von ihm auf sie überzuspringen. Er ließ die

Blätter jedoch nicht los, wodurch sie seine Finger noch einen Moment länger spüren konnte.

»Ich möchte sie hinterher gern wieder zurückhaben.«

»Selbstverständlich.« Als er die Prospekte schließlich losließ, konnte sie eine Broschüre erkennen, die sie selbst vor ein paar Jahren auf dem Tisch gehabt hatte. Sie musste noch auf ihrem PC gespeichert sein. Das brauchte sie dem Wolf ja nicht auf die Nase zu binden.

»Möchten Sie meine Weinkeller besichtigen? Soll ich Ihnen erklären, wie ich den Sekt herstelle?« Er sah sie mit fast kindlichem Eifer an, sodass sie lächeln musste.

Sie legte die Hefte wieder auf dem Schränkchen ab. »O ja, sehr gern.« Noch eine Weile mit ihm allein sein, den Gedanken an Frau Wolfler beiseiteschieben, seine Nähe spüren. Leah konnte sich nichts vorstellen, was sie lieber machen würde.

Er ließ seinen Blick über ihren Körper wandern – was für ein aufregendes Gefühl! – und griff nach einer Strickjacke, die an einem Wandhaken hing. »Ziehen Sie sich das über, im Keller ist es kühl.«

Er reichte ihr seine Jacke, einfach so. Sie war getragen, das konnte sie sofort riechen. Es war eine grob gestrickte Jacke, die er wohl im Weinberg anhatte. Sie roch intensiv nach ihm, und als Leah sie anzog, empfand sie es fast wie eine Umarmung. Ihre Sinne mussten übersensibel sein. Verstohlen sog sie den Geruch tief ein und räkelte ihre Schultern in der rauen Wolle wie eine Katze, die gestreichelt werden möchte, während sie ihm aus dem Haus folgte.

Marc Wolflers Weinkeller erstreckten sich über viele verwinkelte Räume und ließen erahnen, wie alt das Gut schon sein musste. Leah fühlte sich beinahe in eine andere Zeit versetzt. Er erklärte ihr mit sichtlichem Stolz, dass viele der riesigen Fässer zwischendurch längere Zeit nicht in Benutzung gewesen waren, dass er aber, seit er in den Weinbau seiner Familie eingestiegen war, alles, was nicht mehr auf der Höhe der Technik war, erneuern ließ und alte und neue Methoden kombinierte.

»Mein Vater hat zuerst gezögert, doch dann hat er mir freie Hand gelassen. Es war eine schwere Zeit für ihn.« Er unterbrach sich. Sie standen unter der niedrigen Decke eines der ältesten Teile des Kellers. Marc Wolfler musste sogar den Kopf einziehen. Hier waren die alten Holzfässer noch – oder wieder – in Benutzung. In anderen Räumen hatte sie hochmoderne Stahltanks gesehen, in denen nichtsdestotrotz Wein bester Qualität heranreifte, wie er ihr erklärt hatte. Leah wusste das alles im Grunde, wenn auch nur in der Theorie. Der etwas muffige Geruch, der in allen Räumen hing, benebelte sie. Marcs Gegenwart und die Gelöstheit, mit der er ihr alles zeigte und erklärte, verwirrten ihr zusätzlich die Sinne. Seine Strickjacke hielt sie warm, und sie fühlte sich geborgen. Am liebsten wäre sie nicht weitergegangen. Sie sah ihm in die Augen, die nun wieder sehr dunkel wirkten. Nach seinem letzten Satz war seine Miene nachdenklich geworden, er schien durch sie hindurchzublicken. Leah glaubte, einen schmerzlichen Zug in seinem Gesicht zu entdecken.

»Warum war es eine schwere Zeit?«, wagte sie zu fragen. Hoffentlich fand er ihren Vorstoß nicht zu persönlich. Die Geschichte seiner Familie interessierte sie. Sie hatte zwar bisher weder seine Eltern noch seine Frau gesehen, doch ein so großes Gut mit einem solchen Ruf konnte nicht ohne viele fleißige Hände betrieben werden, die mit anpackten.

Er lehnte sich an ein großes Fass und wandte den Blick zur Seite. Es wirkte beinahe, als hätte er ihre Gegenwart vergessen. Oder, und dieser Gedanke wärmte sie von innen, er empfand sie als jemanden, dem er Vertrauen schenkte.

»Wir sind hier Winzer aus Leidenschaft, Überzeugung und Tradition. Das ist ja auch gut und schön. Es wäre dumm, über den Haufen zu werfen, was sich im Lauf der Generationen an Wissen angehäuft hat.« Er streichelte fast liebkosend über die Holzmaserung des Weinfasses.

Sie folgte der Bewegung wie gebannt. Ihr fiel zum zweiten Mal auf, dass etwas an seiner schön geformten Hand seltsam war, doch in dem diffusen Kellerlicht dauerte es eine Weile, bis sie erkennen konnte, was es war: An einer Seite schien die Haut verändert zu sein, vernarbt.

»Es ist meinen Eltern schwergefallen zu akzeptieren, dass ich derjenige sein würde, der das Gut weiterführt. Mein Bruder Christophe war eigentlich dafür vorgesehen.« Sein Blick war verhangen, er atmete heftig ein und zog die Hand ruckartig vom Fass weg. Mit vor der Brust verschränkten Armen drehte er sich wieder zu ihr. »Ich hatte damals eine andere Laufbahn eingeschlagen. Aber die Umstände zwangen mich zurückzukehren.« Er straffte die Schultern. »Möchten Sie einen unserer neuesten Weine probieren? Ich ziehe Ihnen ein Gläschen heraus.«

Sie war enttäuscht, denn sie hätte gern mehr gewusst. Welche Umstände? Was war aus Christophe geworden, dem zweiten der »Gebrüder Grimm«? Und welche Laufbahn hatte Marc eingeschlagen und dann aufgegeben? Er führte sie zurück in einen der neueren Keller, in dem die modernen Tanks standen. Dort nahm er zwei Probiergläschen vom Tank herunter und füllte sie aus dem Zapfhahn.

»Diesen Wein füllen wir demnächst ab. Es ist ein guter Jahrgang.« Er reichte ihr das Glas, und einigermaßen überrascht sah sie, dass es ein Rosé war.

Sie nahm einen Schluck. Es war noch ein sehr junger Wein, und wieder einmal war sie von dem starken Fruchtaroma angetan, das offenbar allen Wolflerweinen eigen war.

»Hm, ein hervorragender Pinot Noir«, lobte sie und entlockte dem Wolf damit ein Lächeln. An der Art, wie er selbst auf dem Wein herumkaute, konnte sie sehen, wie zufrieden er mit dem Ergebnis war.

»Was geschah dann?«, hakte sie nach.

»Als ich in das Geschäft eingestiegen war mit allem, was dazugehört, hab ich schnell gemerkt, dass es mir im Blut liegt.« Er lachte beinahe gelöst auf, seine Augen blitzten dabei. »Dann habe ich Önologie studiert, auf den unterschiedlichsten Weinguten Praktika absolviert, wobei ich nach Deutschland und in die USA gegangen bin. Meine Eltern waren ja hier, auch wenn ihnen die Arbeit im Weinberg immer schwerer fiel.«

Marc Wolfler als weinbauernder Globetrotter – das konnte sie sich lebhaft vorstellen. Und mittlerweile hatte sie ihn gut genug einschätzen gelernt, um zu begreifen, mit welchem Ehrgeiz er an die Sache herangegangen war.

»Als ich nach drei Jahren zurückkam, war mein Vater unübersehbar erschöpft. Und meine Mutter fühlte sich überfordert mit dem Haus, dem Weinbau, den Touristen, die zu Weinproben kamen. Die beiden haben nicht mehr Schritt halten können.«

Leah spürte, dass an seiner Geschichte mehr war, ein Hintergrund, den er nicht an die Oberfläche lassen wollte.

»Was war denn mit Ihrem Bruder?«, fragte sie, worauf er sich umdrehte und umständlich prüfte, ob der Hahn am Tank richtig zugedreht war. Aha, das war etwas, worauf er nicht angesprochen werden wollte. Dieser Gedanke festigte sich, als er sich ihr wieder zuwandte, die Hand an ihre Hüfte legte und sie vorsichtig zu einem weiteren Teil der Weinkeller führte, den sie noch nicht gesehen hatte. Seine Berührung, gepaart mit dem Geruch seiner Strickjacke, der sie noch immer umschmeichelte, lenkten sie ab. Sie war viel zu verwirrt, um nochmals nachzuhaken. Außerdem spürte sie die Wirkung des Weins; schließlich hatte sie noch nicht viel gegessen.

Er dirigierte sie durch einen schmalen, dunklen Gang. Der Boden war uneben und bestand aus gestampfter Erde, die Wände aus rohen, grob behauenen Sandsteinen, soweit sie erkennen konnte.

Leah stolperte, worauf er mit beiden Händen nach ihr griff und sie an sich zog. Sie spürte seinen Körper in ihrem Rücken und hätte gern dem Impuls nachgegeben, sich an ihn zu schmiegen, doch sie traute sich nicht. Für eine Sekunde glaubte sie, seinen Atem dicht an ihrem Ohr zu hören, und ihr Herzschlag verfiel in Stakkato. Doch dann schoben seine Hände in ihrer Taille sie wieder vorwärts, und sie betraten einen weiteren Kellerraum. Sie mussten jetzt unter dem Wohnhaus sein. Und Leah erkannte sofort, wofür dieser Raum genutzt wurde. Holzgestelle waren verteilt, die in einem bestimmten Winkel aufgestellt waren. Sie waren mit kreisrunden Löchern versehen, in denen kopfüber Sektflaschen steckten. Leah wusste, wie der Sekt nach der Champagnermethode hergestellt wurde. Dies waren Rüttelpulte. Die Hefe, die dem Ursprungswein für die Flaschengärung zugesetzt wurde, musste gesammelt werden, damit man sie nach dem Gären aus dem fertigen Sekt herausbekam. Jede einzelne Flasche wurde über einige Wochen täglich im Uhrzeigersinn um ein Zehntel gedreht, und der Winkel, in dem sie im Rüttelpult steckte, wurde ganz langsam immer steiler gestellt. Die Hefe sammelte sich in den speziellen Kronenkorken, mit denen die Flaschen verschlossen waren, und wurde erst entfernt, bevor die Flaschen in den Handel kamen.

Das alles wusste sie, hatte es schon oft gesehen und in vielen Übersetzungen darüber geschrieben. Das verriet sie ihm natürlich nicht, denn sie lauschte lieber Marc Wolflers Stimme und beobachtete ihn, während er ihr diese Dinge erklärte. Er wirkte abermals gelöst und fast heiter; er war sichtlich in seinem Element.

»Und wenn wir die Korken mit der Hefe lösen, füllen wir die Flaschen wieder auf.« Er zwinkerte ihr zu, worauf sie lächeln musste.

»Aber womit, werden Sie mir nicht verraten, richtig?«

Er stutzte einen Moment. Seine Mundwinkel wanderten nach oben, und sie konnte in seinen Augen den warmen Braunton erkennen, der so oft verschattet war. Bis in ihren Bauch hinein spürte sie einen Strom der Zuneigung zu diesem Mann. Ihre Bemerkung hatte ihm wohl klargemacht, dass sie alles, was er ihr in den letzten Minuten gezeigt und erklärt hatte, bereits gewusst hatte.

»Nein. Ich mache es anders als alle Winzer, die ich kenne.«

»Das glaube ich Ihnen sofort«, rutschte es ihr heraus.

Plötzlich streckte er ihr die Hand entgegen, wie um sie zum Tanz aufzufordern, und zögernd reichte sie ihm ihre. Sofort empfand sie wieder diesen Strom, den jede seiner Berührungen auslöste. Er zog sie näher zu sich heran, erneut wie in einer Tanzbewegung, und mit pochendem Herzen stand sie vor ihm, nahm deutlich seinen dunklen Bartschatten wahr und konnte den Blick nicht von seinem Mund lösen. Sie ertappte sich dabei, dass sie mit der Zunge ihre Lippen befeuchtete. Sie musste beschwipster sein, als sie dachte. Anscheinend hatte er es gesehen, denn er lächelte breiter und kam ihr noch näher. Wollte er sie küssen?

Die Spannung ließ die Härchen auf ihren Armen abstehen, und eine wohlige Gänsehaut überlief ihre nackten Beine an seiner Jeans. Seine Arme in ihrem Rücken zogen sie heran. Glücksgefühl durchrieselte sie, und sie hob ihm das Gesicht entgegen. Als seine Lippen endlich auf ihren lagen, drängte sie ihren Oberkörper gegen seine warme, breite Brust. Sie ließ sich fallen, gab seinem Rhythmus und seinem Drängen nach. Mit beiden Händen griff sie in die dichten Haare in seinem Nacken und hielt ihn fest, damit er den Kopf nicht zurückziehen konnte.

Es fühlte sich betörend an. Fremd und doch so, als gehörten sie seit jeher zusammen. Marc schob sie nach hinten, bis sie die Wand im Rücken spürte. Aus seinem Mund kam ein Laut, der sehnsüchtig, dunkel und ungezügelt klang. Sie sog seinen Duft tief in sich ein, damit sie ihn nie wieder vergäße. Er schwitzte, und ihr selbst war die Wolljacke jetzt auch zu warm, und in diesem Moment zog er sie sanft ein Stück nach vorn und streifte sie ihr über die Schultern herunter. Mit seiner großen, warmen Hand streichelte er ihre Haut. Sein Kuss wurde ungestümer, Leah konnte nicht anders, als mit ihm mitzuhalten.

Er ließ einen Moment von ihrem Mund ab. »Du bist umwerfend!« Seine Pupillen wirkten riesig.

Sie gab jede Zurückhaltung auf und ließ sich ganz in diesen Taumel fallen. Sie konnte spüren, dass er sie wollte.

»Pa-aps«, hörte sie plötzlich eine helle Stimme, und mit einem Ruck ließ Marc von ihr ab.

»Shit!«, stieß er aus und trat einen Schritt zurück. Eine kalte Welle schwappte über Leah hinweg. Marc warf ihr einen Blick zu, in dem sie Bedauern und Zuneigung zu lesen glaubte, und lächelte entschuldigend. Wieder rief die Kinderstimme nach ihm.

»Wir kommen«, antwortete er, bückte sich und hob die Strickjacke auf, die heruntergefallen war. »Werden wir das noch beenden?«, raunte er und hauchte ihr einen Kuss auf die Lippen, bevor er ihr fürsorglich die Jacke über die Schultern legte. Er betrachtete ihr Gesicht und strich ihr eine Strähne hinter das Ohr. Die Zärtlichkeit seiner Geste berührte sie. Sie nickte.

»Du bist schön.« Es hörte sich beinahe wie ein Versprechen an. Marc lächelte, und sie fühlte sich rettungslos zu ihm hingezogen. Er ergriff ihre Hand und zog sie zum anderen Ende des Kellers, wo sich eine weitere Tür befand. Er blickte prüfend auf seine Körpermitte und grinste sie dann verschmitzt an. Sie gluckste leise. Er richtete seine Hose im Schritt, erst dann traten sie auf der dem Nebengebäude gegenüberliegenden Seite aus dem Wohnhaus. Sie hatte sich also richtig orientiert.

Auf dem Hof standen Clarisse und Denis – beide hatten nach ihnen gerufen.

Clarisse winkte ihnen zu. »Da seid ihr ja! Madame Lorent hat das Abendessen fertig.«

Kapitel 9

»Isst du mit uns?« Marcs ungewohnt offener Blick erfüllte Leah mit Wärme. Ihre Zuneigung zu ihm wuchs sekündlich. In diesem Moment konnte sie sich nicht erinnern, so etwas schon einmal erlebt zu haben. Ihre Knie zitterten, und ihr komplettes Sichtfeld hatte sich auf Marcs unglaubliche Augen verengt. Sie konnte keinen klaren Gedanken fassen und nickte nur. War das im Weinkeller wirklich passiert? Oder war dies alles nur ein Tagtraum, der sie aus ihrer Realität herausriss, und aus dem sie jeden Moment aufwachen würde? Doch eine kleine Hand, die nach ihrer griff, holte sie ins Hier und Jetzt. Sie entdeckte Denis neben sich, der ihr ein Spitzbubengrinsen schenkte. Überdeutlich erkannte sie die Sommersprossen auf der Nase des Knirpses.

»Heute gibt es Zwiebelkuchen. Kennst du den? Das ist mein Lieblingsessen.«

»Ja, den kenne ich. Ich mag ihn sehr.«

»Madame Lorent macht ihn selbst«, erklärte Clarisse, die ein paar Schritte vor ihnen ins Haus ging. Marc sah über seinen Sohn hinweg zu Leah. Einen winzigen Augenblick lang fühlte sie sich, als sei der Junge ihr gemeinsames Kind. Was für ein absurder Gedanke! Kinder waren bisher für sie nie ein Thema gewesen. Als sie den Hausflur betraten, meldete sich ihr Magen mit einem lauten Knurren bei dem intensiven Essensgeruch. Verlegen zog sie den Bauch ein, um das Grummeln zu unterdrücken. Wie typisch!

Marc lachte bei dem Geräusch, und um seine Mundwinkel blieb ein belustigter Zug zurück. Er ließ Leah mit Denis in das Esszimmer vorausgehen. Einen Moment berührte er sie, und sofort war sie wieder entflammt. Reiß dich zusammen, schalt sie sich verwirrt. Wie konnte eine Frau so kopflos verliebt auf einen Mann reagieren, den sie kaum kannte? Trotzdem fand sie es schade, dass Marcs Berührung nur einen Wimpernschlag gedauert hatte.

Eine rundliche Frau von etwa Mitte fünfzig stellte soeben zwei Teller mit großen Stücken Zwiebelkuchen auf dem Esstisch ab. Sie sah zu Leah auf, musterte sie einen Moment neugierig, dann lächelte sie. War das eine Prüfung gewesen? Und hatte Leah sie bestanden? Die Frau wischte mit den Händen über die Bistroschürze, die sie umgebunden hatte, und warf mit einem Ruck eine kinnlange Strähne ihres graumelierten Haars aus dem Gesicht. Dann kam sie auf Leah zu und streckte ihr die Hand entgegen. Das Lächeln, das sie ihr schenkte, umspielte nicht nur den Mund, sondern auch ihre Augen.

»Guten Abend, ich bin Madame Lorent. Schön, dass wir heute einen Gast am Tisch haben.« Sie warf Marc einen mütterlichen Blick zu, als wolle sie ihm etwas sagen, bevor sie sich wieder an Leah wandte. »Lassen Sie es sich schmecken. Ich hoffe, Sie haben ordentlich Hunger.«

»Leah Bonnet«, murmelte sie. »Vielen Dank, es duftet köstlich.«

»Die Kinder haben mir erzählt, dass Sie Übersetzerin sind, und vielleicht …« Sie unterbrach sich, als Clarisse ein leises Zischen ausstieß. Nanu? Vielleicht was? Leah wollte schon nachhaken, doch Clarisses nervöser Gesichtsausdruck hielt sie ab.

»Möchten Sie sich hierhin setzen?« Marc deutete auf denselben Platz auf der Bank, auf dem sie vorhin gesessen hatte.

Sie nickte, ein wenig ernüchtert, weil er sie wieder siezte. Nachdem sich ihr Puls normalisiert hatte, fiel ihr allerdings auf, dass sie einem dringenden Bedürfnis nachgehen musste.

»Kann ich kurz zur Toilette?«

Madame Lorent klatschte in die Hände. »Natürlich! Wo bleiben meine Manieren? Kommen Sie mit, ich zeige Ihnen, wo.« Im Hinausgehen rief sie den Kindern noch zu: »Habt ihr eure Hände gewaschen?«

Die beiden bejahten es kichernd.

In der kleinen Gästetoilette zeigte der Spiegel Leah überdeutlich eine Veränderung, die sich nicht nur durch die Sonneneinstrahlung des heutigen Tages erklären ließ. Sie musste an einen Satz denken, den ihre Oma früher immer gesagt hatte: »Liebe und Lust machen Frauen schön.« Natürlich war »schön« übertrieben, aber sah sie nicht irgendwie sinnlicher aus als sonst? Sie war gespannt und aufgeregt, gestand sie sich ein. Ein regelrechtes Abenteuer hatte begonnen, und sie konnte kaum erwarten, wie es weiterginge. So viel zum Thema »Frau kann auch ohne Mann glücklich sein«. Bei diesem Gedanken runzelte sie die Stirn. So schnell wollte sie nicht klein beigeben. Noch war nichts passiert, beruhigte sie sich selbst. *Leider*. Sie musste über sich lachen und beeilte sich, um die anderen nicht so lange warten zu lassen. Als sie zurückkam, stand vor jedem Platz ein Teller mit Zwiebelkuchen.

Ihr Herz machte einen winzigen Hüpfer, weil Marc auf der Bank durchgerückt war und Clarisse und Denis sich auf ihre Stühle gesetzt hatten. Leah rutschte also neben ihn und genoss es ganz bewusst, als ihr Oberschenkel sein Bein berührte. Irrte sie sich, oder schob er seines sogar noch ein Stückchen dichter heran?

»Guten Appetit«, wünschte Marc und begann zu essen. Er schien ausgehungert zu sein.

Leah konnte sich kaum auf das Essen konzentrieren, so sehr lenkte seine Nähe sie ab.

»Ich habe Ihnen einen Riesling eingeschenkt. Den kennen Sie zwar schon, aber zum Zwiebelkuchen ist er einfach die beste Wahl.«

Sie griff nach dem beschlagenen Glas, um einen Schluck zu trinken.

»Warum sagst du Sie zu Leah?« Denis blickte mit dem unschuldigsten Augenaufschlag von ihr zu seinem Vater.

Mit einem wohligen Schaudern fiel ihr ein, in welchem Moment Marc sie vorhin geduzt hatte, und sie erinnerte sich genau an die Worte, die er dabei gesagt hatte. Hastig führte sie die Gabel mit einem Happen zum Mund und konnte nicht anders, als ein genießerisches »Mhm« auszustoßen. Der Boden des Zwiebelkuchens war knusprig und zugleich locker, und der Belag köstlich. Dann bemerkte sie, dass Marc sie von der Seite betrachtete.

»Ja, warum sage ich eigentlich Sie?«, fragte er.

Sie kaute und schluckte eilig. »Einfach perfekt«, lobte sie das Essen.

Marc zog eine Braue hoch, die die einzelne schwarze Strähne in seiner Stirn berührte. Er war auch einfach perfekt.

»Ähm, ich weiß nicht. Wir können uns gern duzen«, bot sie an.

»Gut«, sagte er und dann: »Leah.«

Wolf, wollte sie sagen, doch in allerletzter Sekunde kam das richtige Wort heraus. »Marc«, erwiderte sie also. Zum ersten Mal nannte sie ihn bei seinem Vornamen, und es fühlte sich eigenartig intim an. Als würde sie seinen Namen mit dem Mund liebkosen. Verlegen überspielte sie eine plötzliche Schüchternheit, die sie befiel, indem sie einen weiteren Schluck Wein trank. »Oder vielleicht Guillaume?« Sie grinste.

Er lachte leise. »Nein, den Namen mag ich nicht. Nur die Pappnasen, mit denen ich zur Schule gegangen bin, benutzen den noch.« Eine Falte bildete sich zwischen seinen Brauen. »Bleiben wir bei Marc.« Seine Stirn glättete sich wieder.

Leah wandte sich an die Kinder. »Isst Madame Lorent nicht mit?«

»Normalerweise schon«, sagte Clarisse. »Meistens essen wir in der Küche. Nur nicht, wenn Besuch da ist.«

»Madame Lorent ist immer bei uns, seit das mit Mama passiert ist«, ergänzte Denis.

Leah stutzte, traute sich aber nicht, nachzufragen, was genau mit der Mutter der Kinder war.

»Sie ist wie eine gute Seele in unserem Haus«, erklärte Marc, ohne auf die Bemerkung von Denis einzugehen. »Aber sie steht auf dem Standpunkt, dass sie als Haushälterin nicht mit an den Tisch gehört, wenn wir Gäste haben.« Er verdrehte die Augen, was sie kichern ließ. »Darin ist sie altmodisch.«

»Ist doch egal. Ich finde es schön, dass sie bei uns ist.« Clarisse schob sich ein großes Stück Zwiebelkuchen in den Mund.

Die Tür öffnete sich, und Madame Lorent brachte einen weiteren beladenen Teller herein. »Hier, den könnt ihr noch aufteilen.« Sie stellte ihn in die Mitte des Tischs, dann ging sie wieder. Ob sie von dem Gespräch etwas mitbekommen hatte?

Sie saßen noch lange zusammen und unterhielten sich, wobei die Mutter jedoch nicht mehr erwähnt wurde. Clarisse erzählte von der Schule und von ihren Plänen für die Zukunft. Sie schien bereits sehr genau zu wissen, was sie werden wollte – oder zumindest, was sie nicht werden wollte: Topmodel.

»Weißt du, dazu esse ich viel zu gern. Hast du dir mal angesehen, wie die Mädels in Germany's Next Topmodel hungern müssen?« Sie schüttelte den Kopf. »Das ist nix für mich.« Man sah ihr allerdings nicht an, dass sie eine so gute Esserin war. Sie war schlaksig und würde mit Sicherheit groß werden.

»Ich finde dich klasse, aber vermutlich hättest du bei Heidi echt Chancen. Du bist ein sehr hübsches Mädchen«, sagte Leah.

»Du auch.« Sie zwinkerte mit ihrem schelmischen Julia-Roberts-Grinsen. »Findet Papa auch. Oder?«

Marc war dem zweiten Stück Zwiebelkuchen zu Leibe gerückt, hatte sich danach zurückgelehnt – wobei sein Oberschenkel nach wie vor elektrisierende Impulse unter Leahs Haut sandte – und sich nur sporadisch am Gespräch beteiligt.

Leah drehte sich zu ihm um. Tja, das war die Frage der Fragen. Blöderweise pochte ihr Herz so laut in ihren Ohren, dass sie seine gemurmelte Antwort nicht verstand. Ein Schmunzeln lag auf seinen Lippen, aber sie wollte nicht nachfragen. Das wäre zu peinlich. Er sah sie unverwandt an, bis sie nervös ihre Sitzposition änderte. Die Hausklingel rettete sie aus der unangenehmen Lage.

»Das ist bestimmt Jeannette«, rief Denis und sprang auf, um zur Tür zu rennen.

Auf Leah hatte der Name Jeannette eine ernüchternde Wirkung. Marc streckte den Rücken durch und begann, die Teller zusammenzustellen. Sie half ihm dabei. Als sie aufstehen wollte, um sie hinauszutragen, legte er ihr jedoch eine Hand auf den Arm und deutete ein Kopfschütteln an.

»Darum kümmert sich Madame Lorent.«

Jeannette Ritter kam hinter Denis ins Zimmer. Ihre Schönheit breitete sich wie Lichtschein im Raum aus. Sofort fühlte sich Leah in den Shorts und der zerknautschten Bluse wie das tollpatschige Landei, das sie im tiefsten Innern immer noch war. Ihr zotteliger Haarknoten verstärkte das Ganze noch.

Jeannette Ritters Blick war indessen zielstrebig über den Tisch gewandert und ruhte nun auf Marcs Hand. Die noch immer auf Leahs Unterarm lag. Wie ertappt zog er sie im gleichen Augenblick zurück, in dem Leah den Arm vom Tisch hinuntergleiten ließ. Eine eigenartige Anspannung breitete sich aus, die sich erst löste, als Clarisse aufstand und Nofretete mit den Armen umschlang.

»Hallo, Jeannette!«

Das ägyptische Königinnengesicht wurde durch ein herzliches Lächeln erhellt, als sie die Umarmung des Mädchens erwiderte. »Na, meine Süße?«

»Setzt du dich ein bisschen zu uns?«, sagte Marc. »Leah brauche ich dir ja nicht vorzustellen.«

Gleich mehrere Fragen auf einmal bestürmten Leah. War Jeannette Ritter oft hier? Das Verhalten der Kinder legte das jedenfalls nahe. Was zum Teufel war das zwischen Marc und ihr – falls da etwas war? Welche Rolle spielte diese Frau in seinem Leben? Und konnte sie Leah gefährlich werden?

Lächerlich. Kann sie mir gefährlich werden. Es besteht ja wohl kein Zweifel daran, dass sie mir gefährlich werden kann. Den Punkt hatte Leah für sich doch bereits geklärt. Jeannette Ritter war eine Frau, mit der sie sich in keinerlei Hinsicht messen konnte. Warum plagte sie sich also mit der Frage?

Nofretete neigte anmutig den Kopf.

Madame Lorent betrat den Raum und löste jegliche Anspannung durch ihre Geschäftigkeit auf, als sie mit geübten Bewegungen den Tisch abräumte.

»Jeannette, möchtest du ein Stück Zwiebelkuchen?«, fragte Marc.

Nofretete ließ sich auf dem Stuhl neben Clarisse nieder und schüttelte den Kopf.

Das hätte mich gewundert, dachte Leah mit Blick auf Nofretetes überschmale Taille in dem engen Kleid.

»Hätte mich gewundert«, murmelte Madame Lorent. »Ein Glas Wein?«

»Gern, ein kleines.« Schade, sie wollte also länger bleiben. Nachdem sie ihren Wein bekommen und den ersten Schluck getrunken hatte, suchte sie Denis' Blick und deutete auf die Malblätter und Stifte auf dem Tischende. »Hast du gezeichnet?«

Er stand sofort auf und ging um den Tisch herum, um nach dem obersten Blatt zu greifen. »Ja. Für Leah!«

Er hielt Jeannette Ritter das Bild so dicht vor die Nase, dass sie es zunächst nicht erkennen konnte. Sie zog den Kopf zurück, betrachtete es eingehend und streichelte über Denis' Schopf, der ihre Hand mit einer ungeduldigen Bewegung abschüttelte.

»Das ist wunderschön geworden«, sagte sie schmeichelnd. »Da wird Madame Bonnet sich freuen.«

Denis nickte und zog das Blatt zurück, um es Leah zu bringen. »Darf Jeannette auch Du zu dir sagen?« Er streckte ihr die Zeichnung hin.

Sie betrachtete die Figur, die sie sich ausgesucht hatte. Sie glich der Walt-Disney-Darstellung zwar nicht exakt, aber man konnte sie gut erkennen.

»Wow, die ist großartig«, sagte sie bewundernd und freute sich über das zufriedene Lächeln im Gesicht des Jungen.

»Sag mal, darf Jeannette Du zu dir sagen?«, beharrte er auf seiner Frage.

Leah warf Frau Ritter einen verlegenen Blick zu. »Vielleicht möchte sie das gar nicht«, murmelte sie unbehaglich.

»Doch, gern.« Nofretete prostete ihr zu.

»Du«, sagten sie beide gleichzeitig und mussten lachen.

»Nun, damit hätten wir das geklärt.« Marc legte beide Hände auf den Tisch. »Kinder, es wird Zeit. Ab in die Falle mit euch.«

»Ach, Paps, wir haben doch Besuch!«

»Keine Widerrede. Es ist schon halb zehn. Bis ihr fertig seid, ist es noch später.« Er klatschte in die Hände.

»Nur, wenn du uns ins Bett bringst«, sagte Denis.

Leah beobachte Marc von der Seite und sah, wie sich bei seinem Lächeln Fältchen neben seinen Augen bildeten. Sein Bartschatten hatte sich inzwischen vertieft. Sie erkannte die einzelnen Stoppeln. Er sah umwerfend aus.

Als sie sich zurückdrehte, lag ein trauriger Zug auf Jeannettes Gesicht, doch sofort hatte sie sich wieder im Griff und wirkte so unnahbar wie sonst. Marc stand neben Leah auf, wodurch sich ihr Oberschenkel schlagartig kalt anfühlte. Dieser Eindruck verstärkte sich noch, als er den Raum verließ. Leah musste aufstehen, um ihn vorbeizulassen. Sie setzte sich wieder an den Tisch und erschauerte leicht. Nun saßen Nofretete und sie allein in dem großen, plötzlich kalt wirkenden Zimmer. Jeanette drehte das Weinglas am Stiel, dann trank sie noch einen Schluck.

»Es ist eine wunderbare Familie«, sagte sie und schluckte. »Marc ist ein wunderbarer Mann.« Ihre Stimme kippte beinahe, sie nippte nochmals.

»Was ist mit der Mutter?«, fragte Leah beklommen.

Jeanette legte beide Hände neben den Fuß des Weinglases. »Sie ist tot.«

Eine Kröte kroch in Leahs Hals hinauf. »Wie ...?«, krächzte sie.

Jeannette runzelte die Stirn. »Er hat so gelitten. Das hat er einfach nicht verdient. Zuerst die Geschichte mit Chris, und dann Biancas Tod.«

»Chris?«, fragte Leah nach.

»Sein Bruder. Er starb sehr jung.« Sie zögerte einen Moment, dann bewegte sie den Kopf in einer Geste, die kaum als Kopfschütteln zu erkennen war. »Bianca, seine Frau, ist vor vier Jahren gestorben. Nach kurzer, heftiger Krankheit, wie man so sagt. Sie hatte bösartigen Hautkrebs. Als es entdeckt wurde, hatte sie bereits keine Überlebenschance mehr.«

Eine Gänsehaut lief Leah über den Rücken. »Wie furchtbar.«

»Ja. Furchtbar.« Jeannette trank ihr Glas aus, nahm die Flasche aus dem Kühler und schenkte ihnen beiden nach. »Seitdem ist Marc nicht mehr derselbe Mann.« Sie blickte sie offen an. »Ich muss dich warnen, Leah. Es ist besser, du lässt die Finger von ihm. Er ist unberechenbar. Glaub mir, ich weiß, wovon ich rede.« Sie hörten eine Tür am Ende des Flurs klappern. Jeanette zuckte zusammen und legte Leah eine Hand auf den Unterarm. »Kein Wort zu Marc, er erträgt es nicht. Bianca war eine sehr gute Freundin von mir. Ich kenne Clarisse seit acht Jahren und den Kleinen von Geburt an. Ich habe Marc einen Hauch von Trost bieten können. Aber nur einen Hauch. Mehr hat er nicht zugelassen.«

Als sich die Tür öffnete, zogen beide wie ertappt die Hände zurück. Marcs Bernsteinblick wechselte zwischen Leah und Jeannette hin und her. Seine Miene, die eben noch entspannt gewirkt hatte, verschloss sich.

»Ich musste den beiden noch eine Geschichte vorlesen, deshalb hat es ein bisschen gedauert«, sagte er. Seine Stimme klang distanziert.

Jeannette trank aus und stand auf. »Ich muss heim. Morgen geht es früh los. Soll ich dich noch zum Hotel bringen, Leah?«

»Wohnst du denn in der Nähe?«

Sie winkte ab. »Ach, hier ist doch alles dicht beisammen. Es ist kein großer Umweg für mich.«

Leah betrachtete Marc, der noch immer am Tischende stand, und machte Anstalten, aus der Bank zu rücken. »Ja, dann ...«

»Nein, ich bringe Leah zurück«, erklärte er.

Jeannette zögerte, als wollte sie darauf etwas sagen, doch dann zuckte sie die Achseln und ging zu Marc, um ihm einen Kuss auf die Wange zu hauchen, den er mit keiner Regung erwiderte.

»Gute Nacht. Wir sehen uns morgen«, murmelte sie in Leahs Richtung, zog den Kopf ein und ging. Ihre Bewegungen wirkten wie eine Niederlage.

Leah ließ sich wieder auf die Bank sinken.

»Madame Lorent möchte den Rest noch abräumen«, erklärte Marc, »bevor sie schlafen geht.« Er griff ihre Hand mit der gleichen, verwirrend verheißungsvollen Geste wie vor Stunden im Weinkeller und führte sie durch den Flur zu einer Tür. Dahinter lag das Wohnzimmer. Er deutete auf die Couch und ging zu einem großen Kamin. Seine Frage, ob er ein Feuer entzünden solle, ließ ihren Magen einen Hüpfer machen.

Kapitel 10

Leah nutzte die Gelegenheit, um den Wolf zu beobachten, als er zunächst zerknülltes Zeitungspapier, Späne und Scheite in den Kamin schichtete, bevor er mit einem langen Zündholz das Papier in Brand setzte. Er blieb in der Hocke und sah zu, wie die Flammen hochzüngelten und das Holz entzündeten. Obwohl sie ihn nur von der Seite sah, hatte sie den Eindruck, dass seine Gesichtszüge angespannt waren. Er schien beinahe besorgt, wie er das Feuer taxierte. Erst, nachdem die Flammen das Holz gleichmäßig und stetig umzüngelten, drehte er sich um und stand auf. Draußen war es inzwischen dunkel geworden, nur ein orangefarbener Streifen ließ den Himmel über den Weinbergen leuchten. Im Raum verbreitete lediglich eine kleine Tischlampe ihren Schein, der nun durch die zuckenden Lichtreflexe des Feuers ergänzt wurde. Zum ersten Mal nahm Leah die Stille wahr, die hier im Gegensatz zu ihrem Wohnort herrschte. Kein Verkehrslärm, keine Menschenstimmen. Das Prasseln des Feuers wirkte beinahe laut.

Als Marc mit seinen raubtierhaft anmutigen Bewegungen auf sie zukam, lagen seine Augen einmal mehr im Schatten. Nur ab und zu leuchtete ein Glimmen darin auf. Er setzte sich neben sie auf die Couch, und in Leah gesellte sich eine diffuse Scheu zu ihrer kribbelnden Nervosität. Jeannettes Worte hallten in ihren Ohren wider. Er sei unberechenbar.

Sie erwartete, dass er nach ihrer Hand greifen würde. Sie hoffte, dass er es täte. Doch er ließ Abstand zwischen ihnen, und als sie vorsichtig ihr Knie zu seinem Bein schob, zog er seines in einer unbewussten Geste zurück. Sie spürte schal die Enttäuschung im Magen. Nun, das Wichtigste war, dass sie in seiner Nähe sein durfte. Sie unterdrückte den Impuls, sich an ihn zu schmiegen, und betrachtete mit Bedauern seine starke Hand, deren Finger auf seinem Oberschenkel ruhten. Wie sehr wünschte sie sich eine Berührung. Gerade nahm sie wieder wahr, dass die Haut auf der Seite verändert aussah, weniger glatt als der Rest. Er griff mit der anderen Hand danach und massierte sie. Die Bewegung wirkte unbewusst. Er schien nicht richtig anwesend zu sein. Was war für seine Stimmungsveränderung verantwortlich? Und warum hatte Leah trotzdem hierbleiben sollen? Der Mann war voller Rätsel. Er schien in den Anblick des Feuers versunken.

»Feuer hat eine beruhigende Wirkung, nicht wahr?«, versuchte sie, ein Gespräch zu beginnen.

Endlich wandte er ihr das Gesicht zu. Der Vorhang vor seinem Blick war undurchlässig. »Ja. Solange es unter Kontrolle ist.«

Sie fragte sich, was er damit sagen wollte, und antwortete: »Manche Menschen finden es erst faszinierend, wenn es nicht mehr kontrollierbar ist.«

Er runzelte die Stirn.

»Pyromanen. Man sagt, bei den Feuerwehren soll es einen besonders großen Anteil an Pyromanen geben.« Sie wusste selbst nicht, warum sie diesen Quatsch verzapfte. Vermutlich nur, damit sie nicht schweigend nebeneinanderhockten.

»Ja.« Mehr sagte er nicht, drehte sich jedoch wieder zum Kamin, wodurch sie sein Profil sehen konnte. Sie prägte sich den Anblick ein, um ihn nie mehr zu vergessen.

Ihre bisherigen Gespräche fielen ihr ein, die Wortspiele, seine Flirtattacken und die Gelassenheit, mit der er über Themen sprach, in denen er sich zu Hause fühlte. Sie hatte ein paar Mal das Gefühl gehabt, dass sich Vertrauen zwischen ihnen bildete, zusätzlich zu der Anziehungskraft, die sie spürte und die er doch genauso fühlen musste. Zumindest, wenn sie daran zurückdachte, wie er sie im Weinkeller geküsst und berührt hatte.

Und nun schwieg er. Warum hatte er gewollt, dass sie hierblieb? Sie drehte den Kopf zur Seite und sah nun ihrerseits schweigend den züngelnden Flammen zu. Er brauchte offenbar sein eigenes Tempo, um sich zu öffnen.

»Möchtest du etwas trinken?« Nun war er es, der sie betrachtete.

»Ja«, sagte sie leise, »gern. Worauf hast du Lust?«

Bei ihren Worten weiteten sich kurz seine Pupillen. Sie atmete langsam aus.

»Einen Whisky?«

Sie nickte. Abermals folgte sie seinen Bewegungen mit den Blicken wie eine Süchtige, während er zu einem Sideboard ging und zwei Gläser einschenkte. Beim Anblick seines Hintern in der Jeans beschleunigte sich ihr Puls. In ihrem Innern stieg die Empfindung hoch, wie es gewesen war, seinen Körper an ihrem zu spüren, und sie schüttelte kurz den Kopf.

Er las ihre Gedanken, ganz sicher. Denn als er ihr das Glas reichte, zog er einen Mundwinkel hoch. Er setzte sich wieder, und dieses Mal berührten seine Knie ihre.

Sie stießen an, er sah sie mit fast schwarzen Augen über den Glasrand hinweg an und trank einen Schluck. Sie tat es ihm gleich und verschluckte sich beinahe, während sie seine Lippen beobachtete. Wie alt war sie? Zwölf?

Ihn selbst schien ihre erotische Ausstrahlung dabei keineswegs zu erschüttern. Nein, Leah hatte vielmehr den Eindruck, er dosiere exakt, wie stark er auf sie reagierte. Das frustrierte sie ungemein, weil es das Gefühl noch steigerte, ihm ausgeliefert zu sein. Und obwohl ihr das alles durch den Kopf schoss und sie wenigstens in einem winzigen Areal ihres Hirns wachsam bleiben wollte, gelang es ihr einfach nicht, sich unter Kontrolle zu halten. Sie wollte sich nicht willenlos von einem Fremden mit schönen Augen verführen lassen. Oder doch? Es fühlte sich an wie ein Strudel, der sie in die Tiefe riss. In eine dunkle, gefährliche Tiefe, die umso verlockender war, weil Leah nicht wusste, ob sie jemals wieder daraus auftauchen wollte.

Marc nahm ihr das Glas aus der Hand und stellte es neben seinem auf dem niedrigen Couchtisch ab. Dann sah er sie unverwandt an. »Küss mich«, flüsterte er, bewegte seinen Kopf jedoch keinen Zentimeter.

Sie wollte seiner Aufforderung nachgeben, da erwachte endlich die Rebellin in ihr. Sie setzte sich aufrecht hin. »Nein«, sagte sie und ignorierte das Bedauern, das sich sogleich in ihr ausbreitete.

Er lachte, und seine Augen funkelten. »Nein?« Er fasste nach ihrer Hand.

Obwohl die Berührung ihr Hirn gleich wieder garzukochen drohte, ließ sie es zu.

»Darf ich dich küssen?«, fragte er.

»Später.« Sie grinste. »Vielleicht. Erzähl mir noch etwas von dir, ich weiß so wenig.«

»Was willst du wissen?« Er entspannte die Schultern. »Ich bin Marc Wolfler, von Beruf Winzer, und stamme aus Eguisheim, wo ich auch heute noch lebe. Ach, warte, das weißt du ja längst.« Er grinste. »Ich nehme an, du weißt inzwischen auch, dass ich Witwer bin.« Er unterbrach sich.

»Ja, Jeanette hat es mir vorhin gesagt.«

Er nickte leicht. »Außerdem hast du sicher schon herausgefunden, dass ich einen Bruder hatte, der nicht mehr lebt.« Erneut unterbrach er sich. Es musste ihm schwerfallen, über die beiden Verluste zu sprechen.

»Die Gebrüder Grimm«, sagte sie und ließ es wie eine Frage klingen.

Er schloss kurz die Augen. »Meine Mutter hat uns immer Grimms Märchen vorgelesen, als wir kleine Jungs waren. Wir haben das geliebt. Christophe war Jacob, ich war Wilhelm. Irgendjemand hat die Namen dann französisch ausgesprochen, und so kam es, dass ich von meinen Freunden bald nur noch Guillaume genannt wurde und Christophe Jacques. Als Christophe dann das Gut übernehmen sollte, haben sie ihm den Beinamen Grimm verpasst, weil das wie ein anderes Wort für Wolf klang. Hat natürlich nicht gestimmt, aber das hat sich dann durchgesetzt.« Er schüttelte den Kopf. »Aber das ist doch alles langweilig. Willst du das wirklich wissen?«

Sie zog die Brauen hoch. »Natürlich. Ich möchte dich näher kennenlernen. Diese Geschichte der Spitznamen finde ich schön.«

»Die Kinder haben keine Mutter mehr. Aber wir haben Biancas Tod verkraftet.« Er runzelte die Stirn. »Mehr oder weniger gut. Langsam geht es. Clarisse und Denis sind das Wichtigste in meinem Leben.«

»Hast du nie daran gedacht, wieder zu heiraten?«

Er schüttelte den Kopf. »Ich wäre nicht bereit dazu gewesen. Können wir nicht das Thema wechseln? Nun bist du ja im Bilde. Ich mag dich, Leah, und wir haben doch eben vom Küssen gesprochen.« Seine Augen funkelten. Ob es am Holzfeuer lag oder von tief innen heraus kam, konnte Leah nicht ganz unterscheiden. Sie biss sich auf die Unterlippe und beugte sich etwas näher zu ihm.

Er lächelte und nahm ihre zweite Hand, sie verschlangen die Finger ineinander. Es fühlte sich wie eine Bestätigung an. Dann irritierte Leah etwas, ihre Aufmerksamkeit wurde zu ihrer Hand gelenkt, in der sie seine Linke hielt. Seine Haut fühlte sich an wie Leder. Es war kein unangenehmes Gefühl, es lenkte sie nur ab. Sie neigte den Kopf leicht und sah nach ihren verschränkten Händen.

»Was hast du da?«, fragte sie und drehte seine Hand um, sodass sie endlich genauer betrachten konnte, was sie irritiert hatte. Die Kante war von der Seite her mit Narben überzogen, die offenbar schon alt und gut verheilt waren. Die Haut war dort ungleichmäßiger und stärker pigmentiert und hatte eine eigenartig glatte Struktur. Wellenförmige, kleine Verwerfungen machten sie uneben. Brandnarben, wie sie bereits vermutet hatte. Sie sog die Luft ein. »Was ist passiert? Das hat bestimmt fürchterlich wehgetan.«

Ein Schauder überlief seinen Körper, und sie meinte fast zu spüren, wie die Hitze ihn von einer Sekunde auf die andere verließ. Er entriss ihr die Hand und stand so ruckartig auf, dass sie beinahe umkippte.

»Ähm, was ist los?«, stotterte sie, ernüchtert wie durch eine kalte Dusche.

Er starrte sie an, nicht feindselig, eher distanziert. Er war wieder der fremde, geheimnisvolle Wolf, der niemanden hinter die Fassade blicken ließ. Dann lächelte er, doch seine Augen blieben davon unberührt.

»Es ist spät geworden, Leah«, sagte er überraschend sanft. Beinahe, als wolle er sie durch den Tonfall trösten. »Ich möchte jetzt nicht weiter darüber sprechen. Vielleicht ein anderes Mal.«

Ihre Verwirrung wuchs. Sie verstand diesen Mann nicht. Noch nie war ihr jemand begegnet, der so viel Widersprüchliches ausstrahlte. Gegen welche Dämonen kämpfte er an, dass er sich so plötzlich dermaßen verschloss? Sicherlich wäre es ein Fehler, wenn sie ihn jetzt bedrängen würde weiterzusprechen. Dazu kannten sie sich erst zu kurz. Mit Bedauern begriff sie, dass der innige Moment schon vorbei war.

Sein Tonfall hatte trotzdem die Macht, sie zu beruhigen. Sie machte den zaghaften Versuch, nochmals nach seiner Hand zu greifen, nachdem sie aufgestanden war, doch er hielt sie hinter seinem Oberschenkel verborgen.

»Ich bringe dich zum Hotel zurück. Kommst du?« Mit der Rechten führte er sie nach draußen – abermals so, als forderte er sie zum Tanz auf.

Wenig später saß sie in seinem Transporter neben ihm und wagte kaum, ihn von der Seite zu beobachten, so kalt empfand sie die Stimmung im Wagen. Sie war verunsichert, und doch begriff sie eines ganz deutlich: Sie wollte an dieser Stelle nicht aufgeben. Sie wollte, nein, musste ihn besser kennenlernen. Er faszinierte sie, aber wenn sie mehr als nur ein Geplänkel mit einem schönen Mann wollte, musste sie auch seine Abgründe kennenlernen. Um dann zu sehen, ob mehr aus ihnen werden konnte, ob sie ein Paar werden konnten.

Ein Paar? Er hatte zwei Kinder! Aber sie waren bezaubernd, dachte sie dann. Vielleicht würde sie sich an die Vorstellung gewöhnen können, recht übergangslos die Rolle einer Mutter anzunehmen. Aber all diese Gedanken waren hoffnungslos verfrüht. Im Moment war nur eines wichtig: Sie fühlte sich zu Marc Wolfler sehr stark hingezogen, und sie musste herausfinden, ob diese Anziehung über die körperliche Ebene hinausgehen konnte.

»Darf ich dir per Mail Fragen stellen?«, versuchte sie, eine unverfängliche Unterhaltung in Gang zu bringen.

»Welche Fragen meinst du?« Endlich verzog sich die Kälte zwischen ihnen, und als er ihr einen raschen Blick zuwarf, wirkte sein Gesicht wieder entspannter.

»Zur Übersetzung.« Sie hob die Prospekte hoch, die er ihr vor Verlassen des Hauses in die Hand gedrückt hatte.

Er lachte kurz auf. »Ja, natürlich darfst du das. Ich bin sehr gespannt auf das Ergebnis.«

Im Plauderton fuhr sie fort: »Mir gefallen deine Werbetexte, und ich werde darauf achten, dass ich den Ton angemessen ins Französische übertrage.«

»Das freut mich.«

Erleichtert über die gelöstere Stimmung lachte sie auf. »Weißt du, diese Broschüren der Champagnermarke habe ich vor einigen Jahren selbst ins Deutsche übersetzt.«

»Ernsthaft?« Leah hörte die Belustigung in seiner Stimme. »Dann war das alles nur ein Vorwand?«

»Nein ... nicht nur«, sagte sie und bemerkte selbst, wie unglaubwürdig sich das anhörte. »Es ist mir erst aufgefallen, als ich die Prospekte in deinem Haus sah. Und schließlich sind deine Texte ja nicht die gleichen.«

»Nein, das sind sie nicht.«

»Außerdem habe ich diese Originale nicht auf meinem Notebook gespeichert. Sie werden mir also tatsächlich helfen und die eine oder andere Anregung liefern, wenn ich hängenbleibe.«

Plötzlich lachte er schallend. »Falls dir entfallen sollte, wie man Gras übersetzt.«

»Beispielsweise.« Sie kicherte haltlos.

Er hielt auf der Hotelauffahrt, stieg aus und öffnete ihr die Wagentür. Sie wollte ihn in die Arme ziehen, aber etwas hielt sie zurück. Stattdessen blieb sie unmittelbar vor ihm stehen und sah zu ihm auf. Würde er sie küssen? Sie biss sich auf die Unterlippe. Er sah es. Ein Lächeln lag in seinen Augen.

Er zog sie an sich und küsste sie. Doch es war ein kleiner, fast keuscher Kuss, der nichtsdestotrotz auf ihren Lippen brannte. Dann ließ er sie los und machte einen Schritt zurück. »Gute Nacht, Leah, schlaf gut.«

»Gute Nacht«, murmelte sie. Er ging bereits zur Fahrerseite. Sie lief zum Eingang des Hotels, und da sie seinen Blick im Nacken spürte, wurde ihr bewusst, wie sie aussehen musste in ihrer durchschwitzten

Sommerkleidung und mit den strubbeligen Haaren. Nachdem sie die schwere Tür aufgeschoben hatte, drehte sie sich um. Der Wolf stand noch immer neben seinem Wagen. Sie winkte ihm zu, worauf er einstieg und den Pick-up startete. Sie ging hinein, ließ die Tür zufallen und sah durch die Scheibe den sich entfernenden Rücklichtern hinterher.

In ihrem Zimmer gestand sie sich zweierlei Dinge ein, als sie die zerzauste Leah im Spiegel betrachtete: Sie hatte sich Hals über Kopf verliebt und sehnte sich schon jetzt nach der nächsten Begegnung. Aber tief in ihrem Innern war sie zugleich erleichtert, weil nicht mehr passiert war. Sie war viel zu durcheinander, um zu begreifen, ob der Wolf gut für sie wäre. Zum Glück würde sie diese Nacht allein schlafen.

Kapitel 11

Etwas später hockte sie auf der Bettkante, verfolge mit halbem Auge das Nachtprogramm im Fernsehen und versuchte, ihre Gefühle zu sortieren. Immer wieder stellte sie sich die Frage, ob der Wolf gut für sie war, und ihre Zweifel wuchsen. Ihr Verstand arbeitete wieder, Gott sei Dank! Klar, sie fühlte sich extrem zu ihm hingezogen, aber genauso sehr fühlte sie, wie kompliziert er war. Nun hatte sie sich in den letzten beiden Jahren so gut eingerichtet in ihrer männerfreien Welt. Sollte sie diese Behaglichkeit aufgeben? Nur, weil ihr dummer Körper mit solcher Intensität auf den Geruch und die Berührungen eines Mannes reagierte, der selbst nicht wusste, was er wollte? Sie stöhnte genervt, weil es in ihr schon wieder verräterisch prickelte. Ihre Hormone spielten ihr einen Streich.

Sie knibbelte an der Spitze ihres Nachthemds herum. Sollte sie sich auf ihn einlassen oder nicht? Als würde sie Blütenblätter einer Blume abzupfen, murmelte sie wie ein Mantra »soll ich – soll ich nicht – soll ich« vor sich hin. Die Eintönigkeit ihrer Worte ließ zumindest die Erregung tief in ihr wieder abebben. Überraschend erinnerte sie sich an eine Übersetzung, die sie vor einigen Jahren hatte machen müssen. Darin war es um Pheromone gegangen, die Sexuallockstoffe des Menschen. Die Körperchemie der Frau änderte sich im Verlauf des Monatszyklus. Wenn sie ihren Eisprung hatte, sendete sie stärkere Duftstoffe aus, die Männer in weitem Umkreis unbewusst wahrnahmen. Selbst ihre Haut schimmerte samtiger, die Haare waren glatter –

was auf sie definitiv nicht zutraf – und die Lippen stärker durchblutet. Leah fand das unfair. Dagegen musste sich frau doch wehren können!

Männer hingegen mussten sich nicht groß mit Schwankungen ihres Testosteronspiegels abgeben, zumindest nicht, wenn sie gesund waren. Nur die anerzogene Schamhaftigkeit und die Normen der Gesellschaft – und der Verstand, sofern vorhanden – hielten Menschen davon ab, sich auf ständig wechselnde Partner einzulassen, sobald sie Lust verspürten.

Leah begriff bloß nicht, wieso sie jetzt wieder derart schwankte, nach zwei entspannten Jahren ohne Sex und in der Überzeugung, emotionale Schieflagen wegen Männern ein für alle Mal überwunden zu haben. Und wieso belagerten sie plötzlich gleichzeitig zwei Männer? Es war, als ob sie sich verschworen hätten. Aber wie auch immer, sie wollte diesen inneren Aufruhr und das Liebesgedusel einfach nicht akzeptieren. Punktum.

Das Vibrieren ihres Handys riss sie aus den Gedanken heraus. Noch während sie danach tastete, registrierte sie unwillig mehrere Dinge: Erstens beschleunigte sich ihr Herzschlag schon wieder, zweitens hoffte sie, dass es Marc war, der sich am anderen Ende melden würde, und drittens fragte sie sich, wie spät es eigentlich war, verdammt. Sie konnte die Ziffernfolge auf dem Display nicht zuordnen. Es war eine französische Vorwahl. Marcs Nummer hatte sie noch nicht unter seinem Namen abgespeichert. War er es?

»Ja?«, meldete sie sich vorsichtig. Der Uhrencheck sagte, es war fast Mitternacht.

»Leah?« Eine männliche Stimme, doch nicht die von Marc. Im nächsten Moment erkannte Leah sie, und sie hätte nicht überraschter über ihre erfreute und zugleich erleichterte Reaktion sein können.

»André!« Wenigstens er war unkompliziert. Und so nett!

Er lachte. »Hast du mich an der Stimme erkannt?«

»Ja.« Sie runzelte die Stirn. »Woher hast du meine Nummer?«

»Ich gestehe, ich habe sie der Empfangsdame abgeschwatzt. Sie hat sie nur widerwillig herausgerückt.«

»Jeannette«, sagte sie matt.

»Ja. Ich wollte unbedingt noch einmal deine Stimme hören.« Dieser Satz schmeichelte ihr, und sie musste lachen. Das schien ihn zu ermutigen, denn er sprach weiter: »Ich musste noch viel arbeiten, deshalb ist es so spät geworden, bitte entschuldige.«

Warum war die Welt nicht voller solcher Männer wie André? Geradlinig, begreifbar. »Nicht schlimm«, sagte sie. »Ich wollte gerade schlafen gehen.«

»Ah ja ... schön.« Sie hörte deutlich die Erleichterung in seiner Stimme. Vermutlich hatte er damit gerechnet, sie noch in Gesellschaft von Marc zu erreichen. Beinahe wäre es auch so gekommen. »Dann kann ich dir eine gute Nacht wünschen.«

»Ja, das kannst du.«

»Bist du schon im Bett?« Innerlich schüttelte sie den Kopf. Durch das Telefon würde er ihre Pheromone doch wohl nicht wahrnehmen?

»Nein«, log sie, »ich bin noch nicht umgezogen.« Sie gähnte. »Aber wahnsinnig müde.« Sie wusste nur zu gut, wie er reagieren würde, wenn sie ihm erzählte, dass sie nichts als ein kurzes Nachthemd auf der Haut trüge. Das ließ sie lieber bleiben.

»Hm, ich auch. Leah?«

»Ja?«

»Ich möchte dich noch mal an das Winzerfest erinnern. Ich habe immer ab Mittag Dienst, am frühen Abend bin ich fertig.« Er schwieg einen Moment. »Ich würde mich wahnsinnig freuen, wenn du hinkommst. Am Mittwochabend spielt eine Liveband. Ich bin ein guter Tänzer.«

Sie konnte nicht anders, als über seinen Eifer zu lachen. »So, bist du das? Was, wenn ich nicht gern tanze?«

Er lachte ebenfalls. Ja, André wäre – wenn schon – die bessere Wahl. Lebensfroh und berechenbar. Und dann überraschte er sie doch.

»Ich habe recherchiert.« Er räusperte sich. »Nach den Bildern von damals gesucht. Aus den Jahren, in denen du bei der Weinlese geholfen hast. Mit einer Freundin, wenn ich mich nicht täusche.«

»Sie heißt Silvie.« Leah musste kichern. »Und was hast du herausgefunden?«

»Ich gestehe es sofort, ich war zu der Zeit unsterblich in ein Mädchen verliebt. Nur deswegen bist du mir nicht aufgefallen.«

»Aha«, sagte sie belustigt.

»Auf vielen Bildern tanzt du. Mit alten Säcken genauso wie mit jungen Kerlen. Du musst reihenweise die Herzen der Männer gebrochen haben. Ts ts ts«, hängte er an, das Lachen in seiner Stimme war nicht zu überhören.

Sie stieg auf seinen leichten Tonfall ein. »Stimmt schon, ich tanze sehr gern. Aber Männerherzen habe ich niemals gebrochen.« Sie musste ihm ja nicht auf die Nase binden, dass sie damals noch solo und von daher mehr als bereit zum Flirten gewesen war. Trotzdem war es eine Zeit gewesen, in der alle vorsichtig waren. Das Thema Aids hatten sie in der Schule bis zum Abwinken durchgekaut, alle Lehrer hatten sie eindringlich auf den Gebrauch von Kondomen eingeschworen. Silvie und Leah hatten sich mehrmals gegenseitig aus den Armen von übermotivierten Jungs gerettet, die mehr wollten als nur fummeln. Ein wehmütiges Gefühl beschlich sie, verschwand aber sofort wieder. Das war schon so lange her. Von dem jungen Mädchen, das sie damals gewesen war, war nicht allzu viel übriggeblieben.

»Tu nicht so erwachsen«, sagte André, und eine Sekunde fragte sie sich erschrocken, ob sie laut nachgedacht hatte. Doch er lachte, und sie war beruhigt. »Wie ist es?«

»Was?«

»Kommst du?«

Sie seufzte. »Du bist hartnäckig. Ich muss mal sehen, wie gut ich mit meiner Arbeit vorankomme. Ich weiß es wirklich noch nicht. Aber es sind ja noch ein paar Tage bis dahin.«

»Gib deinem Herzen einen Stoß! Du kannst mich doch nicht einsam und unglücklich zurücklassen in Anbetracht dessen, dass du damals mit fast ganz Eguisheim getanzt hast. Nur weil ich zu dumm war, die schönste Frau weit und breit zu sehen.«

Sie musste lachen. »Ha, du spinnst ja.«

»Ja, aber das soll kein Hindernis sein.«

Sie lachte wieder. Es fühlte sich so herrlich unbeschwert an, mit André zu scherzen. »Ich tanze wie der Teufel, versprochen.«

»Ich sehe mal, was ich tun kann, ja?«

»Ist das eine Zusage?«

»Nein, tut mir leid, das ist wieder nur ein Vielleicht.«

»Mit Tendenz zum Ja?«

Diese Beharrlichkeit musste belohnt werden. »Mit Tendenz zum Ja. Allerdings nur einer ganz leichten Tendenz.« Nochmals gähnte sie vernehmlich. »Ich muss jetzt in die Heia. Gute Nacht.«

»Gute Nacht. Ich freue mich auf dich.«

Sie legte auf und seufzte. Er hatte wirklich alles gegeben. Warum hatte sie den Wolf getroffen? Das Leben wäre so easy, wenn sie nur André begegnet wäre.

Den gesamten Montag hörte sie weder etwas von Marc noch von André, und sie nutzte den Tag, um sich mental zu sortieren. Ihre Gedanken kehrten trotzdem immer wieder zu beiden zurück und hängten sich dann meist bei dem Wolf auf. Vielleicht auch nur, weil sie an seinen Texten arbeitete. Aber wahrscheinlich machte sie sich mit dieser Erklärung nur selbst was vor. Ihr war eigenartig flau im Magen, ein bisschen wie damals in ihrer Teenagerzeit, als sie für einen Jungen in der Oberstufe geschwärmt hatte, und sie sich nicht sicher war, ob sie ihm auch gefiel. Der emotionale Wirrwarr, der mit einer solchen ungeklärten Situation verbunden war, nervte sie. Deshalb war sie dankbar dafür, sich auf ihre Arbeit konzentrieren zu können.

Eine WhatsApp von Tom zwang sie, auch wieder an ihn zu denken. Offenbar war er vor ihrer Wohnungstür gewesen und musste unverrichteter Dinge wieder gehen. Mit einem Seufzen wurde ihr klar, dass sie sich ihm doch noch mal würde stellen müssen, denn auch früher schon hatte er sich fast wie ein Stalker gebärdet. Das musste sie verhindern und Klartext mit ihm sprechen. Aber sie hatte nicht die Absicht, das jetzt gleich zu tun. Ihre Antwort auf seine Frage, wann sie sich sehen könnten, fiel knapp aus.

Bleibe diese Woche noch in Urlaub. Melde mich danach.

Die Antwort, ein einfaches Okay, machte es ihr leichter, nicht mehr an ihn oder einen anderen Mann zu denken. Sie wurde mit dem ersten Durchgang der Wolflertexte fertig, ließ sie erst mal liegen und konnte sich einer Werbebroschüre zuwenden, die sie schon länger auf dem Tisch hatte und die nicht eilte. Sie war froh darüber, fokussiert zu arbeiten.

Schon am Morgen hatte sie nach weiteren Anwendungen geschaut, die sie sich noch gönnen könnte, und ein türkisches Dampfbad inklusive der Behandlung des gesamten Körpers mit verschiedenen Heilerden gebucht.

Am frühen Nachmittag genoss sie es, sich von einer der Mitarbeiterinnen mit warmen, krümeligen Massen unterschiedlicher Farbe und Konsistenz einreiben zu lassen, und dann in der kleinen Kabine in Dampfschwaden zu sitzen und vor sich hin zu schwitzen. Sie döste und versuchte, an nichts zu denken. Trotzdem wanderten ihre Gedanken zu Marc, dann André und leider auch zu Tom. Wurde sie die drei nicht einmal gedanklich los? Sie versuchte zu analysieren, was sie ihr bedeuteten.

Tom würde sie klipp und klar sagen müssen, dass es keinen Versuch mehr geben würde. Sie hoffte darauf, dass er ihre Entscheidung respektierte und sie ihn endlich aus ihrem Leben streichen konnte.

Wie stand sie zu André? Das war ihr noch nicht ganz klar. Er reizte sie, die Idee von ihm als Partner hatte etwas angenehm Leichtes, Vorgezeichnetes. Seine Bewunderung war wie ein warmer Mantel. Bei ihm müsste sie nicht mit unerwarteten Abgründen rechnen. Ihre Mutter wäre zweifellos begeistert von ihm. Die Frage blieb, ob er war, was sie sich wünschte.

Und dann Marc. Jedes Mal, wenn der verhangene Wolfsblick in ihre Gedanken schlich, überlief sie ein wohliger Schauer. Sie fürchtete, sie war ihm längst verfallen; das war mehr als Verliebtheit. Und damit war sie wieder bei emotionalem Ungleichgewicht, und die gedankliche Spirale drehte sich erneut. Die Ruhe war dahin, die ihr das Arbeiten an diesem Morgen und die Behandlung gerade beschert hatten. Die feuchte Wärme und ihre prickelnde Haut waren auch nicht gerade dazu angetan, dass sie innerlich auf Abstand gehen konnte.

Nach dem Dampfbad musste sie sich eingestehen, dass sie sich nicht mehr auf ihre Arbeit konzentrieren konnte, und sie beschloss, einen Spaziergang durch die Weinberge zu machen.

Sie packte sich einen kleinen Rucksack mit Obst und Getränken, zog ihre Sportschuhe an und machte sich auf den Weg. Gut eingecremt und mit einer Baseballcap gegen die Sonne geschützt, wanderte sie zwei Stunden durch die wunderschöne Landschaft, ohne jemandem zu begegnen. Die Ortschaften mied sie. Es tat ihr gut, sich im Freien zu bewegen, auch wenn es im Alltag oft zu kurz kam. Wie immer wirkte die Natur ausgleichend auf sie. Alles, was sie sonst mit Hektik erfüllte, schien hier draußen nicht mehr wichtig zu sein.

Sie saugte die Gerüche auf, genoss den Schatten eines kleinen Waldstücks, das sie durchwanderte, und lauschte in die Stille hinein, die keineswegs geräuschlos war. Die Grillen, die Vögel, der Wind in den Blättern überlagerten entfernte Motorengeräusche. Sie wurde wieder gelassen und fühlte sich wohl.

Am Abend aß Leah allein an ihrem Katzentisch, verzichtete dieses Mal auf Wein und trank nur Apfelsaftschorle. Sie fühlte sich angenehm matt und innerlich ... ja, ausgeglichen.

Das änderte sich erst, als sie früh in ihrem Bett lag und sich die Gedanken im ersten Halbschlaf wieder verselbständigten. Auch nachdem sie sich eine ganze Weile hin und her gewälzt hatte, fand sie keine Ruhe. Jedes Mal, wenn sie gerade eingeschlafen war, träumte sie davon, wie Marc sie geküsst und berührt hatte, und schreckte wieder auf. Dann sah sie sein abweisendes Gesicht vor sich und spürte die Kälte geradezu körperlich, die ihr entgegengeschlagen war. Was hatte ihn zu dem Mann gemacht, der er war? Sie tastete nach dem Glas auf ihrem Nachttisch und musste feststellen, dass sie nichts mehr zu trinken hatte. Auf Leitungswasser hatte sie keine Lust. Sie schielte zur Uhr. Ob die Bar noch geöffnet war?

Wie lange war sie am Freitagabend mit Marc dort gewesen? Sie beschloss, es zu wagen, schlüpfte in Jeans und T-Shirt und fuhr mit dem Fahrstuhl hinunter. Die Tür zur Bar stand offen, leise Stimmen klangen heraus. Als sie hineinging, stellte sie fest, dass zwei Paare sowie eine Gruppe von vier Personen im Raum an den Tischen saßen. Vor der Theke saß noch eine einzelne Frau, mit der sich der Barkeeper angeregt unterhielt. Leah lächelte den Leuten an den Tischen zu und ging zum Tresen vor.

»Guten Abend«, sagte sie zu den beiden.

Sie unterbrachen ihre Unterhaltung, der Barmann kam einen Schritt näher. Er trug eine schwarze Hose und ein schwarz-weiß gestreiftes Gilet über seinem weißen Hemd, die grauen Haare hatte er mit Gel nach hinten gekämmt. Er sah aus, wie man sich einen Barkeeper vorstellte, und man merkte ihm deutlich an, wie sehr er seinen Beruf liebte. Es machte Spaß, ihn bei der Arbeit zu beobachten.

»Was darf's sein?«

Leah ließ ihren Blick die Flaschen im Regal vor der Spiegelwand entlanggleiten. »Ich weiß nicht recht. Können Sie mir etwas empfehlen?«

Die Dame neben ihr schaltete sich ein. »Kommen Sie, setzen Sie sich neben mich, wenn es Sie nicht stört, mit einer alten Frau zu reden.« Sie hatte den Barhocker neben ihrem eigenen gedreht und hielt die Lehne auffordernd fest, sodass Leah sich setzen konnte.

Leah zögerte nicht lange, sondern nahm die Einladung an. Dann deutete sie auf das Glas vor der Frau. Darin erkannte sie Eis, Limettenviertel und braunen Zucker in einer klaren Flüssigkeit.

»Ist das ein Caipirinha?«, fragte sie.

»Richtig geraten. Zwar nicht originell, aber sehr erfrischend. Und mein alter Freund hier macht ihn besser als jeder andere.« Sie zog lächelnd am Strohhalm. »Sie sollten ihn testen.«

»Dann machen Sie mir doch bitte auch einen Caipi«, sagte Leah.

Der Barmann nickte zufrieden, nahm die Zutaten und mixte das Getränk.

Gespannt beobachteten die beiden, wie Leah ihren ersten Schluck nahm, und lachten, als sie genießerisch die Augen schloss und den Cocktail angemessen lobte. Dann stellten die beiden sich vor – sie hieß Irmi, er Pierre –, erzählten, dass sie sich schon seit dem Sandkastenalter kannten, beide verwitwet und beide mit zahlreichen Enkeln gesegnet waren. Pierre machte den Job des Barkeepers aus Liebe zum Beruf, obwohl er eigentlich in Rente sein könnte. Irmi leistete ihm oft Gesellschaft, weil zu Hause keiner mehr auf sie wartete.

»Darf ich fragen, wie alt Sie sind?«, wagte Leah nach diesen Erklärungen zu sagen.

Sie lachten gutmütig. »Ich bin siebenundsechzig«, antwortete Pierre, was Leah wirklich überraschte.

»Und ich bin exakt vier Monate jünger als er«, sagte Irmi.

»Ehrlich? Ich hätte sie beide locker zehn Jahre jünger geschätzt.«

»Das liegt an unserer Haut. Wir Menschen, die in den Weinbergen leben und den Elsässer Wein trinken, haben alle diese glatte Haut. Ist Ihnen das noch nicht aufgefallen?«

Irmi war groß und schlank, aber nicht kantig. Sie trug die naturweißen Haare in einem leicht lockigen Pixie

Cut. Ihre Kleidung war weder omahaft noch bemüht jugendlich. In ihrem Gesicht sah Leah keinerlei Make-up, sondern nur die glatte und satt gebräunte Haut eines Menschen, der sich oft draußen aufhielt. Tatsächlich lag ein besonderer Schimmer darüber, wie Leah jetzt auffiel, und diesen Schimmer sah sie ebenso bei Pierre. Die beiden hatten rote Wangen und gesunde, fröhliche Gesichter.

Leah grinste. »Ich glaube, es liegt mehr an der inneren Haltung.«

Irmi lachte schallend auf. »Das eine hat mit dem anderen zu tun. Wir leben in einem wunderbaren Landstrich in der besten aller Zeiten. Und dazu haben wir den besten Wein.«

Leah fühlte sich rundum wohl, hob ihr Glas und prostete ihnen zu. »Das müssen Sie mir jetzt genauer erklären. Wodurch ist denn der Elsässer Wein so viel besser als andere?«

Sie erzählten eifrig, wie sich der Weinbau in der Region entwickelt hatte, erklärten, warum die Bodenbeschaffenheit hier so speziell war. Die unterschiedliche Zusammensetzung der Erde auf den Höhen ließ viele verschiedene Rebsorten gedeihen. Daher auch die Palette von Weiß-, Rot- und Roséweinen. Am berühmtesten waren natürlich der Elsässer Riesling und der Crémant d'Alsace. Aber die Weinbauern probierten auch immer wieder Neues aus, erklärten die beiden. Es war ein Vergnügen, ihnen zuzuhören und zuzusehen. Mit ihren Erzählungen zeichneten sie Bilder aus früheren Zeiten, in denen man noch keine Maschinen hatte. Leah meinte fast, die klebrige Süße des Safts abermals an den Fingern zu spüren, der die Hände bei der

Weinlese überzog, und sie konnte sich die Steifheit der Finger ausmalen, wenn die gefrorenen Beeren für den begehrten Eiswein geerntet werden mussten. Außerdem konnte sie sich lebhaft vorstellen, wie die beiden als Kinder mit bloßen Füßen die frisch geernteten Trauben in den Trögen gestampft hatten.

Irmi winkte ab. »Heute ist natürlich alles einfacher, aber die Weinlese ist immer noch ein Knochenjob.«

»Ja, ich weiß. Ich mag den hiesigen Wein sehr. Meine Lieblingssorte ist und bleibt der Riesling.«

Pierre polierte ein Glas, er drehte den Kopf. »Der Wolfler ist der beste Riesling weit und breit. Mit dem kann es keiner aufnehmen.«

Leahs Herz machte sofort einen heftigen Satz. Sie hatte sich durch das Gespräch mit den beiden von ihrem Gedankensturm ablenken lassen, doch nun reichte die Erwähnung seines Nachnamens aus, um sie wieder die Nervosität spüren zu lassen, die sie seit den frühen Abendstunden begleitet hatte.

Sie bemerkte, dass der Barmann sie beobachtete. »Sie kennen Guillaume, ich meine Marc, ja«, sagte er schlicht.

Sie nickte und nahm einen Schluck ihres Drinks.

»Tatsächlich?« Irmi musterte Leah neugierig, bis ihr die Hitze in die Wangen stieg.

Sie bildete sich ein, die ältere Frau läse hinter ihrer Stirn, wie sehr sie dem Wolf bereits verfallen war. Ein gemurmeltes »Ach« schürte ihre Unsicherheit noch. Verlegen zupfte Leah mit den Zähnen an ihrer Unterlippe – eine Geste, die Irmi offenbar noch deutlicher zeigte, wie es um sie bestellt war.

Dann fing sie in dem gleichen, entspannten Tonfall zu plaudern an, in dem sie eben über Weinsorten gesprochen hatte. Ihr Gesicht bekam den leicht entrückten und schwärmerischen Zug von vorhin.

»Die Wolflers kenne ich gut. Ich habe mit Marcs Vater die Schulbank gedrückt ... du ja auch, Pierre.« Beide lachten kurz auf, bevor Irmi weitersprach. »Alle dachten, er würde die Liesel heiraten. Hätte so gut gepasst, aus den beiden Weingütern eines zu machen. Dann kam Marcs Mutter. Sie war mit der Volksschule auf Ausflug, ein blutjunges Mädel noch. Tja, der junge französische Winzer, der ihrer Schulklasse im breiten elsässischen Dialekt den Weinbau erklärte, hatte es ihr sofort angetan.«

Leah stellte sich vor, wie Marcs Vater als junger Mann ausgesehen haben mochte. Als sie ihm begegnet war, war er über fünfzig gewesen, bereits ergraut, aber attraktiv. Ja, sie verstand sofort, dass ein junges Mädchen ihm auf den ersten Blick verfallen konnte. Marc war das Ebenbild seines Vaters.

»Nach zwei Jahren hat er sie hergeholt, und die beiden haben geheiratet. Jung gefreit, nie gereut. Heißt es nicht so? Ein paar Jahre später kam Christophe auf die Welt, danach Marc. Alles lief prima. Chris war hell und fröhlich, Marc von Anfang an dunkel. Auch vom Gemüt her, wenn ich so sagen kann.«

Marcs verhangenen Blick im Sinn fragte Leah: »Wie meinen Sie das?«

Pierre antwortete an Irmis Stelle: »Ja, Marc war von Anfang an ein Grübler, das zeigte sich schon, als er noch ein Dreikäsehoch war und allen Erwachsenen Löcher in den Bauch fragte. Aber wir mochten ihn. Wir dachten, seine Nachdenklichkeit hat er von der Mutter geerbt. Sie hat sich hier übrigens problemlos eingelebt. Der Weinbau lag ihr im Blut, obwohl sie vorher nie damit zu tun hatte. Meinst du nicht auch, Irmi?«

»Auf jeden Fall. Sie fühlte sich hier von Anfang an wohl, und genauso offen ist sie auf die Leute zugegangen. Ich sage ja, eine tolle Familie. Als Marc größer wurde, legte er die Scheu ab, aber neben seinem Bruder, dem Hansdampf in allen Gassen, wirkte er still. Chris, André und Marc – wo die drei auftauchten, war immer was los.« Sie lachte.

»Meinen Sie André Kern?« Leah musste unwillkürlich grinsen.

»Genau. Die drei waren befreundet. André und Marc gingen in dieselbe Klasse. Wie lange ist das alles schon her …« Irmi trank einen Schluck, bevor sie den Blick wegschweifen ließ.

Leah schlug das Herz bis zum Hals, als sie sich traute, behutsam nachzufragen. »Dann passierte etwas Schlimmes, nicht wahr?«

Irmi zog die Schultern hoch. »Ja. Christophe kam bei einem Unfall ums Leben.«

»Was für ein Unfall war das?« Leah wunderte sich selbst über ihre forsche Frage.

»Es war eine Unglücksnacht. Der Blitz schlug in eine Hütte auf einem Weinberg ein, sie fing Feuer. Die jungen Leute waren dort oben. Christophe kam um. Es konnte nie richtig geklärt werden, was passiert war. Alle hatten einen Schock erlitten.«

Leah schluckte. Das erklärte die Brandnarben an Marcs Hand. »Wie furchtbar«, flüsterte sie. Mit jener Nacht musste sein gestriger plötzlicher Rückzug zusammenhängen, wurde ihr klar. Ein tiefsitzendes Trauma vermutlich, und sie hatte es mit ihrer Frage nach seinen Narben hervorgelockt.

Pierre stellte vor Irmi und ihr je einen frischen Caipirinha auf den Tresen. Sie tranken beide von dem herrlich kühlen Cocktail. »Die Eltern haben es nicht verkraftet«, sagte er. »Chris hatte das Weingut übernehmen sollen, und nun war er weg. Marc kehrte nach Hause zurück. Er brach seine Ausbildung zum Piloten ab.«

»Und übernahm das Weingut«, sagte Leah. Diesen Teil der Geschichte kannte sie ja.

Beide nickten. »Nach seinem Studium heiratete er Bianca. Sie war in der Unglücksnacht dabei gewesen.« Irmi hielt inne und warf einen unsicheren Blick auf Pierre. Dieser kniff die Lippen zusammen. Wussten sie noch etwas?

»Die Mutter von Clarisse und Denis?«, versuchte sie nachzuhelfen in der Hoffnung, noch ein bisschen mehr über Bianca zu erfahren.

Doch Irmi saugte angelegentlich an ihrem Strohhalm und sagte nichts. Sie deutete nur ein Nicken an. Pierre ging zu den noch besetzten Tischen, um abzurechnen. Die Bar leerte sich zusehends. Als er wieder hinter dem Tresen stand, begann er, Gläser zu polieren. »Marc hat das Weingut jedenfalls zu einem Riesenerfolg gemacht. Und das kommt unserer gesamten Region zugute. Der Junge traut sich, was Neues zu probieren. Über die Geschichte von damals ist Gras gewachsen. Wir reden heute eigentlich nicht mehr darüber.«

Irmi winkte ab. »Das ist längst vergessen. Die Leute bringen Marc Respekt entgegen, und den hat er sich verdient. Allerdings kocht er immer noch sein eigenes Süppchen.« Sie verzog den Mund zu einer komischen Schnute. »Wenn er nicht schon hier geboren wäre, würde man ihm das sicher nicht durchgehen lassen. Er ist der einzige Winzer, der seinen Wein ausschließlich auf dem eigenen Gut lagert.«

»Nun ja, in seinen Weinkellern hat er genug Platz«, sagte Leah, einigermaßen erstaunt. Auf ihre Bemerkung zog Pierre fragend die Brauen hoch.

»Sie kennen sein Gut?«

Sie konnte nicht verhindern, dass sie puterrot anlief. Allerdings kannte sie Marcs Gut, und erst die Weinkeller! Sie räusperte sich verlegen. »Ja. Er hat mich herumgeführt. Ich ... ich übersetze Werbetexte für ihn.«

Irmi schnalzte mit der Zunge. Plötzlich schien die Stimmung umzuschlagen. Sie murmelte etwas, das Leah jedoch nicht verstehen konnte, weil Pierre im selben Augenblick husten musste.

Die letzten Gäste riefen »Gute Nacht« in ihre Richtung und verließen die Bar. Irmi und Leah tranken aus, als wäre es abgesprochen. Pierre nahm ihre Gläser, kippte die Eiswürfel und die Limettenviertel weg und spülte sie. Irmi stützte den Ellbogen auf den Tresen und schmiegte das Kinn in die Hand. Sie wirkte nachdenklich.

»Wir machen Feierabend.« Pierre trocknete die Gläser ab.

Als Leah vom Barhocker herunterkletterte, legte ihr Irmi eine Hand auf den Arm. »Geben Sie nur auf sich acht, das möchte ich Ihnen raten. Marc ist ein schwieriger Mensch. Schon manch eine ist an ihm verzweifelt.«

Leahs Finger zitterten, als sie die Geldbörse aus der Hosentasche zog. »Was schulde ich Ihnen?«, fragte sie Pierre und zahlte die Summe, die er nannte. Ihre Knie zitterten nun ebenfalls ein bisschen.

»Was ist an ihm so gefährlich?«, fragte sie schließlich Irmi. »Mir gegenüber ist er sehr freundlich.« Sie musste beinahe lachen. Freundlich traf es nicht ganz. In einer Sekunde wollte er sie besitzen, in der nächsten stieß er sie zurück. Und sie fühlte sich unwiderstehlich angezogen von ihm, obwohl sie Angst hatte. Angst wovor?

»Irmi, lass es«, sagte Pierre. »Wir haben schon zu viel geredet. Das hat der Junge nicht verdient.«

Irmi zuckte die Achseln. »Stimmt schon.« Sie blickte ihr offen ins Gesicht. »Im Grunde kann man nichts Negatives über Marc sagen. Er hat nur eine komplexe Persönlichkeit.«

Mit einem leicht verzweifelt klingenden Lachen sagte Leah: »Vielleicht macht ihn gerade das so interessant.«

Pierre kam hinter dem Tresen hervor und geleitete sie und Irmi zur Tür, dann löschte er das Licht. »Ja, so wird es sein. Geben Sie einfach acht auf sich. Liebesgeschichten sind nie einfach, oder?« Er zwinkerte ihnen zu. »Wenn sie es wären, wären sie ja auch langweilig.«

Irmi und Pierre verließen gemeinsam das Hotel, während Leah in die andere Richtung zum Fahrstuhl ging. Erst als sie in ihrem Zimmer ankam, bemerkte sie, dass sie sich kein Wasser mitgenommen hatte. Kurzerhand füllte sie das Glas also doch mit Leitungswasser, machte sich wieder fertig für das Bett und fiel todmüde hinein. Immer noch ging es in ihrem Kopf rund, und im Zentrum aller Gedanken stand der Wolf. Wenigstens hatte der Caipi sie ein bisschen benommen gemacht.

Sie griff ihr Smartphone und tippte eine WhatsApp an Silvie ein, bevor sie das Licht ausschaltete.

Als Leah aufwachte, drang kein Tageslicht herein. Ihr Mund war ausgetrocknet, und sie trank das Wasserglas in einem Zug leer. Die Uhr sagte ihr, dass sie gerade mal zwei Stunden geschlafen hatte. Mist! Sie fühlte sich aufgewühlt, und daran war nicht nur der Alkohol Schuld. Sie hätte wissen müssen, dass sie nach zwei Caipis nicht gut schlafen konnte. Der Alkohol und die Limetten putschten sie stärker auf als Kaffee.

Sie drehte sich im Bett hin und her, und ungebeten geisterte wieder der Wolf durch ihren Sinn. Sie bildete sich fast ein, seine Hände auf der Haut zu spüren, die ihren Körper streichelten. Wie ausgehungert musste sie sein? Das war lächerlich. Doch sie kam nicht zur Ruhe, und schließlich nahm sie ihr Smartphone zur Hand, um die letzte abgeschickte Nachricht an Silvie zu lesen.

Kannst du für mich ein Brandunglück nach Blitzeinschlag in Eguisheim recherchieren? Ungefähr in den Jahren, als wir hier waren. Marc und Christophe Wolfer, André Kern und eine Bianca waren betroffen.
*Mein Datenvolumen ist aufgebraucht, im Hotel gibt es kein W-Lan *augenroll**
Bitte? LG, Leah.

Im Hotel war der Verzicht auf W-Lan damit begründet, dass sich die Gäste entspannen sollten. Schade, denn sonst hätte Leah mit dem Notebook oder dem

Smartphone nach dem Geschehnis von damals suchen können.

Aber Silvie tat ihr bestimmt den Gefallen und recherchierte. Sie hatte sogar Zugriff auf das Zeitungsarchiv.

Sie wollte das Handy gerade abschalten, da bemerkte sie die Anrufliste auf dem Bildschirm. Die letzte Nummer war die von André. Unmittelbar darunter war eine Handynummer verzeichnet, und mit einem zarten Krampf im Bauch erkannte Leah in der Ziffernfolge die des Wolfs. Sofort speicherte sie sie unter seinem Namen in ihrem Adressbuch ab. Und dann konnte sie die Finger nicht davon lassen, sondern schrieb ihm eine WhatsApp. Schließlich hatte sie den ganzen Tag nichts von ihm gehört. Wenn er das Handy nachts abschaltete, war es eh egal, und wenn nicht ... Ja, dann ...

Marc, gehst du zum Winzerfest? Leah

Sie tippte auf das Symbol für *Senden*, bevor sie es sich anders überlegen konnte. Einen Moment wartete sie, bis sich ihr Herzschlag wieder beruhigt hatte, dann legte sie das Handy neben ihr Kopfkissen. Sie musste jetzt endlich schlafen, sonst sähe sie morgen wie ein Zombie aus. Noch bevor sie den Gedanken zu Ende gedacht hatte, vibrierte das Smartphone. Es war das Signal für eine eingehende WhatsApp. Mit feuchten Fingern öffnete sie die Nachricht. Sie war von Marc! Gesendet um fünf Uhr morgens. Er lag wach, genau wie sie!

Sollten kleine Mädchen um diese Zeit nicht schlafen?

Argh, er hatte ihre Frage nicht beantwortet. Bei seiner Gegenfrage musste sie allerdings grinsen.

Eigentlich schon, aber manchmal geistert der böse Wolf durch die Nacht, und schon bin ich um den Schlaf gebracht.

»Senden«. Hatte sie das wirklich geschrieben? Sie schluckte. Warum antwortete er nicht? Ihre Finger tippten schneller, als ihr Kopf denken konnte.

Außerdem bin ich schon groß,

schickte sie hinterher.

Wolf?,

kam fast im gleichen Moment seine Nachricht, dann

Und: Sicher?

Was waren das denn für kryptische Antworten? Sie stellte sich seine Stimme vor, sein Lachen, und ihr Unterleib zog sich wohlig zusammen.

Absolut.

Würde der Wolf ihre Frage beantworten? Diese Kommunikation begann, ihr Spaß zu machen.

Wer will das wissen? Rotkäppchen etwa?

Sie musste kichern. Er stieg auf ihre Scherze ein! Bevor sie etwas tippte, kam eine weitere WhatsApp von ihm.

Gerade Rotkäppchen sollte auf der Hut sein. Und die Antwort auf die Frage: Nein.

Nein? Ich dachte, der Wolf ist hinter Rotkäppchen her.

So, so. Ist er das?

Es kam mir so vor – einen Moment lang, im Weinkeller.

Sie schickte die Nachricht ab und dachte sich, dass diese Art der Kommunikation Hemmschwellen senkte.

Hm ... okay.

Was wollte er damit sagen, verdammt? Fühlte er sich gerade so wie Leah? Sie musste an seine Arme in ihrem Rücken denken, an die Glut, die er mit seinen Händen und Lippen in ihr entfacht hatte, und stöhnte unwillkürlich. Ein Glück, dass niemand es hören konnte.

Ich gehe nicht zum Fest. Wenn du magst, zeige ich dir morgen mein Eguisheim. Es sei denn, Rotkäppchen möchte unbedingt bei den Winzern tanzen.

Oh! Nein, das klingt interessant. Wann?

Komm nach dem Frühstück zum Gut. Wann es dir passt.

Sie lag im Bett, und ein glückseliges Lächeln tanzte auf ihrem Gesicht.

Schlaf gut, Rotkäppchen!

Buona notte, lupo!

kratzte sie ihre Italienischkenntnisse zusammen. Danach vibrierte ihr Handy nicht mehr. Die Müdigkeit übermannte Leah doch noch, und endlich schlief sie traumlos. Oder so tief, dass sie sich nicht mehr an Träume erinnern konnte.

Kapitel 12

Das hatte sie nun davon: verschlafen und außerdem einen Brummschädel. Die Gestalt im Spiegel blinzelte sie mit verquollenen Augen an. Verflixte Caipis! Ob da noch was zu retten war? Und das jetzt, wo sie so schnell wie möglich zum Wolflergut fahren wollte. Sie konnte es kaum erwarten, Marc wiederzusehen. Und außerdem, je eher sie dort aufkreuzte, desto mehr Zeit konnten sie gemeinsam verbringen. Indem sie ihre Waden mit wechselwarmen Duschen zum Leben erweckte, wies sie auch den Rest ihres Körpers darauf hin, dass die Nacht vorbei war.

Dann zog sie das türkisblaue Kleid noch einmal an und betrachtete sich im Spiegel. Ja, entschied sie, zu so einem herrlichen Sommertag passte es. Ihr Haar flocht sie quer über den Hinterkopf zu einem Zopf, der über ihre Schulter nach vorn fiel. So fühlte sie sich wohl: hübsch, aber nicht aufgebrezelt. Selbst die Sonnencreme vergaß sie nicht. Sie kannte Marcs Pläne nicht genau, aber sicherlich würden sie sich viel im Freien bewegen. Mit leichtem Herzen eilte sie zum Frühstücksraum und aß hastig eine Portion Müsli zu ihrem Kaffee. Sie wurde von Sekunde zu Sekunde nervöser. Als sie an der Rezeption vorbeikam, wünschte Jeannette ihr einen schönen Tag. Sie lächelte dabei entspannt.

Wenig später lenkte sie ihren Fiat durch die Weinberge. Dann konnte sie schon Marcs Hof sehen und bemerkte, wie ihre Handflächen schon wieder feucht wurden.

Clarisse und Denis liefen ihr entgegen, als sie auf den Kiesplatz vor dem Wohngebäude einbog. Sie waren feierlich gekleidet, beide in der klassischen Tracht. Leah fiel ein, dass gerade Sommerferien waren. Offenbar hatten die beiden etwas Wichtiges vor. Bestimmt wollten sie zu dem Winzerfest, das sich anscheinend über mehrere Tage hinzog. Wie passte Leah da hinein? Sie konnte sich nicht vorstellen, dass Marc sich mit Kind und Kegel – und ihr – in der Dorfgemeinschaft zeigen wollte. Kurz dachte sie an die Andeutungen und die wenigen Informationen, die sie von Pierre und Irmi vergangene Nacht über Marcs Familie bekommen hatte. Wenn er als so schwierig galt, glaubte sie kaum, dass er an einer solchen Veranstaltung Gefallen fand und sich dort präsentieren wollte. Na, er hatte ihr ohnehin geschrieben, dass er das Fest gar nicht besuchen wollte, dachte sie dann beruhigt. Sie zog den Zündschlüssel und stieg aus.

»Guten Morgen, ihr beiden. Habt ihr gut geschlafen?«

»Hallo Leah! Ja, wie immer.« Die Kinder nahmen sie an den Händen und zogen sie zur Tür. »Wir proben heute für den Umzug«, erklärte Clarisse, »in unseren Trachten, siehst du?«

In diesem Moment trat Madame Lorent aus der Tür. Sie trug ein Sommerkleid, es stand ihr großartig. »Guten Morgen«, sagte sie lächelnd. »Ich fahre mit den Kindern hinunter.« Sie taxierte Leah. »Marc nimmt nicht am Dorffest teil.« Sie zuckte mit den Achseln. »Die Kinder sind es so gewohnt. Und alle anderen ebenfalls.«

»Ihr seht toll aus«, sagte Leah zu den beiden. Ihre Vorfreude war nicht zu übersehen. Warum sich Marc wohl von diesem Fest fernhielt, das im Ort so lange Tradition hatte? Und wo war er gerade?

»Wir müssen los, sonst kommen wir zu spät.« Madame Lorent ging zielstrebig zu einem Kombi, der vor dem Weinkeller geparkt war.

Leah winkte den beiden Kindern hinterher und blieb unschlüssig stehen. Sie stiegen ein und fuhren davon. Alles war ruhig. Sie drehte sich vom Haus weg und ließ die Weinberge und das gewundene Tal auf sich einwirken, das sich unter ihr ausbreitete. Grillen zirpten, Vögel sangen ihr Morgenlied, sie hörte, wie der Wagenmotor leiser wurde. Die Sonne wärmte ihre nackten Schultern. Einen Moment vergaß sie, warum sie hier war, schloss die Augen und genoss die Ruhe.

Unter den Geruch der warmen Kieselsteine, der Erde und der Weinstöcke mischte sich fast unmerklich ein Duft, der ihr sofort den Atem stocken ließ. Sie spürte Marcs Anwesenheit, obwohl er kein Geräusch verursachte. Er musste aus dem Haus gekommen sein und nun hinter ihr stehen. Sie fühlte sich wie verzaubert und rührte sich nicht, sondern nahm mit geschlossenen Lidern umso intensiver wahr, wie sie auf ihn reagierte. Ihren Körper überlief eine wohlige Gänsehaut, als schaltete jede einzelne Pore auf Empfang um. In ihrem Nacken wurde es warm, und sie wartete fast gierig darauf, dass er sie berührte.

Sein Geruch verstärkte sich. Er war frisch geduscht und rasiert, doch viel stärker verwirrte sie sein persönlicher Körperduft, der genauso einzigartig war wie seine Stimme. Ihre Haut sehnte sich ihm entgegen. Nun stand er so dicht hinter ihr, dass sein Atem ihre Schulter kitzelte. Sie legte den Kopf in den Nacken und atmete langsam aus. Er hörte es und gab ein belustigtes »Hm« von sich. Dieser kleine Laut kroch in sie hinein. Ihre Bauchmuskeln zogen sich zusammen. Sie wollte sich umdrehen und in seine Arme werfen, aber sie war noch immer wie durch einen Zauber zur Unbeweglichkeit verdammt.

Dann strich er mit den Fingerspitzen ihre Oberarme entlang. Sie räkelte sich wie eine Katze und ließ den Kopf gegen seinen sinken, als er ihre nackte Schulter küsste. Er umfing sie mit beiden Armen und hauchte ihr eine Spur von Küssen auf den Hals. Langsam drehte er sie um, sodass sie ihn ansehen konnte. Sie versank in seinem offenen Blick. Er lächelte, und sie wollte nur noch mit ihrer Zunge diesen abgebrochenen Schneidezahn berühren.

»Guten Morgen, Leah«, sagte er sanft.

»Morgen«, flüsterte sie.

Er küsste sie auf die Lippen, doch es war nichts weiter als ein Begrüßungskuss. »Schön, dass du da bist.« Er griff nach ihrer Hand, sodass sie einen kleinen Schritt von ihm wegtreten musste.

Sie bedauerte die Distanz, die dadurch entstand.

»Wollen wir los? Ich möchte dir die Plätze zeigen, an denen ich mich wohlfühle.«

»Ja«, sagte sie schlicht. Sie konnte ihr Glück kaum fassen, dass sie den Tag mit ihm verbringen würde.

Sie benutzten den Transporter, und als Erstes fuhr er zum höchstgelegenen Weinberg seines Gutes. Ein wunderbarer Blick über die gesamte Region eröffnete sich. Marc erzählte, welche Rebsorten er anbaute und warum es ihm gelang, seine Weine und Schaumweine zu etwas Besonderem zu machen. Es begeisterte Leah, wie sehr er dies alles liebte. Sie genoss es, ihn in dieser entspannten Stimmung zu erleben. Er zeigte ihr, wo die Grenzen seines Guts verliefen. Es war riesig!

»Hast du Lust auf einen Besuch der Hohkönigsburg?« Er warf einen Blick auf ihre Schuhe. »Oder möchtest du lieber in die Stadt?«

Tatsächlich war ihr inzwischen unangenehm heiß geworden. Sie liebte es, mit ihm hier im Freien zu sein, doch die Sonne kannte kein Erbarmen. »Stadt klingt gut. Welche meinst du?« Trotz der Sonnencreme hatte sich ihre Haut bereits rötlich verfärbt. Auch das bemerkte er und legte eine Hand auf ihre Schulter.

»Lass uns nach Obernai fahren und dort etwas essen gehen. Von hier aus brauchen wir maximal eine Stunde.« Er runzelte leicht die Stirn. »Dann hat deine Haut Zeit, sich zu regenerieren.« Ihr Magen knurrte, worauf er laut lachte. »Weißt du, das mag ich an dir. Du kannst nicht verhehlen, wenn du Hunger hast.« Er griff nach ihrer Hand, und ausgelassen lachend wie Kinder liefen sie zu der Stelle, an der sein Auto stand.

»In Obernai war ich erst einmal«, sagte Leah. »Das war in der Oberstufe. Ich wollte immer mal wiederkommen, aber nach dem Abi haben sich diese Pläne zerschlagen.«

»Wo hast du denn studiert?«

»In Heidelberg.«

»Schöne Stadt.«

Sie parkten in der Nähe des Zentrums, und Marc führte sie in eines der traditionellen Restaurants, das im ehemaligen Kornhaus untergebracht war. Zum Glück hatte sie sich für dieses Kleid entschieden, so fühlte sie sich nicht underdressed. Sie sah vor allem ältere, elegant gekleidete Leute. Marcs nächste Worte machten ihr allerdings klar, weshalb sie ausgerechnet hier waren.

»Hier gibt es meine Weine.« Ein Lachen klang in seiner Stimme mit. »Das ist einer der Gründe, weshalb ich gern herkomme. Wir möchten im Salon essen«, sagte er zu der jungen Kellnerin. Sie führte sie zu einem Tisch mit einer Eckbank. Leah fand es schön, so neben ihm sitzen zu können. Die Kellnerin reichte ihr die Speisekarte.

»Danke«, sagte sie lächelnd und schlug sie auf. Unter dem Tisch spürte sie Marcs Knie, das ihres berührte. Der bekannte warme Strom floss in sie hinein. »Empfiehlst du mir etwas?«

»Nein.« Er sah sie mit seinem Bernsteinblick an. Auf seiner Wange tanzte ein Grübchen. »Alles ist sehr gut, egal, ob du Choucroute magst oder moderner essen willst. Die vegetarischen Gerichte sind auch empfehlenswert. Such dir etwas aus, ich empfehle dir den passenden Wein dazu.«

Am liebsten wäre sie in seinen Augen versunken. In diesem Moment verbarg er nichts vor ihr, und was sie in ihm erkannte, machte sie glücklich: Er fühlte sich wohl mit ihr. Trotzdem zwang sie sich, die Karte zu studieren. Abermals meldete sich ihr Magen mit lautem Murren.

Marc lachte. »Ich glaube, du solltest dir etwas richtig Sättigendes aussuchen.« Leah war sofort der Entenmagret aufgefallen, und gleichgültig, welche Verlockungen die Speisekarte noch bereithielt – dem konnte sie nicht widerstehen.

»Ich nehme die Ente. Dazu einen Pinot noir, oder?«

Marc grinste. »Du bist ja selbst Fachfrau, das vergesse ich immer wieder.« Er entschied sich für ein Steak, was sie zum Feixen brachte. Damit erfüllte er das Klischee des Naturburschen, der viel im Freien arbeitete. Nachdem die Kellnerin mit den Karten vom Tisch weggegangen war, nahm er ihre Hand und zog sie zu sich. Eine intime Geste, die sie nervös auf ihrem Platz hin und her rutschen ließ. Er senkte den Kopf und blickte sie unter schwarzen Wimpern hervor an.

»Warum grinst du so dämonisch, Rotkäppchen?«

Hitze überzog ihr Gesicht und ihr Dekolletee. Sie kaute auf ihrer Unterlippe herum, worauf er ihre Finger an den Mund zog und küsste. Sie atmete heftig ein und blickte sich verstohlen um, weil sie das Gefühl hatte, ihr Körper ginge in Flammen auf. Doch um sie herum waren alle mit sich selbst beschäftigt. Dass es an ihrem Tisch gerade unerträglich heiß wurde, bemerkte niemand.

Sie zog die Brauen hoch und blickte tief in die Wolfsaugen. »Der Wolf giert nach Frischfleisch, habe ich recht?«

Er brach in Lachen aus, wobei er leider den Mund von ihrer Hand wegzog, was jedoch die auflodernde Hitze in ihrem Innern nicht verringerte.

»Und du willst es am liebsten halb roh«, flüsterte sie.

»Das ist richtig. Nichts ist faszinierender als frisches, rosiges Fleisch.« Er fuhr sich mit der Zunge über die Lippen.

Glücklicherweise brachte die Kellnerin genau im richtigen Moment den Wein und eine Flasche Wasser. Leah bemühte sich krampfhaft, nicht in Marcs Augen zu sehen, aber sein Knie an ihrem spürte sie nur zu deutlich. Er bewegte das Bein vorsichtig, wodurch es sich anfühlte, als streichelte er sie. Sie konzentrierte sich mit äußerster Anstrengung auf den Anblick ihres Wasserglases, dessen Wand beschlug, nachdem die Kellnerin es gefüllt hatte. Ihrem »Bitte sehr« entgegnete sie ein gekrächztes »Danke«, dann griff sie nach dem Glas und kippte das eiskalte Wasser in einem Zug hinunter.

»Machst du das absichtlich?«, rutschte es ihr heraus. Sofort ärgerte sie sich darüber, denn vielleicht hatte sie nun den Moment zerstört.

»Was meinst du?« Sein Lächeln zeigte ihr, wie genau er wusste, was sie meinte. Er zog ihre Hand nochmals zu sich und streichelte mit den Fingern über die Innenfläche, die vom beschlagenen Glas kühl und feucht war. Die Resonanz auf diese Berührung spürte sie tief in sich.

»Du ... verunsicherst mich.«

Er zog die Stirn in Falten. »Das glaube ich nicht. Du hast doch mit diesem Spiel angefangen.« Er küsste ihre Hand. »Außerdem bist du kein kleines Mädchen.«

Bedauerlicherweise brachte die Kellnerin in diesem Moment das Essen. Mit Heißhunger machte sich Leah darüber her. Auch Marc wirkte ausgehungert. Es machte ihr Spaß, ihm dabei zuzusehen, mit welchem Genuss er sein Fleisch aß.

Im Lauf des Essens bekam sie ihre Gefühle wieder in den Griff. Sie genoss es, mit ihm zusammen zu sein. Alles Weitere würde sich ergeben.

Seinem Vorschlag, auf den Odilienberg zu fahren und dort ein bisschen zu wandern, stimmte sie gern zu. Auch dort war sie seit ihrer Teenagerzeit nicht mehr gewesen. Sie schlenderten die Wege entlang, bewunderten die Blumen und Pflanzen und das wunderbare Panorama.

Der Wolf nahm ihre Hand. »Rotkäppchen, zeigst du mir, wo du wohnst?«

Wie meinte er das? Er sah sie so intensiv an, dass sie unvermittelt wieder eine unbändige Lust auf ihn verspürte. Meinte er ihr Hotelzimmer? Wollte er tatsächlich mit ihr dorthin fahren? »O ja. Und wo ich schlafe ...« Hatte sie das wirklich gesagt?

Erneut fühlte sie sich wie ein über beide Ohren verliebter Teenie, als sie mit großen Schritten zum Parkplatz liefen, den Wagen suchten, und Marc zielstrebig den Weg Richtung Eguisheim einschlug. Er erzählte ihr von seinem Pilotenstudium, und bei den Beschreibungen des Flugcampus in Phoenix leuchteten seine Augen nicht weniger, als wenn er ihr seinen Lieblingswein zu probieren gab.

»Bereust du, damit aufgehört zu haben?« Sie konnte die Frage nicht zurückhalten. Er blickte angestrengt auf die Straße und schwieg. »Ich meine, Pilot und Winzer – das sind ungefähr die unterschiedlichsten Berufe, die ich mir vorstellen kann.«

Die Haut um seine Augen legte sich in feine Fältchen. »Ja, da hast du wohl recht. Bis heute träume ich manchmal davon, wieder zu fliegen.« Er warf ihr einen Blick zu. »Es war eine abenteuerliche Zeit. Aber damals war es richtig, nach Hause zu gehen.«

»Du wurdest gebraucht«, sagte sie leise.

»Ja.« Er zögerte, bevor er weitersprach. »Nicht nur das. Einer der Gründe, weshalb ich das Studium in Bremen begonnen hatte, war, dass ich es nicht mehr aushielt. Ich liebte meinen Bruder …« Er stockte.

O bitte, sprich weiter, dachte sie. *Erzähl mir, was dich so fertig macht.* Sie legte die Hand auf seinen Oberschenkel, was ihm ein Lächeln entlockte. »Aber er trieb mich auch zur Weißglut«, fuhr er dann fort. »Chris war großartig. So großartig, dass ich immer mehr das Gefühl bekam, ihm nicht das Wasser reichen zu können. Ich konnte und wollte nicht mit ihm konkurrieren. Außerdem stritten wir uns oft.« Er grunzte unzufrieden. »Bescheuert, aber wir wussten beide genau, wie wir uns gegenseitig anpacken mussten. Ich weiß nicht, ob du das verstehst …«

»Ich habe leider keine Geschwister«, warf sie ein.

Er nickte. »Ganz bestimmt hat mein Bruder mich ebenso geliebt wie ich ihn. Und unsere Eltern haben wahrscheinlich niemals einen Unterschied zwischen uns machen wollen.« Er bremste und brachte den Wagen vor einer roten Ampel zum Stehen, dann sah er ihr in die Augen. »An manchen Tagen haben wir uns fast gehasst.«

Die Ampel wechselte auf Grün, Marc legte den Gang ein und fuhr los. Er handelte mechanisch, während das, was er erzählte, seine ganze Aufmerksamkeit forderte. Sie hielt den Mund, weil sie nichts Falsches sagen wollte. Ihr war dieser Augenblick zu wertvoll, in dem er sie an seiner Vergangenheit teilhaben ließ. Sie musste unbedingt mehr erfahren über diesen Bruder, der wie ein großes Gespenst über ihm zu hängen schien.

»Es wurde tatsächlich besser, nachdem ich weggegangen war. Und ich lernte endlich, mir selbst etwas zuzutrauen.« Er lachte beinahe gelöst. »Ohne meinen großen Bruder, der all die Dinge, die ich jemals probiert habe, besser konnte als ich, stellte ich mich von der ersten Sekunde an auf meine eigenen Füße. Ich habe irgendwie durchgeatmet und mit Feuereifer gelernt. Der Aufenthalt in Phoenix hat mir endgültig geholfen, mich abzunabeln.«

»Das glaube ich dir«, sagte Leah. »So erging es mir, als ich ein paar Monate in Frankreich gelebt habe.«

»In den Ferien kam ich nach Hause. Chris hatte sich hier eingearbeitet, meine Eltern und er führten das Weingut, und es lief prima. Er konnte meinen Erfolg endlich akzeptieren. Und ich habe ihm keine Sekunde geneidet, dass er alles übernehmen würde. Mein Weg war klar. Ich wollte von hier weggehen und meinen Traumberuf ausüben.«

Sie näherten sich Eguisheim. Jetzt, am frühen Nachmittag und bei schönstem Wetter, waren die Aufbauarbeiten für das Fest offenbar in vollem Gange. Marc fuhr ein paar Umwege, um zum Hotel zu gelangen. Er erzählte weiter.

»Im zweiten Jahr ist dann alles anders gekommen als geplant. Christophe ist gestorben.« Seine Stimme versagte. Er schluckte. Nur zu offensichtlich hatte er das Unglück noch immer nicht verarbeitet.

In Leahs Hals schwoll etwas an. Sie wollte unbedingt mehr erfahren, ihm zeigen, wie sehr sie ihn verstand. Aber sie hatte Angst, ihn wieder von sich zu stoßen, wenn sie nachfragte. Nur zu gut erinnerte sie sich, wie seltsam abweisend Marc im ersten Moment reagiert hatte, als er den Eindruck gehabt hatte, Jeannette und sie hätten über ihn gesprochen. Ihr Blick wanderte unwillkürlich zu seiner linken Hand. Ihre Frage nach den Narben hatte ihn vorgestern endgültig zum Verstummen gebracht.

Er räusperte sich und straffte die Schultern. Sie fuhren auf den Hotelparkplatz. »Nun, den Rest der Geschichte kennst du.« Er drehte den Zündschlüssel und wendete sich ihr zu. Ein dichter Vorhang verdeckte die Bernsteinaugen, doch er schenkte ihr sein wunderbares Lächeln. »Wollen wir hineingehen? Wie war das mit Rotkäppchens Schlaflager?«

Als hätte er mit seiner Äußerung einen Schalter in ihr umgelegt, erschienen ihr alle Fragen unwichtig. Mit Pudding in den Knien ging Leah ihm voraus. Gott sei Dank hatte Jeannette Ritter ihren Dienst beendet, jedenfalls konnte Leah sie an der Rezeption nicht entdecken. Marc und sie gingen rasch zum Fahrstuhl, nachdem sie dem jungen Mann an der Rezeption zugenickt hatte. Er grüßte arglos zurück und schien sich nicht darüber zu wundern, dass Leah in Begleitung war.

Im Fahrstuhl drückte Marc auf den Knopf neben der Vier. »Wie praktisch. Den Angestellten am Empfang kenne ich nicht.« Er schmunzelte. »Und er mich offenbar auch nicht.« Er zog Leah an sich und hauchte ihr einen Kuss auf das Ohrläppchen. »Und jetzt beenden wir das, was wir begonnen haben.«

Die Fahrstuhltür ging auf, der Wolf führte seine Beute zur Höhle, und als sie in ihr Zimmer getreten waren, öffnete er ihr Kleid im Nacken und zog das Oberteil herunter. Darunter war sie nackt. Sie seufzte, als sie sah, wie sein Blick sich verdunkelte. Sie fühlte sich ihm ausgeliefert, und dabei sinnlich und schön. Gleichzeitig merkte sie, dass sie ihn ebenso um den Verstand brachte wie er sie.

»Marc«, flüsterte sie.

Er lachte leise. »Du bist wunderschön.«

Sie versank in seinen Armen, und es war das Natürlichste der Welt, dass sie wenig später nackt zum Bett taumelten und einander mit ihren Küssen und Berührungen immer weiter trieben. Marc küsste alle Stellen ihres Körpers und weckte in ihr Empfindungen, die sie so noch nicht gekannt hatte.

Als er sich aufrichtete, waren seine Züge vom Verlangen gezeichnet, seine Lippen wirkten unfassbar sinnlich. Fragend sah er Leah an, die nicht mehr erwarten konnte, dass er auch den letzten Schritt machte. Ein fremdes Geräusch, das sie zunächst nicht zuordnen konnte, holte sie beide jedoch in die Realität zurück. Er sah sie mit dunklem Blick an, verwirrt wie sie selbst. Da war wieder dieses Geräusch.

»Das könnten die Kinder sein«, sagte er schließlich. Leah erkannte den Klang endlich als den Klingelton eines Handys. »Ich muss rangehen.«

Er stand auf, griff nach seiner Hose und zog sein Telefon heraus. Nackt stand er vor ihr, sie prägte sich seinen Anblick ein. Enttäuscht begriff sie, dass ihr Liebesspiel beendet war, denn Marc sagte ins Telefon: »Ja, ist gut, ich bin in zwanzig Minuten bei euch.«

Er fischte nach seiner Boxershorts und zog sie sich über die Hüften. Dabei lächelte er entschuldigend. »Sorry, ich muss los. Denis ist bei der Probe von einem Wagen gestürzt. Er scheint eine Gehirnerschütterung zu haben.«

Leah kletterte vom Bett hinunter und reichte ihm seine Kleidungsstücke. »Ja. Ja, natürlich«, stotterte sie, obwohl sie nicht recht begreifen konnte, was gerade geschah. Sie war noch im Traumland gefangen. »Ich ... du ... das war unglaublich.«

Er schlüpfte in seine Slipper, zog sie in die Arme, küsste sie sacht auf die Stirn und strich eine verschwitzte Haarsträhne zur Seite. »Du bist unglaublich, Leah.« Er umarmte sie und hielt sie fest, bevor er sich wieder löste. »Ich muss los.«

Damit ging er.

Sie fühlte die plötzliche Leere um sich herum, stieg wieder ins Bett und zog sich fröstelnd die Decke über die Schultern.

Kapitel 13

Nur langsam kam Leah zur Ruhe. Marc hatte sie auf eine Weise geküsst, als ob er sie schon ewig kennen würde und genau wüsste, womit er sie glücklich machen konnte. Er hatte ihr das Gefühl gegeben, die einzige Frau auf Erden zu sein. Ja, gestand Leah sich ein, sie sehnte sich danach, dass er mit ihr schlief. Sie wollte ihn ganz spüren. Sie lag im Bett und fragte sich, wann sie ihn wiedersehen würde. Ihre Enttäuschung über seinen plötzlichen Aufbruch war nur gemildert durch die Tatsache, dass sie an diesem Tag so wunderbare Stunden verlebt hatten. Hoffentlich ging es seinem kleinen Sohn gut!

Sie hörte dumpf ihr Smartphone vibrieren. Es steckte noch in der Handtasche, die sie vorhin hatte fallen lassen. Mit einem leisen Lachen stand sie auf und suchte danach. Das war erst der Auftakt, wurde ihr bewusst. Die Endorphine in ihrem Körper machten sie so glücklich, wie sie es lange nicht mehr gewesen war.

Endlich hatte sie ihr Handy gefunden, doch das Vibrieren hatte inzwischen aufgehört. Sie schaltete es ein. Zwei Anrufe in Abwesenheit, einer von Marc und einer von André.

Sie tippte auf die Mobilbox, um Marcs Anruf abzuhören.

»Leah, ich bin mit Denis zu Hause. Madame Lorent war mit ihm im Krankenhaus. Er hat eine leichte Gehirnerschütterung, aber es ist unbedenklich. Er muss ein, zwei Tage im Bett liegen ... Es war traumhaft mit dir.«

Mehr sagte er nicht. Sie tippte auf seine Telefonnummer, um zurückzurufen.

»Die gewählte Nummer ist zurzeit nicht erreichbar.«

Das dämpfte ihre Erleichterung über die gute Nachricht etwas. Wann würde sie ihn wiedersehen? Einen Moment dachte sie darüber nach, ihn auf dem Festnetz anzurufen, aber wenn er sein Handy abgeschaltet hatte, bedeutete das, dass er nicht gestört werden wollte. Denis brauchte ihn jetzt.

Anschließend tippte sie auf Andrés Name, um auch seine Nachricht abzuhören. Für einen Moment fühlte sie das schlechte Gewissen. Er machte sich noch Hoffnungen.

»Leah, ich möchte dir nur sagen, mein Dienst endet morgen Abend gegen sechs. Wenn du dann zum Weinfest kommst, bin ich für dich da. Würde mich freuen.«

Früher oder später würde sie André sagen müssen, dass sie nicht an ihm interessiert war. Aber nicht jetzt.

Was tat sie nun mit dem angebrochenen Tag? Ihre Haut fühlte sich noch immer erhitzt an, und sie beschloss, im Hotel zu bleiben. Um sich abzukühlen, zog sie ein paar Bahnen im Schwimmbad. Auf das Abendessen verzichtete sie, da die Ente sie noch immer satthielt. Die Glücksgefühle über das, was sie mit Marc heute erlebt hatte, begleiteten sie den Rest des Tages. Schließlich sah sie sich abends bei einem Glas Wolfler Rosé einen alten Liebesfilm im Fernsehen an und schlief früh. Die vorherige Nacht war ja nicht gerade ruhig gewesen. Sie wünschte sich, Marc am nächsten Tag wiederzusehen. Hoffentlich ging es Denis wieder gut!

Am nächsten Morgen setzte sie sich nach dem Frühstück an die Überarbeitung der Übersetzung, konnte sich jedoch nicht konzentrieren. Marc meldete sich nicht und ging nicht ans Telefon, als sie ihn zu erreichen versuchte. Lustlos blätterte sie die Wellnessangebote des Hotels durch, konnte jedoch nichts finden, das ihr jetzt guttun würde.

Schließlich wählte sie Silvies Nummer, um dem Gefühl zu entgehen, dass ihr gleich die Decke auf den Kopf fallen würde.

»Bist du das, Leah?«, meldete sie sich.

»Ja, ich bin's.«

»Was ist passiert? Du klingst bedrückt.«

»Eigentlich nichts.« Sie druckste herum.

»Du hast verlängert, aber jetzt rufst du mich an. Was stimmt da nicht?«

»Ich habe jemanden kennengelernt.«

Sie quietschte. »Wer ist es? Hast du mit ihm ...?«

Leahs Wangen wurden heiß. »Es ist Marc Wolfler.«

»Echt jetzt? *Der* Marc Wolfler?«

»Wenn du damit meinen Auftraggeber meinst, ja, der Marc Wolfler.« Sie genoss es, seinen Namen auszusprechen, und merkte, dass sie lächelte.

»Was habt ihr getan? Ich will alles wissen.«

Leah kicherte. »Noch nichts. Wir wollten, aber dann musste er nach Hause zu seinen Kindern.«

Silvie stöhnte. »Kinder? O no! Ach, da fällt es mir wieder ein, du hast mich doch gebeten, diese alte Geschichte zu recherchieren.«

Sofort spürte Leah den Herzschlag bis in ihren Hals hinauf. »Ja. Hast du etwas herausgefunden?«

»Nein, tut mir leid, ich habe noch keine Zeit gehabt. Philipp ist nach Hause gekommen, und Kim ist immer noch nicht fit. Ich versuche, mich morgen dranzumachen.«

»Oh, okay«, sagte sie lahm. »Dann störe ich jetzt bestimmt, oder?«

»Du störst nie ... aber vielleicht können wir es kurz machen?«

Leah hörte im Hintergrund die helle Stimme von Kim und die brummige von Philipp.

»Ach, eigentlich ist nichts. Ich weiß bloß gerade nicht, was ich mit mir anfangen soll. Der Wolf, ich meine Marc, ist nicht erreichbar, auf meine Arbeit habe ich keine Lust, und allein zum Winzerfest mag ich nicht gehen.«

»Winzerfest?«

»Das ist so ein Weinfest hier im Ort. André Kern hat mich dorthin eingeladen.« Noch bevor sie den Satz zu Ende gesprochen hatte, verzog sie das Gesicht.

»André Kern? Das ist doch auch einer der Namen, die ich recherchieren sollte. Wer ist das denn jetzt?«

»Ein Winzer im gleichen Alter wie Marc. Sehr gutaussehend, sympathisch, Junggeselle, der Traum aller Schwiegermütter.«

Silvie lachte hell auf. »Du hast gleich zwei Kavaliere?«

Bei ihrer Wortwahl musste Leah kichern. »Ja, stell dir vor. Die beiden kennen sich schon aus der Schulzeit.«

»Sag mal, jetzt dämmert es mir langsam. Kern und Wolfler, die beiden größten Winzer aus Eguisheim. Damals, als wir uns die Fingernägel in den Weinstöcken abrissen, müssen die Söhne noch blutjung gewesen sein.«

»Genau wie wir.«

»Stimmt. An den Älteren, Christophe, kann ich mich dunkel erinnern. Und an das Winzerfest auch, genau. Aber findet das nicht immer am Wochenende statt?«

Leah zog die Schultern hoch. »Keine Ahnung. Jedenfalls hat André mich für heute Abend eingeladen. Vielleicht ein Jubiläumsfest, und deshalb länger als sonst?«

»Hm, könnte sein.« Sie zögerte. »Marc war damals nicht da, oder?«

»Ja, er hat in Bremen Luftfahrtsystemtechnik studiert. Ich konnte mich an keinen von ihnen erinnern. In Eguisheim selbst war ich damals gar nicht, glaube ich. André sagte allerdings, er habe mich auf Bildern gesehen.«

»Er hat dich auf Bildern gesehen?«

»Ja, er hat recherchiert und gesehen, dass ich damals viel getanzt habe.«

»Hm, er ist wohl ernsthaft interessiert?«

»Mami«, hörte Leah Kims Stimme im Hintergrund.

»Ja, schon, aber ich ... Ehrlich gesagt bin ich von Marc völlig geflasht.« In dem Moment, als sie es sagte, fühlte sie, wie sehr sie sich in ihn verliebt hatte.

»Das klingt gut. Ich freue mich für dich.«

»Mami, wann kommst du denn?«, klagte Kim.

»Maus, lass die Mama telefonieren«, hörte Leah Philipps Stimme.

»Ich muss Schluss machen, Leah. Willst du meinen Rat?«

Sie schnaubte. »Klar. Rück raus. Du bist meine Kummerkastentante in allen Lebenslagen, schon vergessen?«

»Okay. Wenn es dir mit Marc ernst ist – und es hört sich ganz danach an –, solltest du mit André Klartext sprechen. Geh zu diesem Fest und sag es ihm. Das würde ich jedenfalls tun.«

»Ich denke drüber nach.«

»Und noch was, Süße ...«

»Ja?«

»*Ein* Schwiegermuttertraum im Leben ist wirklich genug. Und den hattest du schon mit Tom.« Sie lachte, sagt Tschüss und legte auf.

Leah war hin und her gerissen. Sollte sie zum Fest gehen? Was würde Marc dazu sagen? Sie versuchte noch einmal, ihn zu erreichen, doch die Ansage war immer noch Dieselbe. Er hatte sein Handy abgeschaltet. Schließlich rief sie auf der Festnetznummer an. Auf dem Gut war er nicht, richtete ihr Madame Lorent aus, ohne jedoch näher darauf einzugehen, wo er sich aufhielt. Immerhin berichtete sie aber, dass es Denis gut ginge. Er sollte nur noch weiter das Bett hüten.

In Leah wuchs ein schales Gefühl. Vielleicht bereute Marc bereits, was sie gestern Nachmittag getan hatten. Andererseits – es war traumhaft gewesen. Warum sollte er es bereuen?

Endlich schaffte sie es, wieder zu arbeiten. Und doch fühlte es sich an, als schlage sie die Zeit tot. Mit der Überarbeitung von Marcs Texten war sie schnell fertig, und nur mit äußerster Disziplin las sie sie noch ein letztes Mal Korrektur. So hangelte sie sich von Stunde zu Stunde, während die innere Unruhe wuchs. Dann war Nachmittag.

Unschlüssig betrachtete sie ihre Aufmachung im Spiegel: Shorts und T-Shirt. Welche Optionen hatte sie?

Im Hotel warten, bis Marc sich – eventuell – wieder meldete? Nicht gerade reizvoll. Sie war viel zu unruhig, um allein hier herumzuhocken, wurde ihr klar. Also doch zum Fest gehen. André treffen und ihm vorsichtig begreiflich machen, dass sie an einer Beziehung nicht interessiert war. Sie seufzte. Wollte sie sich dem stellen? Doch Silvie hatte recht. Er hatte es nicht verdient, im Unklaren zu bleiben.

Endlich entschied sie sich, ohne weiter zu zögern. Sie versuchte ein letztes Mal, Marc zu erreichen, dann schrieb sie ihm eine WhatsApp. Die würde er sehen, sobald er das Handy wieder einschaltete, dann konnte er ja entscheiden, ob er sie heute noch einmal treffen wollte oder nicht.

Ich gehe zum Winzerfest. Würde mich freuen, dich noch zu sehen. Kuss, Leah.

Sie wollte ihm die Chance geben, sie zu finden. Dieser Gedanke ließ sie zu einem etwas älteren Kleid mit Spaghettiträgern greifen. Sollte Marc noch einmal zu ihr kommen, wollte sie schön für ihn sein. Und für das Fest eignete sich das Kleid auch. Die Haare trug sie offen.

Es war kurz vor fünf, als sie ihren Fiat an der Zufahrtsstraße zum Ort parkte. Für alle Fälle hatte sie ihr Bolerojäckchen mitgenommen. Im Moment war es noch heiß, also trug sie es über dem Arm. Sie schlenderte durch den Ort mit den Fachwerkhäusern und folgte dem Lärm. So fand sie zum Ortszentrum und dem Platz, auf dem das Fest stattfand. Mehrere Pavillons, ein Bierzelt, eine Bühne, Speise- und Getränkestände waren rund um unzählige Biertischgarnituren aufgestellt worden. Auf der Bühne spielte ein Kinderorchester, die Bänke an den Tischen waren voll besetzt. Von den vielen unbekannten Menschen verunsichert, suchte sie mit den Blicken nach einem Weinstand, an dem André Dienst tat. Tatsächlich konnte sie ihn entdecken und ging erleichtert auf die Bude zu. Sie war aus Holz gebaut, von drei Seiten konnte man etwas zu trinken ordern. Noch bevor sie sie erreicht hatte, sah André auf und entdeckte sie.

Leah musste grinsen, denn er trug die traditionelle Landestracht. Es ließ sich nicht leugnen, wie gut ihm die tiefschwarze Hose und das knallrote Gilet über dem weißen Hemd standen. Den Hut hatte er in den Nacken geschoben. Er übergab zwei Weingläser, die er gerade gefüllt hatte, seiner Kollegin, die ebenfalls Tracht trug. Dann trat er hinter dem Tresen zu ihr und betrachtete sie erwartungsvoll.

»Leah, schön, dass du da bist. Du siehst umwerfend aus.« Er beugte sich über die Theke herüber, und etwas verlegen ließ sie seine Begrüßung mit Wangenküsschen zu. Wahrscheinlich registrierten das alle anwesenden Eguisheimer, und sie merkte, wie wenig sie das mochte. Entsprechend bewegte sie sich etwas hölzern.

»Ich möchte mit dir reden, André«, platzte sie heraus und versuchte, sich nicht anmerken zu lassen, worum es ging. Ihr Lächeln fühlte sich verkrampft an, während seine Lider fast unmerklich zuckten. Plötzlich griff er nach einer Weinflasche und einem Glas, schenkte ihr einen Rosé ein und schob ihn vor sie. »Jetzt probierst du ihn, wie versprochen.« Er kam ihr nahe, und erst jetzt roch sie den Alkohol in seinem Atem. Seine Wangen waren gerötet.

Sie prostete ihm zu und trank einen Schluck. Der Wein schmeckte sehr fruchtig, aber für ihren Geschmack zu lieblich. Trotzdem brachte sie es nicht über sich, auf Andrés erwartungsvolles »Und?« negativ zu reagieren, und nahm noch einen Schluck – der schien ihr sogar noch süßer.

»Intensives Fruchtaroma«, sagte sie vage.

»Ich wusste, dass du ihn magst.«

»André, ich brauche deine Hilfe«, sagte seine Kollegin. Vor den beiden anderen Seiten der Hütte hatte sich eine ganze Traube Menschen angestellt, die offenbar alle gleichzeitig Wein wollten.

»Sofort«, sagte er, wandte sich erneut Leah zu und zeigte auf einen Tisch in der Nähe des Stands. »Sieh mal, du kannst dich dort hinsetzen. Das sind Bekannte von mir. Du wirst dich super mit ihnen verstehen.«

»Ich möchte eigentlich lieber hier ...«, begann Leah, doch da strebten auch an dieser Seite des Weinstands Leute auf sie zu und drängten sich an die Theke, sodass sie ihr Glas lieber wegnahm und auf den Tisch zuging, den André ihr gezeigt hatte. Sie bereute es bereits, hergekommen zu sein. Es lag ihr nicht, sich als Fremde an einen Tisch voller Menschen zu setzen, mit denen sie nicht das Geringste zu tun hatte. Doch dann löste sich ihre Anspannung, denn eine wohlbekannte Gestalt winkte ihr zu: Jeannette. Ihre roten Wangen zeugten vom Wein, den sie offenbar getrunken hatte. Sie wirkte viel ausgelassener als sonst. Erleichtert, jemanden zu treffen, den sie kannte, ging Leah zu ihr.

Die Frau neben Jeannette rutschte auf eine Äußerung zur Seite, sodass sie kurz darauf tatsächlich an einem Tisch voller Eguisheimer Bürger saß, als gehörte sie zu ihnen. Andrés Rosé trank sie in großen Schlucken, weil sie sich etwas anderes bestellen wollte, doch kaum hatte sie das Glas geleert, stellte einer der Männer ein frisches vor sie – gefüllt, wie befürchtet, mit Rosé.

»Das schickt der Andy«, sagte er und deutete zum Weinstand.

Sie drehte sich um und sah André, der ihr zuwinkte. Gezwungen lächelnd hob sie das Glas in seine Richtung und nahm einen winzigen Schluck. Jetzt musste sie langsam machen, sonst würden sie sie abfüllen.

Der Typ, der ihr das Glas gebracht hatte, stellte sich als Freund von André vor, seinen Namen vergaß sie gleich wieder. Jeannette sagte zur Tischgruppe: »Das ist Leah Bonnet. Sie ist in unserem Hotel zu Gast, hat als Jugendliche hier auch schon bei der Weinlese geholfen und ist von André zum Fest eingeladen worden.«

Förmlicher hätte Leah es sich kaum vorstellen können. Aber eines musste sie den Leuten lassen: Sie waren gut gelaunt und wirkten mit ihrer Stimmung ansteckend. Leah vergaß eine Weile, dass sie eigentlich auf ein Lebenszeichen des Wolfs wartete. Möglicherweise stieg ihr auch Andys Wein stärker zu Kopf als die trockeneren Sorten, die sie sonst bevorzugte.

»Du hast bei der Weinlese geholfen?«, fragte die Frau, die für sie zur Seite gerückt war, etwas später. Sie war um die vierzig, ihr Sohn spielte im Orchester Klarinette, wie sie sofort erzählt hatte. »Hat es dir gefallen?«

»Hm, gefallen ist nicht ganz das richtige Wort. Eine Knochenarbeit ...«

Zustimmendes Lachen erklang.

»Aber irgendwie hat es Spaß gemacht. Ich war drei Jahre hintereinander dabei.«

»Wann war das denn genau?« Der Vater des Klarinettisten saß Leah gegenüber und musterte sie mit gerunzelter Stirn. »Pi mal Daumen dürfte das fünfzehn Jahre her sein, oder?«

Leah lachte. »Stimmt ziemlich genau. Vor dreizehn Jahren das letzte Mal. In der Zwischenzeit habe ich studiert und eine Zeitlang in Heidelberg gelebt. Ich stamme aus Freiburg im Breisgau.«

»Das heißt, du kennst dich mit unserem guten Wein aus.« Das sagte Andrés Freund.

Sie nickte vage. »Schon ...«

»Außerdem übersetzt sie Werbetexte für Marc«, sagte Jeannette. Der Blick, mit dem sie Leah bedachte, hatte wieder dieses typisch Lauernde. Ob sie das als Einzige bemerkte?

»Ach ...«

Einen Moment herrschte Ruhe am Tisch. Leah runzelte die Stirn und trank einen Schluck Wein. Dann traute sie sich zu fragen: »Was, ach?«

Andrés Kumpel – er hieß Jost, fiel Leah wieder ein – räusperte sich. »Nichts. Wir kennen Guillaume, ich meine Marc, alle sehr gut. Die meisten von uns sind hier aufgewachsen.«

Und weiter? Was sollte diese Bemerkung Leah sagen? Es wirkte auf sie, als gehörten die, die hier am Tisch saßen, nicht unbedingt zu Marcs Freunden. Abgesehen von Jeannette. Sie blickte nacheinander in ihre Gesichter und entschied sich, erst mal nichts zu sagen. Manchmal konnte man damit die Leute zum Reden bringen. Erstaunlicherweise schien ihr prüfender Blick sie zu verunsichern.

Schließlich sprach Jost weiter. »Gegen Marc ist eigentlich nichts zu sagen. Er ist ja einer von uns.«

»Wobei er sich schon ziemlich absondert«, murmelte die Frau neben ihr und sah sich suchend um. »Oder habt ihr ihn heute schon gesehen?«

»Nein, aber seinen Buben habe ich gestern aufgehoben, als er vom Karren gefallen ist«, sagte Jost. Und damit kam das Gespräch wieder in Gang.

Sie ließen sich darüber aus, dass der Wagen nicht gut gesichert gewesen war und Denis niemals hätte herunterfallen dürfen. Jeannette hielt sich heraus, sie beobachtete und schwieg, wie Leah selbst. Einmal mehr fragte sich Leah, wie sie zu Marc stand. War es ihre Absicht gewesen, dieses Thema zur Sprache zu bringen?

Nachdem eine hitzige Diskussion über den traditionellen Umzug und das Teilnehmen der Kinder daran entstanden war, war es schließlich Jost, der wieder auf Marc zurückkam. »Trotzdem ist es eine Schande, dass er nie mit seinen Kindern am Fest teilnimmt.«

Die Mutter des Klarinettisten hob beide Hände. »In gewisser Weise kann man es verstehen, oder nicht?«

»Pah, was soll das denn heißen?«

»Dass er sich von allen absondert, meine ich. Ich versteh ihn irgendwie.« Sie wandte sich Leah zu. »Ich weiß nicht, wie gut du ihn kennst, aber er ist kein übler Bursche. Wir haben nicht wirklich Anlass, uns über ihn zu beklagen. Gut, er ist kauzig und hält sich meistens fern von den restlichen Winzern ...«

»Das kann man so sagen«, bestätigte ihr Mann.

»Er hat es nie leicht gehabt.«

»Ach, er soll mal erwachsen werden«, murrte Jost. »Er ist immer noch so unberechenbar wie damals. Dabei sind die alten Geschichten längst vorbei. Daran denkt doch keiner mehr.«

»Woran denkt keiner mehr?«, erklang Andrés Stimme, und Leah spürte plötzlich seine Hände auf ihren Schultern. »Habt ihr für mich noch ein Plätzchen frei?« Er ließ sie wieder los.

Sie lächelte ihm zu, und die Frau neben Leah und sie rückten auseinander, sodass er sich zwischen sie setzen konnte. Es war eng auf der Bank, seine Hose berührte Leahs Bein. Sie war überraschend weich und warm, als er seinen Schenkel noch etwas mehr an sie schmiegte. Auf ihrer anderen Seite spürte sie den Stoff von Jeannettes Sommerkleid.

»An die alten Geschichten von damals.« Jost machte eine wegwerfende Handbewegung. »Wir haben von den Gebrüdern Grimm geredet.«

»Dann lasst uns das Thema wechseln.« André zwinkerte ihr zu. »Heute wollen wir feiern!«

Die Kinder beendeten ihren Auftritt und wurden mit Applaus belohnt. Kurz darauf kam der Junge mit seiner Klarinette an den Tisch. »Mama, jetzt hab ich einen Mordshunger.«

Seine Mutter stand auf. »Man muss sich halt drüber im Klaren sein, dass es mit Marc schwierig werden kann«, sagte sie in Leahs Richtung, dann ging sie mit dem Jungen zu einem der Essensstände.

Sie hatte es langsam satt – alle wollten sie vor Marc warnen. Verstohlen zog sie ihr Handy aus der Tasche und sah nach, ob eine Nachricht von ihm eingegangen war. Nichts. Enttäuscht legte sie es zurück.

André hielt eine Roséflasche über ihr Glas, das noch immer halbvoll war. »Nicht so schnell, danke«, sagte sie und legte die Hand auf das Glas.

»Aber du hältst dich schon eine halbe Stunde an diesem Glas fest.«

Sie nickte. »Ja«, sagte sie schlicht. Ihr Bedarf an seinem Wein war mehr als gedeckt. Er zuckte die Achseln und stellte die Flasche wieder ab.

Das Publikum auf dem Fest wechselte nach und nach. Die Familien mit Kindern gingen nach Hause, an ihrem Tisch war jetzt mehr Platz. Ein Grüppchen aus zwei Pärchen setzte sich zu ihnen. Sie stammten offenbar nicht von hier, sondern es schienen Deutsche zu sein – bis auf einen Typen mit etwas dunklerer Haut und Glatze, der Französisch sprach. Ganz offensichtlich war er mit der jungen Frau mit wildem, brünettem Lockenschopf, die neben ihm saß, erst seit kurzer Zeit zusammen. Die beiden strahlten ihr Glück aus allen Poren aus. Wehmütig wünschte Leah sich, mit Marc genauso selbstverständlich auf einem Fest zusammen sitzen zu können. Stattdessen saß André neben ihr, und sie hatte die unangenehme Aufgabe vor sich, ihm klarzumachen, dass sie nicht an ihm interessiert war.

André erzählte vom Fest und seiner Tradition. Sie beobachtete ihn und fragte sich wieder einmal, warum er eigentlich nicht verheiratet war. Er war hübsch, sympathisch und geradlinig. Er schien keine unangenehmen Geheimnisse zu verbergen. Ganz anders als Marc, der sie zwar in seine Nähe hatte kommen lassen, dessen innere Windungen und Abgründe ihr aber noch völlig verborgen waren.

»Warum bist du eigentlich nicht verheiratet?«, fragte sie ihn schließlich.

Jeannette stieß ein belustigtes Schnauben aus, Jost lachte laut.

»Ja, das weiß keiner so richtig, was, Andy?« Dann wandte Jost sich Leah zu. »Schnapp ihn dir, das kann ich dir nur raten.«

André grinste zu den Worten seines Freundes. »Komm, lass uns tanzen«, sagte er und nahm ihre Hand.

Überrascht nahm sie erst jetzt die kleine Band richtig wahr, die auf der Bühne spielte. Einige Paare tanzten bereits zu der Musik von Klavier, Geige, Kontrabass und Akkordeon. Leah scannte mit einem Rundumblick den Platz, konnte Marc jedoch nirgendwo entdecken. Das zweite Pärchen aus der Vierergruppe, zwei großgewachsene Blonde, erhob sich von den Bänken, um tanzen zu gehen. »Bis später, Samir«, rief die schlanke Frau dem Glatzköpfigen zu.

»Warum nicht?«, sagte Leah mehr zu sich selbst als zu André und ließ sich von ihm zur Tanzfläche führen. Sie tanzten Fox. Wie sich zeigte, war er tatsächlich ein guter Tänzer, es machte Spaß mit ihm.

»Warum ich nie geheiratet habe, wolltest du wissen ...« Er führte sie in eine Drehung. »Ich war lange in ein Mädchen verliebt und hoffte, dass ich sie irgendwann fragen könnte. Tja, das beruhte leider nicht auf Gegenseitigkeit. Noch bevor ich den Mut fasste, die Frage zu stellen, war sie schon mit jemand anderem zusammen.« Wieder ließ er sie eine Drehung machen, dann hielt er sie so, dass sie eine Schrittkombination nebeneinander tanzten. Dabei schob er den Kopf so dicht zu ihrem, dass sie seinen Atem im Haar spürte, während er weitersprach. »Danach war ich lange mit einer Frau zusammen. Wir mochten uns sehr, aber sie war nicht die Richtige zum Heiraten, das wussten wir beide. Außerdem hat sie nichts mit dem Weinbau am Hut gehabt.« Er drehte Leah wieder zurück. »Dann wollte sie unbedingt Kinder, das kennst du sicher.«

»Ähm ...«

»Ich konnte mich nicht dazu entschließen. Ich fühlte mich noch zu jung.« Er zog eine Schulter hoch. »Seitdem bin ich Single.«

Leah bemerkte seinen Blick in Richtung ihres Tischs, bevor er sie in eine Mehrfachdrehung führte. Etwas atemlos fragte sie: »Was ist denn mit Jeannette? Sie scheint nicht liiert zu sein.«

Seine hellgrauen Augen wirkten für einen Moment düster. »Jeannette ...« Seine Stimme klang traurig, als er ihren Namen aussprach. »Sie hätte mir gefallen können, aber sie ist nie auf mich eingegangen. Wir sind gute Freunde, mehr nicht.«

»Oh«, sagte sie leise. In ihrem Magen rumorte es ein bisschen. Daran war der süße Wein schuld, aber auch das Wissen, dass sie ihn nun ebenfalls enttäuschen musste.

In diesem Moment begann die Band einen Tango zu spielen. Leah tanzte sehr gern Tango, wenn der Tanzpartner wirklich führen konnte. Dann konnte sie sich hineinfallen lassen. Schon an der Art, wie André sie an sich zog und fester umfasste, spürte sie, er wusste, worum es fing. War es klug, weiter mit ihm zu tanzen? Im Tango konnte sie sich verlieren, und wenn sie das erlebte, sollte der Wolf ihr Partner sein, nicht André.

Dieser Anflug verflüchtigte sich jedoch, als André sie die ersten paar Schritte führte. Ihr Gespräch stockte, beide waren hochkonzentriert. Nacheinander setzten Akkordeon, Violine, Klavier und Kontrabass ein und wirkten geradezu hypnotisch auf sie. Leah sah in seinem schönen Gesicht, mit welcher Intensität er auf die Musik reagierte, wie Rhythmus und Leidenschaft von ihm Besitz ergriffen und er das an sie weitergab.

Leah konnte nicht erklären, was mit ihr geschah, wenn der Tango Macht über sie gewann, aber sie vermutete, es war vergleichbar mit einer Meditation. Ihre Füße schwebten über der Erde, sie war nur Körper. Und Nachgiebigkeit. André gelang es mit bezaubernder Leichtigkeit, diesen Körper zu dirigieren. Er lenkte nicht nur ihre Schritte, sondern all ihre Bewegungen. Das war reine Harmonie und dabei zugleich eine Art Kampf. Im Tanz eroberte er sie, während ihre Aufgabe darin bestand, ihn zu locken und zu verführen, um ihn dann – geleitet von der Musik – zurückzustoßen.

Die Spannung war schier unerträglich, sie bemerkte kaum, dass alle anderen zur Seite gegangen waren. Die Musik reduzierte sich auf die einzelne Geige, deren intensive Töne in ihr alles zum Vibrieren brachten. Sie zwang sie geradezu in die Bewegungen hinein. Sie klagte und verführte und leitete sie in eine enge Umarmung. André drängte Leah, sich lasziv vor ihm nach hinten zu biegen, ihm ihre Kehle darzubieten, bevor sie ihn beim Wiederaufrichten mit ihrem Blick symbolisch tötete. Die anderen Instrumente setzten mit Wucht wieder ein. Er zog ihren Oberschenkel hoch, und als er sich mit ihr nach hinten beugte, spürte sie deutlich seine Erregung an ihrem Schoß. Sie konnte die

Hitze, mit der ihr Körper darauf reagierte, nicht verhindern, obwohl es nur die Musik war, die sie beherrschte. Die Gier war Teil des Tanzes und hatte mit ihr, Leah, nichts zu tun. In dieser Sekunde machte sie sich keine Gedanken darüber, ob André das auch so sah. Jeder Tänzer wusste, dass es so war. Tango war so.

Als die Melodie langsam verklang, stand sie keuchend da, André hielt sie mit beiden Armen fest umschlungen, eine Hand auf ihrem Po. Sein Gesicht näherte sich ihrem, seine Lippen waren geöffnet. Er wollte sie küssen! Sie machte sich steif, hob die Arme und versuchte, ihn mit beiden Händen von sich zu schieben. Um sie herum klatschten die Leute, einer der Musiker sprach unsinniges Zeug ins Mikrofon. Von »sichtbar gewordener Erotik« und anderem Schwachsinn. Leah wurde innerhalb einer einzigen Sekunde ihr unverzeihlicher Fehler klar: Sie sah in Andrés Blick, wie sehr er sie wollte – allerdings auch, wie sicher er sich war, dass sie ganz ähnlich empfand. Er interpretierte diesen Tanz komplett falsch! Und alle Leute um sie herum ebenfalls. Leah fing einen Blick von Jeannette auf, die am Rand der Tanzfläche stand. Sie lachte ihr zu und klatschte.

Leahs Gegenwehr zeigte null Wirkung, nein, André betrachtete sie anscheinend nur als Verlängerung des Tanzes, als kokettes Spiel. Sein Mund kam immer näher, der Geruch nach Alkohol ekelte sie an; sie drehte den Kopf zur Seite und beugte sich so weit nach hinten, wie seine Arme es zuließen. Sie fühlte sich wie in einem Schraubstock. Der Lärm um sie herum intensivierte sich noch. Sahen die denn nicht, was hier gerade passierte? Nahm keiner ihre Abwehr wahr?

»Küs-sen, küs-sen, küs-sen«, skandierten die Leute.

»Lass mich!«, zischte sie André zu, was ihn wenigstens dazu brachte innezuhalten.

Er sah ihr in die Augen und begriff. Wie in einem Film konnte Leah beobachten, wie seine Überzeugung, sie gewonnen zu haben, zuerst zu Unsicherheit wechselte und dann zu der Erkenntnis, dass er sich getäuscht hatte. Um seine Lippen verfestigte sich ein harter Zug.

»Ein Showkuss. Mehr nicht«, sagte er, und sein Bedauern war nicht zu überhören. Es beeindruckte Leah, wie schnell er akzeptierte, dass sie nichts von ihm wollte. Sein Griff lockerte sich, er nahm die Hand von ihrem Po weg. Er zog eine Braue hoch und grinste Leah an, ganz der sympathische Typ, der erkannte, wann er verloren hatte. Die Erleichterung machte ihr die Knie weich. Einen Moment lang war sie fast panisch gewesen. Sie lächelte und bot ihm ihren Kussmund dar. Das Gejohle um sie herum brandete auf, als er seine Lippen auf ihre legte.

In dem Moment, in dem er sanft mit der Zunge testete, ob sie mehr als diesen Freundschaftskuss zulassen würde, wurde sie grob aus seinen Armen gerissen. Sie fiel beinahe zu Boden, starke Arme fingen sie auf, ließen sie jedoch sofort wieder los. Sie wirbelte herum. Ihr gegenüber stand der Wolf! Er sprühte vor Zorn. Sein Blick wanderte zwischen André und ihr hin und her.

»Was geht hier vor?« Sie hörte seine mühsam unterdrückte Wut. Angst griff nach ihr. Dieser Mensch war ihr fremd, er wirkte bösartig. Seine Fäuste waren geballt, die Knöchel traten weiß hervor. Seine Körperhaltung wirkte, als wolle er jeden Moment auf André losgehen. Er sah aus, als wäre er zu allem fähig. Die Leute standen still, was die Spannung noch erhöhte. André ballte die Hände zu Fäusten, bereit, sich zu wehren.

»Nichts geht hier vor«, hörte Leah plötzlich eine weibliche Stimme. Jeannette betrat die Tanzfläche und griff nach Marcs Arm, der ihre Hand in einer einzigen, wütenden Bewegung abschüttelte.

»Was hast du mit ihr zu schaffen?«, stieß Marc aus und deutete mit dem Kinn in Leahs Richtung.

»Wir haben getanzt, das ist alles.« André hob die Fäuste vor den Körper. »Willst du eine Schlägerei? Die kannst du haben.«

»Langsam!« Jeannette griff nun nach Andrés Unterarm, doch er schüttelte sie ebenso ab wie zuvor Marc.

»Marc«, versuchte Leah, seine Aufmerksamkeit auf sich zu lenken. Aussichtslos.

Die beiden Streithähne schienen jedoch in einem eigenen Universum zu sein. Keiner von ihnen nahm sie überhaupt wahr. Marc machte ihr noch immer Angst. War es Mordlust, die in seinen Augen funkelte?

In der nächsten Sekunde stürzten sie aufeinander zu; Marc verpasste André einen Kinnhaken, doch noch bevor sich dieser wehren konnte, waren blitzschnell mehrere Männer auf der Tanzfläche, schoben Jeannette und Leah zur Seite und trennten Marc und André. Leah erkannte Jost, der mit einem zweiten Mann seinen Freund festhielt, und drei Männer, darunter Samir und der Blonde von ihrem Tisch, zogen Marc zurück. Rufe wurden laut.

»Marc, verzieh dich! Du hast schon einmal Unglück gebracht.«

»Verschwinde, oder willst du, dass wieder jemand stirbt?«

»Du hast hier nichts verloren!«

Es dauerte eine Weile, bis beide sichtlich ruhiger wurden und sich aufrecht hinstellten. Marc wirkte, als wache er aus einem bösen Traum auf – nur um sich in einer ebenso bösen Realität wiederzufinden. Fast greifbare Feindseligkeit schlug ihm von allen Seiten entgegen. Noch immer hörte Leah Leute murmeln, dass Marc verschwinden solle. Was war der Grund?

Marc machte ein paar Schritte rückwärts. Er sah Leah nicht an. Vielmehr wirkte es auf sie, als laufe vor seinem inneren Auge ein Film ab. Seine Ausstrahlung ängstigte sie. Dann drehte er sich um und ging davon.

Eine Gasse bildete sich vor ihm; er stapfte zwischen den Leuten hindurch, die ihm schweigend hinterhersahen. Es fühlte sich an, als reiße man Leah das Herz aus dem Brustkorb, und mit jedem Schritt, den er sich weiter entfernte, wuchs der Schmerz. Und doch waren die Lähmung und die Angst übermächtig. Schließlich verschwand Marc im Dunkel hinter dem erleuchteten Festplatz.

Leah stand da, zu keiner Bewegung und keiner Entscheidung fähig.

Die Leute begannen wieder zu reden, die Musik setzte ein. Jeannette zog Leah von der Tanzfläche hinunter. André folgte ihnen. Zurück am Tisch ließ sie sich neben Jeannette auf die Bank sinken. André blieb stehen, sichtlich verunsichert. Jost und die beiden Pärchen, die auch auf der Tanzfläche gewesen waren, setzten sich an den Tisch und begannen sofort, über den Vorfall zu sprechen.

An Leah rauschte alles vorbei. Sie wollte nicht hören, wie sie über Marc herzogen. Von irgendwoher reichte

Jeannette ihr eine Tasse heißen Tee, den sie schluckweise zu trinken begann. Sie zitterte wie im Fieber. Jeannette hängte ihr fürsorglich ihr Bolerojäckchen über die Schultern. André beschloss endlich, sich hinzusetzen, Leah gegenüber. Er stützte die Ellbogen auf den Tisch und sah sie an.

»Er ist nicht zurechnungsfähig«, hörte sie Fetzen der Unterhaltung am Tisch. »Eine Gefahr für sich und für andere« ... »Er muss zu einem Psychiater« ... »Mit seiner krankhaften Eifersucht bringt er noch mehr Menschen ins Grab« ... »Damals hätte keiner sterben müssen beim Fest« ... »Jede Frau sollte vor ihm davonlaufen« ...

Leah wollte das nicht hören und hielt sich die Ohren zu. Dann sah sie, dass André zu ihr sprach, und nahm die Hände wieder herunter.

»Was sagtest du?«, fragte sie.

Die anderen verstummten. Endlich.

»Das wollte ich nicht.« Fast ängstlich schob er seine Hand über den Tisch, um nach ihrer zu greifen. In seinem Blick sah sie, wie sehr er bedauerte, was geschehen war. Sie drückte seine Hand kurz und ließ sie wieder los.

Jost schnaubte. »Andy, du hast nichts Schlimmes getan. Du hast nur mit Leah getanzt, das ist alles. Kein Grund, so auszuflippen!«

»Möchtest du gehen?«, fragte Jeannette sie leise. Sie hatte den Arm um Leah gelegt.

»Ja«, sage sie, zog ihre Tasche zu sich und stand auf. »Ja, ich will hier weg.«

André stand hastig auf. »Ich bringe dich zum Hotel.«

Jeannette lachte laut. »Nein, das wirst du nicht! Du bist betrunken.«

»Ich fahre mit meinem eigenen Auto«, sagte Leah, doch Jeannette widersprach ihr.

»Ich fahre! Keine Widerrede. Mein Wagen steht am Hotel, also schlagen wir zwei Fliegen mit einer Klappe.« Sie klopfte mit der Hand auf den Tisch. »Schluss für uns, Leute. Wir sind weg.«

André versuchte, Leah zu sich zu ziehen, doch sie blieb auf Abstand. »Sehen wir uns wieder?«, fragte er. In dieser Sekunde konnte sie ihm nicht böse sein, er war so aufrichtig!

»Ich weiß es nicht, André, ich weiß es wirklich nicht.« Und das war die Wahrheit. Leah war verwirrt und hatte keine Ahnung, wie es weitergehen sollte.

Während Jeannette sie zum Hotelparkplatz fuhr, grübelte sie vor sich hin. Sie parkte den Wagen, und beide stiegen aus. Leah reichte ihr die Hand. »Vielen Dank.«

»Keine Ursache.« Forschend blickte Jeannette ihr ins Gesicht. »Geht es wieder?«

Leah strich sich über die Wangen und nickte.

»Fährst du morgen nach Hause?«, fragte sie weiter.

Sie zögerte.

»Es wird dir guttun, wieder in der gewohnten Umgebung zu sein. Glaub mir.« Sie sprach beinahe eindringlich auf Leah ein. »Ich weiß, wie du dich fühlst. Ich gebe dir einen ehrlich gemeinten Rat: Gib André eine Chance. Er ist ein guter Kerl.«

Beinahe hätte Leah laut aufgelacht, doch in letzter Sekunde unterdrückte sie es. Jeannettes Rolle in dieser ganzen Sache war ihr immer noch ein Rätsel. Aber dies war nicht der Moment, sie danach zu fragen. Leah wollte allein sein, um herauszufinden, was sie wirklich wollte. Denn eines spürte sie ganz deutlich: Mochte ihre Angst vor Marc noch so groß sein; die Sehnsucht, ihn wiederzusehen und zu erforschen, was er für sie empfand, beherrschte sie.

»Gute Nacht, Jeannette«, sagte sie also einfach, »schlaf gut.« Dann ging sie zur Eingangstür.

Kapitel 14

Es wurde abermals eine unruhige Nacht. Immer wieder schrak sie aus dem Schlaf hoch, wähnte sich in den Armen von André und versuchte, sich von ihm zu befreien. Dann sah sie Marc, wie er mit diesem ungezügelten Zorn auf seinen Widersacher losging, und spürte heiße Tränen auf den Wangen, als sie auch aus diesem Traum erwachte. Es musste wohl schon in den frühen Morgenstunden sein, als sie endlich doch noch einschlief. Ihr Handy regte sich nicht, im Hotel war es leise, und sie konnte sich nicht aus den Tiefen des Schlafs herausgraben.

Erst in der Mittagszeit wachte sie auf und fühlte sich ein kleines bisschen erholt. Was allerdings nicht bedeutete, dass ihre Gedanken zur Ruhe kämen. Warum meldete Marc sich nicht? Sie beschloss, ihn anzurufen, und griff nach ihrem Smartphone. Offline geschaltet! Wann hatte sie das gemacht? Mit zitternden Fingern schaltete sie es wieder an, und nach einem kurzen Moment vibrierte es mehrmals hintereinander. Drei verpasste Anrufe, eine Nachricht auf der Mailbox, eine WhatsApp. Zuerst hörte sie die Mailbox ab. André sagte ihr, dass es ihm leidtäte, wie der Abend geendet habe, und dass er den ganzen Tag zu tun habe, sie aber gern an diesem Abend sehen und sprechen würde. Darauf reagierte sie erst mal nicht. Er war nicht der Mann, von dem sie träumte, auch wenn sie ihn sehr mochte.

Dann klickte sie die WhatsApp an. Sie war von Marc! Er hatte sie noch in der Nacht abgeschickt. Ihre Finger zitterten noch mehr, während sie seine Worte las.

Kann ich dich sehen? Wo?

Widersprüchliche Empfindungen brachen in ihr los, sie raufte sich die Haare. Was für verrückte Tage! Die Stunden, die sie mit dem Wolf verbracht hatte, waren wunderschön gewesen. Wenn sie nur an ihre Gespräche und seine Blicke dachte, wurde ihr ganz warm. Ihr Körper wusste genau, was er wollte. Aber da gab es eine kleine, zaghafte Stimme, die sie zwei Abende zuvor auch schon sehr deutlich gehört hatte, und die sich nun, nach dem Erlebnis mit André und all den Andeutungen der Menschen, die Marc so gut kannten, wieder zurückmeldete.

Ist Marc gut für mich? Während sie auf dem Bett saß und unverwandt ihr Smartphone anstarrte, dessen Bildschirm sich mittlerweile abgeschaltet hatte, hallte in ihrem Kopf diese eine Frage wider. Sie versuchte, ihre Gedanken unter Kontrolle zu bekommen und vernünftig abzuwägen ...

Wie viel gab sie auf das Gerede, das ihr zu Ohren kam, sobald die Leute feststellten, dass sie mit Marc – ja, was eigentlich? Sie interessierte sich für ihn und er sich für sie. Wie viel konnte sie auf das Gerede überhaupt geben? Was hatten die Leute, die sich als seine Freunde bezeichneten, ihr unterm Strich denn gesagt? Nichts als diffuse Gerüchte, Verleumdungen vielleicht.

Ein schwieriger Mensch.

Eifersüchtig.

Hatte jemand das Wort benutzt, oder gab ihr das ihr verängstigter Verstand ein, weil Marc auf dem Fest eindeutig eifersüchtig reagiert hatte, als er sie so grob aus Andrés Armen gerissen hatte?

Schwierig, immer wieder war das Wort »schwierig« gefallen.

Kauzig, nicht gesellig.

Gefährlich.

Jemand ist zu Tode gekommen.

Frauen sollten vor ihm davonlaufen ...

Alles in allem nichts Konkretes. Wodurch war jemand zu Tode gekommen? War damit Marcs Bruder gemeint? Oder hatte es noch einen weiteren Todesfall gegeben?

Und dann Jeannettes guter Rat, sie solle André eine Chance geben. Hatte sie den nur erteilt, weil sie Marc für sich wollte?

Sobald Leah bei diesem Punkt ankam und kurz davor war, sich bei Marc zu melden, sah sie sein wutverzerrtes Gesicht vor sich. Er hatte sie gestern erschreckt. Was war an den Gerüchten dran? Wäre Marc in der Lage, einen Menschen ernsthaft zu verletzen?

Sie schüttelte den Kopf und rieb sich über die tränennassen Wangen. Noch vor zwei Tagen hatte sie sich hier in diesem Bett mit Marc wie im Himmel gefühlt. Sie erschreckte sich fast zu Tode, als das Handy in ihrer Hand vibrierte. Der Bildschirm leuchtete auf, und sie sah die WhatsApp, die gerade eingegangen war.

Leah? Ich möchte mit dir reden. Können wir uns heute Abend sehen? Es tut mir leid!

Plötzlich begann es rhythmisch zu vibrieren, und das Symbol für einen eingehenden Anruf wurde ihr angezeigt. Marc! Sie wischte über den grünen Hörer. »Hallo?«, sagte sie zaghaft.

»Leah …« Wie er ihren Namen sagte! Sofort sehnte sie sich danach, in seinen Armen zu liegen. Er hatte eine fast unheimliche Macht über sie, nur mit seiner Stimme. »Kann ich dich später sehen?«

Ja, wollte sie rufen, aber sie räusperte sich, um Zeit zu gewinnen. Die Zweiflerin in ihr mahnte zur Vorsicht. »Marc«, sagte sie und wusste nicht weiter.

»Ja?« Es klang beinahe ängstlich.

»Ich … ich bin so unsicher. Was ist da gestern Abend nur geschehen?«

»Ich habe dich erschreckt … Das wollte ich nicht! Es tut mir leid.«

Sie wusste nicht, was sie ihm antworten sollte. Die Kehle tat ihr weh von den Worten, die hinauswollten und die sie sich nicht traute zu sagen. Sie wusste zu wenig! Sie wusste einfach zu wenig über ihn. Wie gern hätte sie alle Zweifel losgelassen und nur auf ihren Körper gehört, der nichts anderes wollte als in seine Arme. Und noch ein bisschen mehr.

»Kann ich dich sehen?«, fragte er. »Heute Nachmittag bin ich noch unterwegs. Eine geschäftliche Sache, die ich nicht verschieben konnte. Aber heute Abend?« Seine Stimme hatte etwas Verzweifeltes. Ihm lag an ihr! Er entschuldigte sich für das, was passiert war.

Musste sie ihm nicht eine Chance geben? Ja, sagte ihr Körper, nichts anderes wollte sie doch. Ihm eine Chance geben. Sie warf einen Blick zur Uhr, gerade mal halb eins. Sie musste kurz die Augen schließen, weil sich alles in ihr voller irrer Vorfreude zusammenzog.

»In der Bar«, sagte sie schnell, bevor sie etwas Unvernünftiges tat. »Treffen wir uns in der Bar.«

»Ich bin um sieben da. Freue mich.«

»Okay.«

Leah ging ins Bad, wusch sich Hände und Gesicht und starrte sich im Spiegel an. »Machst du einen Fehler?«, fragte sie ihr Spiegelbild. Was sie sah, war jedoch ein eindeutiges Nein. Die Frau dort wirkte zwar verwirrt, aber glücklich. Verliebt. Sie sah verliebt aus. War sie ja auch. Das hörte nicht einfach auf, weil Marc ein Geheimnis vor ihr verbarg oder weil er jähzornig und offensichtlich eifersüchtig war. »Spielt es für dich eine Rolle?« Sie starrte in ihre Augen. Konnten ihre Bedenken sie aufhalten? Konnten die Gerüchte sie umstimmen? Sie sah das Glänzen in ihrem Blick, die Lippen, die voll und rot wirkten. Nein, nichts konnte sie von ihrem Willen abbringen. Sie sehnte sich nach dem Wolf, und wenn er nicht gut für sie war, musste es eben so sein. Sie musste es herausfinden.

Die Nachmittagsstunden dehnten sich aus, und sie wusste nicht, wie sie die Zeit ertragen sollte. Aber sich auf irgendeine Arbeit konzentrieren zu wollen, war sinnlos. Wenigstens nutzte sie das Schwimmbad und ließ sich danach viel Zeit in der Dusche, föhnte und kämmte ihre Haare, bis sie glänzend über ihre Schultern fielen. Schließlich entschied sie sich für ihr ältestes, lindgrünes Kleid, in dem sie sich sicher fühlte, und ging darin zum Abendessen. Sie bekam kaum einen Bissen herunter, so nervös war sie inzwischen. Beim kleinsten Geräusch fuhr sie hoch und suchte nach Marc. Und dann war es sieben Uhr.

Plötzlich hatte sie es furchtbar eilig, griff nach ihrem Zimmerschlüssel und ging aus dem Restaurant hinaus. Gleich würde sie ihn wiedersehen! Und sie hatte gedacht, sie könnte sich von ihm fernhalten? Geradezu lächerlich.

Sie betrat die Bar. Am Flügel in der Nähe des Tresens spielte ein Mann Blues. Heute Abend waren viele Tische besetzt. Pierre sah sie und winkte ihr von der Theke zu, doch als sie zu ihm gehen wollte, deutete er mit dem Kinn in eine Ecke des Raums. Sie folgte seinem Hinweis und sah Marc, der an einem kleinen Tisch saß und sie beobachtete. Er strahlte, stand auf und rückte ihr den Stuhl zurecht. »Schön, dass du kommst, Leah.«

Sie roch ihn, und es fiel ihr schwer, sich hinzusetzen, ohne ihn zu berühren.

Schon war Pierre an ihrem Tisch, um ihre Bestellung aufzunehmen. Sie warf einen Blick auf Marcs Glas. »Was trinkst du?«

»Einen Whisky.«

»Ich nehme auch einen.«

Pierre lächelte und ging zur Bar. Marc sah ihr in die Augen. Er hatte die Deckung fallenlassen, und überrascht bemerkte Leah, dass er mindestens so durcheinander war wie sie selbst. Sie blickte ihn an, bis sie fast glaubte, in flüssigem Bernstein zu ertrinken, und wusste nicht, was sie sagen sollte. Seine Pupillen wurden immer größer, seine Lippen öffneten sich, und sie sah nur noch diesen Mund. Sie atmete heftig aus, weil sie daran denken musste, wie er sie geküsst hatte. Sein Gesicht hatte wieder diesen Ausdruck, der ihr ganz deutlich sagte: *Ich will dich.*

Warum saßen sie hier unten in der Bar und tranken Whisky? Pierre brachte ihr ein Glas.

»Ich möchte sofort zahlen, bitte«, sagte sie heiser und bemerkte prompt, dass sie ihr Portemonnaie gar nicht mithatte. »Ähm, kannst du die beiden Getränke auf mein Zimmer schreiben?« Sie sah mit einem bittenden Lächeln zu dem Barmann auf.

Sein Grinsen wurde breit, während er von Marc zu ihr blickte. »Geht klar.«

Trotzdem ließen sie sich mit dem Drink Zeit. Sie redeten nichts, sondern sahen sich nur an. Dann nahm Marc ihre Hand und führte sie zu seinen Lippen, wie in Obernai im Restaurant. Die sanfte Berührung ließ alle Zweifel unbedeutend werden.

»Ich will dich küssen«, flüsterte er.

Ihr wurde heiß, verstohlen sah sie nach, ob jemand sie beobachtete. Die Leute waren alle dem Pianisten zugewandt. Nur Pierre schien ein Auge auf sie zu haben. Doch er war zu weit weg, um mitzubekommen, was sie sprachen. Oder um zu sehen, wie sie errötete. Plötzlich spürte sie Marcs Bein an ihrem. Mit der freien Hand griff sie nach dem Glas. Ihre Finger zitterten.

»Trink aus«, sagte Marc. Seine Stimme klang dunkel.

Sie tat es, dann standen sie auf und gingen aus der Bar, ohne sich zu berühren, durch den Flur zum Fahrstuhl und stiegen ein, immer noch auf Abstand. Er drückte die Vier, zog sie in die Arme und küsste sie gierig. Sie spürte seine Finger im Nacken.

Doch schon waren sie da, die Tür öffnete sich. Marc lachte leise und hielt sie am Ellbogen, damit sie nicht fiel. Sie gingen hinaus und liefen das kurze Stück zu ihrer Zimmertür. Er streichelte ihr über den Rücken, während sie aufschloss. Die Tür war endlich offen, er drängte sie hinein, schlug die Tür mit dem Fuß zu und schob Leah zum Bett. Sie ließ sich darauf fallen, streifte die Schuhe ab und streckte ihm die Arme entgegen. Er legte sich zu ihr, küsste sie und streichelte die zarte Haut an ihrem Oberschenkel, wanderte mit den Fingern betörend langsam höher. Einen Moment hielt er inne und sah ihr in die Augen. Sie verlor sich in seinem Bernsteinblick.

»Du bist umwerfend. Wunderschön und sinnlich. Ich wusste es vom ersten Moment, als ich dich sah.« Er streichelte sie weiter und sprach auf sie ein, mit dieser leisen Stimme. »Als du am Katzentisch gesessen hast, in dem anderen Kleid ...« Er küsste ihr Dekolletee. »Selbstbewusst und doch ...«

»Und doch was?«, flüsterte sie und schloss die Augen, weil seine Berührungen wohlige Schauer über ihren Körper jagten.

»Und doch unsicher. Widersprüchlich. Aber ich habe sofort gewusst, dass du mich berührtest.«

Sie konnte ihm nicht mehr antworten, weil die Empfindungen über ihr zusammenschlugen, als er sie an ihrer intimsten Stelle zu streicheln begann.

Er zog ihr das Höschen aus und warf es zur Seite. Er sah ihr tief in die Augen und ließ die Hand wieder an ihrem Oberschenkel nach oben gleiten. Mit seinen subtilen, intensiven Bewegungen brachte er sie zum Höhepunkt.

Danach hielt er sie fest, wartete, bis sie wieder ruhiger atmete. Er schnupperte an ihrer Halsbeuge. »Mhm, unwiderstehlich.« Er lächelte und küsste sie, unendlich zart. Dann legte er sich neben sie und schlug ein Bein über ihre Beine.

Sie kuschelte sich an ihn. »Du verwöhnst mich«, sagte sie leise, »aber was ist mit dir?«

Er küsste sie auf die Wange und blieb mit dem Gesicht neben ihrem liegen. »Du hast mir schon viel gegeben.« Seine Stimme schmeichelte sich in ihr Ohr hinein. »Ich habe mich in dich verliebt.«

Der Wolf hatte sich in sie verliebt! Trotzdem brachte sie es nicht fertig, ihm auf die gleiche Weise zu antworten. Ihre Angst war noch nicht aus der Welt geschafft. Sie holte tief Luft, um ihn nach all seinen Beweggründen zu fragen.

»Leah«, kam er ihr zuvor. Er stützte den Kopf auf und strich eine Haarsträhne aus ihrem Gesicht. »Wieso bist du eigentlich Single?« Er runzelte die Stirn. »Oder bist du es gar nicht? Was hat es mit diesem Tom auf sich?«

Sie brauchte einen Moment, bis sie wieder wusste, woher er Toms Namen kannte. Die WhatsApp am ersten Abend!

»Tom ist mein Ex.«

Er sog scharf die Luft ein. »Wie lange schon?«

War das wieder seine Eifersucht? »Wir sind seit zwei Jahren getrennt.«

»Aber er schreibt dir immer noch? Abends, ins Wellnesshotel?« Seine hochgezogene Braue berührte die Haarsträhne in seiner Stirn.

Sie verdrehte die Augen. »Das kann dir eigentlich egal sein, wenn ich dir sage, dass wir seit zwei Jahren getrennt sind. Aber ich glaube, er hat sich nur wegen meines Geburtstags an mich erinnert. Er bedeutet mir nichts mehr.« Dass Tom sehr wohl rückfällig geworden war, verschwieg sie. Wozu schlafende Wölfe wecken?

Marc beugte sich herunter und hauchte einen Kuss auf ihre Lippen. »Ich gestehe, dass es mir lieber wäre, wenn überhaupt kein Kerl in deine Nähe kommt.«

»Schmink dir das ab. Ich habe einige nette Jungs unter meinen Bekannten. Damit musst du klarkommen. Oder willst du mich verstecken?«

Er zog einen Flunsch. »Wenn ich dein Dekolletee in diesem Kleid so betrachte ...« Er streichelte mit dem Zeigefinger über die Haut in ihrem Ausschnitt, unter den Stoff und über ihre Brust. Sie atmete vernehmlich ein. »Und diese wilde, zerzauste Mähne und dann diesen Kussmund ...« Seine Hand massierte sanft ihre Brust, sodass sie schon wieder kaum klar denken konnte. »Ja, ich würde dich am liebsten vor den Blicken aller anderen Kerle verstecken. Wenn ein Mann dich sieht, will er dich in seinem Bett.«

»Du meinst, *du* willst es.« Könnte sie noch daran zweifeln?

Er knurrte.

Was für ein Laut! Er ging ihr unter die Haut.

»Das wollte ich von der ersten Sekunde, in der ich dich sah. Mein Körper wusste es, bevor mein Kopf daran denken konnte.« Für einen Moment schweifte sein Blick ab, ein schmerzlicher Zug lag auf seinem Gesicht, bevor er sich ihr wieder zuwandte. »Die meisten Frauen haben nicht das gesamte Paket, verstehst du?«

»Wie bitte? Was ist das denn für ein Machospruch?«

»Du bist schön, aber nicht auf eine oberflächliche Art. In deinen Augen sehe ich mehr. Ich begehre dich mit Kopf und Herzen und ...« Er sah ihr auffordernd in die Augen. »... dem ganzen Körper.«

Sie schluckte. »Das ist das Schönste, was mir jemals ein Mann gesagt hat.«

»Ich werde es dir immer wieder sagen. Wir machen zu oft diesen Fehler. Wir sagen einander nicht, wie wir empfinden.« Der Vorhang fiel über seine Augen, und Leah begriff, dass er nicht mehr von ihnen beiden sprach. Fast unmerklich zog er sich zurück, obwohl er genauso dicht bei ihr liegen blieb wie die ganze Zeit, seine Hand ruhte auf ihrer Körpermitte.

»Hast du deiner Frau gesagt, was du für sie empfindest?«, wagte sie einen Vorstoß.

Er sah sie unverwandt an, mit gerunzelter Stirn. »Ich fürchte, viel zu selten.«

»Wieso?«, flüsterte sie.

»Das war eine komplizierte Geschichte. Bianca ...« Seine Stimme wurde weich, als er ihren Namen sagte. Er musste sie sehr geliebt haben. Er stockte, dann sprach er weiter. »Wir kannten uns schon aus der Schule.«

»Erzähl mir, was passiert ist«, bat sie ihn. Sollte sie jetzt endlich alles erfahren? Ihr Herz pochte heftig, doch dieses Mal nicht vor Verlangen, sondern vor Aufregung. Oder war es Angst?

Sanft zog er die Hand zurück, drehte sich auf den Rücken und verschränkte beide Arme unter dem Kopf. Sie schmiegte sich an ihn, legte den Kopf auf seine Brust und schob den Arm über seinen Bauch. Sie konnte noch immer nicht fassen, dass sie mit diesem Mann hier im Bett lag.

»Ich rede nicht darüber. Aber von Bianca kann ich dir erzählen. Wir heirateten einige Monate nach dem«, er zögerte einen winzigen Moment, bevor er weitersprach, »Tod meines Bruders. Das Unglück überschattete damals alles, aber wir konnten uns gegenseitig Halt geben. Ja, ich habe Bianca geliebt. Es gab keinen Platz für eine andere Frau in meinem Leben. Und dann, nach und nach, zeigte sie mir, dass auch sie mich liebte. Immer schon geliebt hatte.« Ein unkontrollierter Atemzug ließ ihn kurz innehalten. Erschrocken legte sie die Hand auf seine Brust, wo sie seinen Herzschlag spüren konnte. Fest. Gleichmäßig. Ein beruhigendes Gefühl.

»Ihr wart glücklich.« Es war eher eine Feststellung als eine Frage.

»Ja. Das Leben wurde wieder schön. Wir bekamen Clarisse und Denis, und das Gut lief prima. Bianca trug meine Ideen und Entscheidungen mit. Wir haben unseren Beruf geliebt.« Er zog einen Arm unter seinem Nacken heraus, sie hob den Kopf, damit er ihn nach unten legen konnte, und er streichelte mit den Fingerspitzen über ihren Oberarm. Es war eine so selbstverständliche und zärtliche Geste, dass sie ihr Glück nicht fassen konnte.

»Dann kam der Hautkrebs in unser Leben. Diese Arschlochkrankheit.« Das sagte er fast sachlich. Er hatte die Krankheit und den Tod seiner Frau anscheinend verarbeitet. Nur noch ein Hauch von Wut war in seiner Stimme zu hören. »Bianca ist gestorben. Viel zu früh. Ich bereue nur, dass ich ihr nicht jeden Tag gesagt habe, wie wichtig sie für mich war.«

»Sie hat es bestimmt gewusst«, flüsterte Leah. Sie kämpfte gegen die Tränen an, obwohl Marc kein bisschen rührselig war. Ganz sicher wollte er kein Mitleid von ihr. Er schwieg, und plötzlich wusste sie nicht mehr, was sie sagen sollte. Marc hing seinen Gedanken nach, dabei streichelte er noch immer ihren Oberarm. Sie hätte so gern gewusst, was genau bei diesem Feuerunglück geschehen war, aber sie traute sich nicht zu fragen. Er würde es ihr erzählen, wenn er dazu bereit wäre, und offenbar war er es nicht. Und obwohl sie das Gefühl hatte, ihn jetzt ein kleines bisschen besser zu kennen, mochte sie nicht riskieren, seine Stimmung zu verderben. So fragte sie ihn lieber nicht, warum er gestern Abend so heftig reagiert hatte, als er sie mit André tanzen sehen hatte. Andererseits – vielleicht hatte er einfach, wie alle Anwesenden, die Situation falsch verstanden. Sollte sie das Missverständnis nicht aufklären? Ihr Herz begann schon wieder nervös zu pochen, als sie sich traute, die Sache anzusprechen.

»Ich möchte dir noch etwas erklären, Marc.«

»Ja?«

»Dieser Tango gestern Abend hat nichts bedeutet. Ich tanze leidenschaftlich gern, und André hat mich aufgefordert. Das war alles.«

Er hielt in der Bewegung inne und drehte den Kopf zu ihr. »Er hat dich geküsst, und das Publikum hat Beifall geklatscht.« Ruckartig setzte er sich auf. »Und er hatte seine Zunge in deinem Mund!«

Empört setzte sie sich ebenfalls auf und schob den Rock über ihre Oberschenkel.

»Er hat es versucht, ja, aber ich habe seinen Kuss nicht erwidert.« Sie griff nach seinem Arm, er ließ die Berührung zu. »Er ist ein netter Kerl, aber es war ein Fehler, mit ihm zu tanzen. Er hat es falsch verstanden, genau wie die Leute um uns herum.« Sie seufzte. »Es war dumm von mir, seine Aufforderung anzunehmen.«

Marc massierte seine Nasenwurzel. »Schon gut, lass uns das Thema wechseln.«

»Nein, Marc! Warum bist du dermaßen ausgerastet, vor all den Leuten? Hättest du nicht einfach einen

Moment warten und mit mir unter vier Augen sprechen können?«

Er atmete tief ein und aus. »Es tut mir leid, Leah.« Er sah ihr in die Augen. »Ich muss gegen einiges ankämpfen. Das ist auch der Grund, weshalb ich seit einigen Jahren normalerweise nicht zum Winzerfest gehe. Ich brauche noch etwas Zeit. Ich kann noch nicht darüber sprechen. Kannst du mir diese Zeit geben?«

»Hast du Hilfe? Es ist offensichtlich ein tiefsitzendes Trauma. So etwas kann man in den seltensten Fällen allein bewältigen.«

Er runzelte die Stirn. »Ja, die habe ich. Ich bitte dich nochmals: Gib mir Zeit. Schaffst du das?«

Leah legte sich zurück und versuchte, ihn wieder auf das Bett zu ziehen. »Leg dich wieder mit mir hin, bitte«, sagte sie schließlich. »Ich gebe dir die Zeit, die du brauchst.«

Er sah sie eine Weile an, dann lächelte er, drückte sie sanft an der Schulter nach hinten und beugte sich über sie, um ihren Hals zu küssen. Er schnupperte an ihr.

»Du riechst himmlisch, weißt du das?« Er küsste sie unter dem Ohrläppchen, sie streckte den Hals. Dieser Art der Zärtlichkeit hatte sie noch nie widerstehen können, es machte sie willenlos. Leah griff in seinen Nacken, spürte seine dichten Haare zwischen den Fingern. Anscheinend machte diese Berührung *ihn* willenlos; er stöhnte leise.

»Du bist noch komplett angezogen«, sagte sie, zog den Kopf zurück und nahm die Hand aus seinem Nacken, rückte ein Stück von ihm ab. Er sah ihr in die Augen, und sie musste abermals an einen Wolf denken. Sein Blick war dunkel vor Verlangen.

»Zieh endlich diese Klamotten aus«, forderte sie und öffnete seinen Gürtel, dann den Knopf und den Reißverschluss seiner Jeans.

Marc beobachtete sie. Er stieg auf ihr Spiel ein und legte sich dann wieder zurück, jetzt nackt. Sie schwelgte in seinem Anblick.

»Du bist schön.« Sie strich mit der flachen Hand über seine Brust. Er war muskulös, aber auf eine natürliche Art. Sie fühlte sich, als verwandelte sie sich in einen anderen Menschen. Die unsichere, zweiflerische Leah verschwand, und stattdessen blieb eine Frau zurück, die ihren eigenen Körper mit allen Sinnen wahrnahm und es liebte, wie intensiv sie auf diesen Mann reagierte. Kurz entschlossen zog sie ihr Kleid über den Kopf und kniete sich neben ihn, sonnte sich in seinen Blicken.

»Leah, fass mich an.« Es war nur ein Flüstern.

Sie legte beide Hände auf seine Brust und streichelte langsam darüber, genoss das Gefühl seiner Haut und der wenigen, weichen Haare. Endlich konnte sie ihn berühren! Sie kostete diesen Moment aus und nahm seine Schönheit in sich auf. Er wollte mit beiden Händen nach ihrer Taille greifen, doch sie schüttelte den Kopf. »Lass es, du lenkst mich nur ab.«

Er lachte auf, gehorchte aber. Als sie mit den Händen weiterwanderte, zogen sich seine Bauchmuskeln zusammen. Er schloss nicht die Augen, wie sie es wohl tun würde, sondern beobachtete sie, ihren Körper, ihr Gesicht. Sie spielte mit dem schmalen Streifen Haar, das sich von seinem Nabel aus hinunterzog.

»Leah«, stöhnte er, warf den Kopf in den Nacken und schloss nun doch die Augen, eine Sekunde nur. »Das halte ich nicht lange durch.«

»Warum soll es dir anders ergehen als mir?«, gurrte sie, bevor sie sich hinunterbeugte, um ihn dort zu küssen.

Als er sie danach ansah, hatte sie das Gefühl, ihm geradewegs in die Seele zu blicken.

»Komm«, flüsterte er.

Sie legte sich zu ihm, er zog sie in die Arme und hielt sie fest. Noch niemals hatte sie sich so geborgen gefühlt wie in diesem Moment. In ihrem Kopf formten sich Worte, die sie nicht aussprach. Nach einer Weile schliefen sie beide ein.

Kapitel 15

In dieser Nacht war Leahs Schlaf tief und glücklich. Jedes Mal, wenn sie sich umdrehte, umgaben sie Marcs Geruch und seine Wärme. Sie schmiegte sich an ihn und schlief traumlos wie eine Tote.

Am nächsten Morgen, im Halbschlaf vor dem Aufwachen, schwang das nächtliche Glücksgefühl noch in ihr nach, bis sie plötzlich bemerkte, dass etwas nicht stimmte. Es war kalt neben ihr. Dort, wo Marc gelegen hatte, sah sie nur das Kissen, eingedellt von seinem Kopf. Ernüchtert setzte sie sich auf und streichelte über seine Seite des Bettes. Die Leere wühlte in ihr. Sie hätte sich gern an ihn geschmiegt und die Sicherheit empfunden, dass da jemand war, der sie liebte.

Wie hatte er sich einfach so davonstehlen können? Sie fühlte sich verkatert, eine Gänsehaut überlief sie, als sie aus dem Bett stieg. Dann wurde ihr klar: Marc und sie hatten sich zwar gegenseitig Lust geschenkt, aber sie waren nicht bis zum Letzten gegangen. Hatte das etwas zu bedeuten? Hatte er es womöglich so geplant? Warum?

Ach, sie sah schon wieder Gespenster. Wie konnte sie nach einer solchen Nacht an ihm zweifeln? Ein Mann, der sie auf diese Art geliebt hatte ... Auf alles Weitere konnte sie sich noch freuen. Unbändig freuen.

Sie raffte ihr Kleid und den Slip vom Boden auf.

Aber er war nicht da! Und kein Zettel mit einer Nachricht, nichts. Er war einfach auf und davon. Ihr wurde eng um die Brust, sie riss das Fenster auf, damit die frische Morgenluft die verräterischen Düfte hinauswehte. Dann checkte sie ihr Smartphone – nichts! – und stolperte in die Dusche. Sie wusch sich alles ab, was an diese Nacht erinnerte. Während sie sich einseifte, ärgerte sie sich darüber, wie empfindlich sie auf die Berührungen und den weichen Schaum reagierte. Das war ihr noch nie passiert. Niemals hatte sie jemand vor dem Ende der Nacht verlassen – ohne die geringste Nachricht. Das war so armselig!

Sie stand noch immer unter dem Duschstrahl und ließ das warme Wasser über ihr Gesicht laufen. So merkte sie kaum, wie ihr die Tränen die Wangen hinunterströmten. Sie fühlte sich im Stich gelassen. Dabei war sie am Abend zuvor der glücklichste Mensch der Welt gewesen! Nur sehr langsam setzte ihr Verstand wieder ein und riet ihr zu Gelassenheit. Was war schon passiert? Sie hatte Sex – nun, eine Art von Sex jedenfalls – mit einem betörenden Mann gehabt. Und jetzt war er eben nicht da. Was könnte der Grund dafür sein?

War er davongelaufen, weil er enttäuscht war? Nein, bei den Worten, die er geflüstert hatte, konnte sie sich das nicht vorstellen.

Bereute er, was sie beide getan hatten? Bei dieser Frage drehte sie das Wasser ab. Damit könnte sie der Wahrheit schon näherkommen. Er hatte ihr gesagt, dass er etwas verarbeiten musste, das ihn belastete. Hatte er seine Prinzipien gebrochen, als er sich auf sie einließ, und bereute es nun? Andererseits hatte er von Liebe gesprochen. Gut, nicht konkret. Er hatte gesagt, er hätte sich in sie verliebt. Für die kurze Zeit, die sie sich erst kannten, war das mehr als genug. Wenn er »Ich liebe dich« gesagt hätte, hätte sie es ihm nicht abgekauft.

Sie frottierte sich trocken und schlug ihre Haare ins Handtuch ein. Wieder einmal stand sie vor dem Spiegel und betrachtete sich kritisch. Dann kam ihr ein Gedanke, und sie fragte sich, warum sie nicht gleich darauf gekommen war: Marc hatte Kinder! Die Erleichterung ließ sie beinahe auflachen. Natürlich, er war wegen der Kinder irgendwann am frühen Morgen – in der Zeit also, in der Leah gewöhnlich am tiefsten schlief – nach Hause gefahren. So musste es sein. Warum er ihr nicht eine kurze Nachricht hinterlassen hatte, war damit zwar noch nicht geklärt, dennoch war es der einfache und einleuchtende Grund, ganz sicher. Das sagte sie sich immer wieder vor, bis sie es beinahe glaubte. Ihr Glücksgefühl kehrte zurück. Sie war frisch verliebt – und Marc hatte ihr gesagt und gezeigt, dass es ihm genauso ging. Warum daran zweifeln? Sie griff nach ihrem Smartphone und wählte seine Handynummer.

»Die gewählte Nummer ist derzeit nicht erreichbar.«

Dann also seine Festnetznummer. Entschlossen wählte sie die Ziffernfolge. Nach fünfmaligem Klingeln wurde abgehoben. »Weingut Wolfler, Lorent am Apparat.«

»Ähm ...«, stotterte sie, »hier ist Leah Bonnet. Ist Marc zu sprechen? Ich meine, Herr Wolfler. Ist Herr Wolfler da?«

»Tut mir leid, nein.« Madame Lorent wirkte kurz angebunden. Hatte sie eine Ahnung davon, wo Marc letzte Nacht gewesen war? Und missbilligte sie es?

»Wissen Sie, wann er wieder zurück ist?«

Sie stieß einen eigenartigen Laut aus, der Leah an ein Grunzen erinnerte. »Nein, das weiß ich nicht. Am besten, Sie vergessen ihn, Leah.« Was sollte das denn jetzt? Madame Lorent hatte bisher so freundlich gewirkt; Leah hatte das Gefühl gehabt, dass sie sie mochte.

»Aber ich muss doch meinen Übersetzungsauftrag noch abliefern.«

»Das ist schwierig. Er hat nichts gesagt. Die Kinder fragen auch schon nach ihm. Die armen Hascherl. Sie haben es wirklich nicht leicht.«

»Madame Lorent, worum geht es hier eigentlich?«

»Das dürfen Sie mich nicht fragen, da bin ich nicht die Richtige. Ich habe sowieso schon zu viel gesagt. Also, hören Sie, Herr Wolfler ist nicht da, und ich habe keine Ahnung, wann er wieder aufkreuzen wird.«

»Richten Sie ihm dann wenigstens aus, dass ich angerufen habe? Auf seinem Handy habe ich ihn nicht erreicht.«

Sie schnaubte. »Das ist mir klar. Ja, ich richte es aus. Wenn Sie den guten Rat einer alten Frau hören wollen, schminken Sie ihn sich ab. Ich hatte gehofft, Sie könnten ihn vielleicht ...« Sie unterbrach sich. »Ach, vergessen Sie's, ich habe mich offenbar getäuscht. Ich muss jetzt an meine Arbeit, bin ja allein hier oben. Auf Wiederhören.« Sie legte auf.

Leah starrte das Telefon in ihrer Hand an. Was hatte das alles zu bedeuten? Sie hatte gehofft, sie könnte Marc vielleicht – was? Ändern? Ablenken? Wovon, zum Teufel? Langsam wurde sie wütend. Warum traf sie ausgerechnet auf den einzigen Mann weit und breit, der anscheinend mit sich selbst so viel zu ringen hatte, dass er gar nicht zu einer Beziehung fähig war? Sie warf das Handy auf ihr Bett und versuchte, sich auf das zu besinnen, was getan werden musste.

Noch einen Tag in diesem Hotel totzuschlagen, das hielt sie nicht aus. Sie musste weg! Ihre Buchung lief morgen sowieso aus, und sie fürchtete, solange sie hier noch herumhing, wäre sie nicht in der Lage, innerlich Abstand zu dem Wolf zu finden. Was für ein armseliger Schuft! Wie konnte er es wagen, sie so aufs Glatteis zu zerren? Verführte sie nach allen Regeln der Kunst, und sie dumme Gans ließ sich auf ihn ein. Schlug all ihre Prinzipien in den Wind, nur weil er sie so unglaublich rasend machte und sie im Bett wie eine ganz neue Frau empfinden ließ. Sie hielt inne. Was dachte sie denn jetzt schon wieder? Sie musste hier weg!

Sie pustete ihre Haare auf höchster Stufe trocken und kämmte sie mit dem grobzinkigen Kamm. Das Ergebnis war eine störrische Mähne, die sie einfach mit einem großen Haargummi und ein paar Drehungen zu einem nachlässigen Knoten zusammennahm.

Sie zog die Jeansshorts und ein einfaches Top an, dazu ihre Vans. Dann warf sie ihre restlichen Kleider in den Trolley, packte das Notebook weg und stopfte die Schuhe in das Außenfach. Ungeschminkt fuhr sie zum Frühstücksraum hinunter und verspeiste, ohne nach links oder rechts zu blicken, eine Portion Müsli zu einer Tasse schwarzem Kaffee, an dem sie sich die Lippen verbrühte. Wie passend. An Marc hatte sie sich ja wohl auch die Finger verbrannt.

Eine diffuse Wut hatte sich ihrer bemächtigt, von der sie nicht einmal sagen konnte, wogegen sie sich richtete. Vielleicht noch am meisten gegen sich selbst, weil sie so abgrundtief naiv war, sich Hals über Kopf in so einen Idioten zu verlieben. Wie konnte sie nur! Nachdem sie sich erfolgreich davon überzeugt hatte, wie überbewertet Sex und Männer im Leben einer Frau waren. Selbst schuld! Jetzt schossen ihr dauernd ungefragt diese Gefühle in die Glieder, diese Erinnerungen an Bernsteinaugen und an heiße Lippen und eine liebkosende Zunge. Argh!

Und dann ausgerechnet dieser Mann! Hätte sie doch *nur* André getroffen, sagte sie sich in einem rührseligen Moment, in dem sie an dessen Blick beim Tango denken musste. Sie stopfte sich den vollgeladenen Müslilöffel in den Mund, als könnte sie ihre Gedanken damit zum Schweigen bringen. Erst als sie sich daran verschluckte, bemerkte sie, in was für einen Abwärtsstrudel sie gerade taumelte. Sie trank einen Schluck Kaffee nach und zwang sich, ruhig durchzuatmen. Dann vibrierte das Handy in ihrer Hosentasche, und ihr Herzschlag setzte aus. Das konnte nur der Wolf sein!

Mit zittrigen Fingern zog sie das Telefon aus der Tasche und schaltete es ein. Eine WhatsApp von André! Enttäuscht öffnete sie sie.

Liebe Leah, es tut mir alles so unglaublich leid. Verzeih mir, dass ich so ungestüm war. Ich möchte dich wiedersehen. In ein paar Tagen, wenn die Wogen sich geglättet haben? Lass uns über alles reden. André

Schlagartig war ihr schlecht. Aufrichtiger André ... Könnte sie, wenn sie es vom Kopf her wirklich versuchte, etwas daran ändern, dass sie für den Wolf brannte? Diese Nachricht verriet so viel Mut. André hätte ihr bestimmt alles erzählt, wenn sie ihn nach etwas fragte, was in seiner Vergangenheit geschehen war, anstatt sie nur um Zeit zu bitten. Er wäre ganz sicher auch nicht verschwunden, ohne eine Nachricht zu hinterlassen. Nach so einer Nacht! Und er wäre nicht unerreichbar, wenn sie ihn anrufen wollte. Sie sollte ihm antworten. Wenigstens eine kurze Nachricht. Ihn zu sehen und mit ihm zu reden, das würde sie in diesem Zustand nicht schaffen. Sie tippte also ihre Botschaft ein.

Lieber André, ich denke über alles nach und werde mich wieder bei dir melden, versprochen. Und die Sache von Mittwochabend ist schon vergessen. Bis bald, Leah

Sie zögerte einen Moment, dann drückte sie auf *Senden*. André konnte nichts dafür. Er sollte sich nicht schuldig fühlen.

Wenig später stand Leah mit ihrem Trolley am Empfang und wartete ungeduldig, bis Jeannette Ritter das Ehepaar abgefertigt hatte, das gerade angekommen war. Sie war aufgewühlt, aber auch Nofretete wirkte heute weniger selbstbewusst und gelassen als sonst. Deuteten die Schatten um ihre Augen auf eine durchwachte Nacht hin? Ob sie mitbekommen hatte, dass sich Marc und Leah gestern getroffen hatten?

Als die Hotelgäste endlich im Aufzug verschwunden waren und Jeannette sich ihr zuwandte, bemerkte sie offenbar, dass Leah sie beobachtet hatte. Nofretete errötete, dann musterte sie Leah von oben bis unten. Ihr Blick nahm einen wissenden Ausdruck an. »Guten Morgen. Geht es wieder nach Hause?«

Leah nickte und schob ihr den Schlüssel hin. »Sag mal, weißt du etwas von Marc?« Ihr Herz wummerte gegen ihre Rippen. Sie hatte Angst. Angst davor, dass sie nicht antworten wollte oder etwas sagte, das Leah nicht hören wollte.

Jeannette musterte sie quälend lange. Ja, sie hatte definitiv Ringe um die Augen, die selbst ihr makelloses Make-up nicht überdecken konnte. Plötzlich fühlte sich Leah ihr fast zugehörig. Wie zwei im selben Boot oder so.

»Warum fragst du nach ihm?« Sie lauerte auf Leahs Antwort.

Eine verräterische Hitze stieg Leah in die Wangen. »Ich ... wir«, stotterte sie, »waren letzte Nacht zusammen.« Sie schluckte heftig, als Jeannette laut die Luft einzog. »Heute Morgen war er weg. Er hat keine Nachricht hinterlassen. Ich hatte ihn nicht für so einen Mann gehalten«, hängte sie kleinlaut an.

Jeannette kniff die Lippen zusammen und blickte zu Boden. Dann straffte sie die Schultern. »Ich hatte dich gewarnt, Leah.«

Als ob eine Warnung sie hätte abhalten können! »Hältst du die Bemerkung für hilfreich?« Leah runzelte die Stirn. »Wo ist er?«

Sie zuckte die Achseln. »Was fragst du mich? Marc ist mir keine Rechenschaft schuldig.« Da war wieder der verkniffene Zug um ihren Mund. Sie tippte auf die Computertastatur ein. »Um die Wahrheit zu sagen, es ist ein Wunder, dass er nach der Tangonummer nicht schon verschwunden ist.«

»Wie meinst du das?«

Sie blickte ihr kalt in die Augen. »Normalerweise taucht Marc um diese Zeit im Jahr ab. Seit der Sache mit Bianca. Seit sie tot ist.«

»Und was heißt, er taucht ab? Wie lange und wohin?«

Sie schnaubte. »Wohin, das weiß keiner. Und wie lange? Kommt ganz darauf an. Einen Tag, zwei. Oder eine ganze Woche. Wer kann das schon wissen?« Sie fixierte Leah, als müsse sie hinter ihrer Stirn lesen. Dann warf sie einen Blick in die Lobby, und da gerade niemand sie brauchte, kam sie hinter ihrem Tresen hervor und zog Leah am Ellbogen in eine Ecke, in der ein Zweisitzer stand. »Komm, lass uns einen Moment reden.«

Wie eine Marionette ließ sich Leah von ihr führen. Sie setzten sich nebeneinander auf die kleine Couch, Jeannette drehte sich zu ihr.

»Seit Bianca tot ist, verschwindet Marc um das Weinfest herum. Auch davor hat er das Fest nicht besucht, nachdem es damals dieses Unglück mit seinem Bruder gab. Christophe ist während des Winzerfestes gestorben, weißt du.«

»Ach so!« Leah legte die Hand auf den Mund. »Nein, das war mir nicht klar.« Der Zeitpunkt schien für Marc eine Rolle zu spielen. Vielleicht war das Winzerfest für ihn wie ein Trigger.

Jeannette seufzte. »Ich weiß ja nur vom Hörensagen darüber; damals war ich noch nicht hier. Bianca hat sich nicht davon abhalten lassen, an dem Fest teilzunehmen. Sie hat dort oft einen Weinstand gehabt. Die Kinder haben das Fest natürlich geliebt.«

Leah nickte zu ihren Worten. Das hatte sie an der Vorfreude von Clarisse und Denis bemerkt. »Und sie machen beim Umzug mit«, murmelte sie.

»Ja, damit hat Bianca angefangen, und es war auch gut so.« Jeannette rutschte auf dem Sofa hin und her. »Alle haben akzeptiert, dass Marc sich von dem Fest fernhielt. Als ich Bianca mal danach fragte – du weißt, wir waren Freundinnen –, nahm sie ihn in Schutz. Sie meinte, das sei eben nicht sein Ding, und das müsse man akzeptieren.« Jeannette zuckte die Achseln. »Das ging mich nichts an.«

»Und dann?«

»Dann starb Bianca. Das weißt du schon.«

»Was hat das mit dem Fest zu tun?«

»Im Grunde nichts.« Jeannette deutete ein Kopfschütteln an. »Ich habe wahrscheinlich einen bösen Fehler gemacht. Im ersten Jahr nach Biancas Tod dachte ich, ich müsse helfen. Für ihn und die Kinder da sein. Ich ...« Sie errötete. »... habe Marc immer schon sehr gemocht. Er tat mir so unglaublich leid. Du machst dir keine Vorstellung, wie sehr er gelitten hat. Ich versuchte, Bianca zu ersetzen. So gut ich es eben konnte. Die Kinder haben sich mir anvertraut.«

Leah nickte, schließlich hatte sie selbst gesehen, wie die Kinder mit Jeannette umgingen.

»Ich glaubte, für sie wäre es am besten, das Leben ganz normal weiterzuführen. An ihren alten Gewohnheiten festzuhalten. Ich habe Marc bequatscht, er müsse mit Denis und Clarisse zum Winzerfest gehen. Weil ich Idiotin dachte, dass der Vater sie begleiten müsse, wenn die Mutter nicht mehr da war. Ich ging mit ihnen.« Sie strich sich mit den Fingern über die Stirn. »Madame Lorent war auch dabei, sie nahm mit den beiden am Umzug teil. Ich stand mit Marc am Straßenrand und winkte den Kindern zu. Sie sahen endlich wieder entspannt aus.« Jeannette verschränkte die Hände im Schoß. Es wirkte, als müsste sie sich selbst Halt geben. Leah durchzuckte der Gedanke, dass sie sehr einsam sein musste. »Ich habe einfach zu früh zu viel gewollt. Es war ein großer Fehler, ihn zum Fest zu zwingen. Marc betrank sich an dem Tag. Das ganze Dorf freute sich, dass er da war – oder vielleicht taten die Leute nur so, ich weiß es bis heute nicht.« Sie sah ihr nachdenklich ins Gesicht. »Die Beziehung zwischen Marc und dem Dorf ist mir ein Rätsel.« Sie atmete durch. »Wie auch immer. Am Abend begann die Band zu spielen, ich war leichtsinnig und wahnsinnig verliebt.« Leah atmete heftig ein und musste Jeannette widerwillig Bewunderung zollen, weil sie das vor ihr zugab. »Ich wollte unbedingt tanzen und zerrte Marc auf die Tanzfläche. Ich war glücklich und dachte, alles wird gut. Aber ich hatte mich geirrt. Schon nach wenigen Schritten blieb er stehen, sah sich um, als wache er aus einem Traum auf. Dann ging er einfach weg, ohne ein Wort zu sagen.«

Leah musste an gestern Abend denken, wie Marc durch die sich teilende Menge gestapft war. Sie konnte sich vorstellen, wie sich Jeannette damals gefühlt haben musste.

»Ich wollte ihm hinterher, er schüttelte mich jedoch ab wie ein kleines Kind. André hielt mich zurück und sagte mir, ich solle ihn gehen lassen.«

»André war dabei?« Unwillkürlich sah sie Andrés Blick vor sich, mit dem er Jeannette gestern Abend bedacht hatte. Der Arme. Offensichtlich musste er zum zweiten Mal eine Frau aufgeben, weil Marc sie stärker angezogen hatte.

»Ja, klar. Das ganze Dorf war doch auf den Beinen. Marc verschwand jedenfalls an dem Abend. Madame Lorent und ich brachten die Kinder ins Bett, wir erzählten, dass ihr Papa ganz bald wiederkommen würde.«

Leah fragte sich, ob Jeannette überhaupt wusste, wie unsterblich André in sie verliebt war. Gewesen war. Ihr Magen zog sich zusammen, als ob sie etwas dafür könnte, dass er sich wieder unglücklich verliebt hatte – in sie. »Wie lange war er denn weg?«

»Zwei Tage. Er blieb zwei Tage verschwunden, dann war er wieder da. Er tat, als ob nichts geschehen wäre. Mir gegenüber war er distanziert. Ich konnte meine Träume einpacken.« Abermals überraschte es Leah, wie offen sie darüber sprach. Sie musste schlucken.

Nofretete strich mit den Händen über ihren Bleistiftrock. »Tja, so ist das.« Sie stand auf und ging zurück zum Tresen.

Leah folgte ihr. Sie hatte noch so viele Fragen, die sie ihr gern gestellt hätte. Wo war sie da hineingeraten? Marc, André, André, Marc. Woran lag es, dass sich diese unglaublich begehrenswerte Frau hoffnungslos in den Wolf verliebt hatte – und Leah nun auch? Warum hatte der gutmütige, warmherzige André keine Chance gegen ihn? Vor allem aber: Wie sollte Leah damit umgehen, dass der Wolf sie hatte sitzenlassen? Sie war unfassbar wütend darüber, aber zugleich machte sie sich große Sorgen um ihn.

Jeannette blickte auf ihren Computerbildschirm. »Alles erledigt, du brauchst nur noch die Getränke zu zahlen.«

»Die gesamte Woche? Die habe ich doch nachgebucht.«

Sie runzelte die Stirn. »Die Rechnung ist beglichen.« Mit schiefgelegtem Kopf sah Jeannette sie an. »Anscheinend hat Marc das erledigt. Schon gestern Nachmittag.« Sie reckte das Kinn nach vorn, wieder einmal ein Ebenbild von Nofretete. »Und jetzt ist er trotzdem weg. Das zeigt ja, wie sehr du seine Erwartungen erfüllt hast.«

Leah erstarrte.

Nofretete ließ ihre Maske fallen. »Besser, du gehst jetzt. Wärst du doch niemals hier aufgekreuzt!«

Leah drehte sich um, so gerade, als hätte sie einen Stock verschluckt. Ihr Kopf war leer, als sie das Hotel verließ, ihren Fiat suchte und einstieg. Erst nach zehn Minuten Fahrt war sie in der Lage, rechts ranzufahren und sich die Zornestränen aus den Augen zu reiben, die ihr die Sicht auf die Straße verwischten. Mit zitternden Fingern zog sie ihr Handy aus der Tasche und überprüfte, ob Marc sich inzwischen gemeldet hatte, doch da war nur eine WhatsApp von André. Voller Mitgefühl klickte sie darauf.

Danke, Leah, das bedeutet mir sehr viel.

Schon in dem Moment, in dem sie die Nachricht wegklickte, vergaß sie sie wieder. Sie wählte Silvies Nummer und hob das Telefon ans Ohr.

»Leah!«, meldete sich ihre Freundin.

Der Klang ihrer Stimme ließ jeglichen Damm in Leah brechen, sie begann haltlos zu schluchzen, ohne zu wissen, ob Wut oder Enttäuschung die Ursache war.

»Was ist passiert? Leah, beruhige dich. Alles ist gut!«

Leah wusste, dass sie mit dieser Floskel Kim immer zu trösten versuchte, und zog die Nase hoch. Sie atmete durch und drängte das kindische Schluchzen zurück, das weiterhin aus ihr herausbrechen wollte. »Hast du schon etwas über diese Brandsache herausgefunden? Ich muss unbedingt wissen, was damals passiert ist.«

»Nein, es tut mir leid. Aber ich setze mich sofort dran, okay? Sag mir, was los ist, Leah!«

»Nichts, gar nichts. Nur dass Marc verschwunden ist und niemand sich darüber wundert.«

»Und du hast dich in ihn verliebt.«

»Ja.« Leah musste schlucken, damit sie nicht wieder losheulte. »Wir haben die Nacht zusammen verbracht.«

»Oh, verdammt. Willst du zu mir kommen, um zu reden?«

»Ja. Bis nachher.« Sie legte auf, putzte sich die Nase und startete den Wagen.

Kapitel 16

Zuerst fuhr sie zu ihrer Wohnung. Vor der Tür erwartete sie eine Überraschung. Zögernd ging sie in die Knie und hob den verwelkten Blumenstrauß hoch, der auf der Fußmatte lag. Jemand hatte eine Haftnotiz auf den beiliegenden Umschlag geklebt.

Darauf stand:

Die hat Tom gestern Nachmittag für dich abgegeben.
Gruß Hedi

Die Nachbarin von unten. Sie kannte Leah und wusste von ihrer Vergangenheit mit Tom, weil sie ihm in den ersten Monaten nach ihrem Beziehungsaus manchmal im Flur begegnet war, wenn er hier aufkreuzte, um den Reumütigen zu spielen. Leah musste grinsen, weil Hedi die Blumen einfach hingelegt hatte, anstatt sie in eine Vase zu stellen. Das sprach Bände. Hedi, eine ältere, resolute Dame, hatte ihr damals ordentlich den Rücken gestärkt. Leah nahm sich vor, ihr später zu danken. Dieser Vorsatz verlor sich gleich wieder, nachdem sie die Karte aus den Blumen herausgenommen und den Strauß kurzerhand im Mülleimer versenkt hatte.

Auf der Karte stand:

Gut erholt?

Ich möchte dich für Freitagabend zum Essen einladen.

Sag ja! 19:00 h bei Carlo. Tom

Leah seufzte. Freitag war heute. Tom war gefühlt so weit weg, dass es ihr total gegen den Strich ging, sich jetzt auch noch mit ihm auseinandersetzen zu müssen. Aber sie musste ihm absagen, sonst wartete er heute Abend auf sie. Andererseits – wenn sie nicht einen Tag früher abgereist wäre, hätte sie seinen Blumengruß nicht gesehen. Vielleicht sollte sie es einfach darauf ankommen lassen.

Mit einem genervten Stöhnen kapitulierte sie. Das brachte nichts, weil er sonst spätestens heute Abend anrufen würde, um zu fragen, wo sie blieb. Das wollte sie nicht riskieren. Also wählte sie seine Nummer.

»Leah!« Ein erfreuter Ausruf. »Wann bist du nach Hause gekommen? Hast du meine Blumen bekommen?«

Nur kurz überfiel sie das schlechte Gewissen, weil der Strauß im Müll lag. »Ja, danke. Das war nicht nötig.« Sollte er doch gleich bemerken, was los war.

»Ähm, nimmst du meine Einladung an?«, fragte er in vorsichtigem Ton. Typisch Tom, er redete nicht um den heißen Brei herum.

»Nein.«

»Leah, sei nicht so hart.«

»Ich bin nicht hart. Ich erspare dir eine Enttäuschung, Tom.«

»Ich erwarte doch nichts von dir, nur ein gemeinsames Essen.«

»Ich möchte nicht, geht das nicht in deinen Kopf hinein?«

»Hast du einen anderen?«

Sie pustete laut die Luft aus.

»Du hast einen anderen, stimmt's?«

»Das spielt keine Rolle. Aber wenn es dich glücklich macht: Ja, da ist jemand.« Sie wollte dieses Gespräch beenden. Sie wollte sich vergraben. Alle Welt sollte sie in Ruhe lassen. Fast alle Welt.

»Dann ist mir alles klar. Okay, also kein gemeinsames Essen. Nett, dass ich das so erfahre.« Toms Stimme klang hölzern.

Sie lachte bitter auf. »Nun mach mal einen Punkt. Wir sind kein Paar, schon vergessen? Und zwar seit Jahren nicht mehr. Ich bin dir keine Rechenschaft schuldig.« Sie stutzte. Hatte sie diese Formulierung heute nicht schon gehört? Von Jeannette. Ihr Magen zog sich zusammen. »Tom, ich lege jetzt auf. Streich mich aus deinem Leben, bitte! Ich werde nie wieder zu dir zurückkehren.«

Dann wusch sie ihr Gesicht mit eiskaltem Wasser und versuchte, die rotgeränderten Augen mit etwas Mascara zu retten. Vor Silvie brauchte sie zwar nichts zu verstecken, aber sie fühlte sich wohler, wenn sie nicht wie das heulende Elend herumlief. Bevor sie die Wohnung verließ, folgte Toms Karte dem Blumenstrauß, und kurzerhand zog sie den Müllbeutel aus dem Eimer, um ihn unten in der Tonne zu entsorgen. Es gab ihr ein Gefühl der Befreiung, als sie den Deckel zuknallte. Mit Tom war längst Schluss!

Silvie zog sie ins Wohnzimmer, kaum dass sie die Haustür geöffnet hatte. Auf ihrem Sekretär war das Notebook noch eingeschaltet. Sie klickte die letzte Seite an, die sie geöffnet hatte, drehte sich zu Leah um und zeigte auf die Couchgarnitur. »Setz dich erst mal. Möchtest du etwas trinken?«

Sie nickte und ließ sich auf den Dreisitzer fallen. Silvie holte eine Flasche und zwei kleine Gläser. »Wer Sorgen hat, hat auch Likör.« Sie schenkte ein und hielt Leah das Glas mit der hellbraunen Flüssigkeit hin. »Runter mit dem Zeug!«

Leah folgte ihrer Anweisung. Warm durchfloss sie der Alkohol.

»Und jetzt erzähl mal genau, was du angestellt hast. Mit wem warst du im Bett? Und wer hat dich verletzt?«

Sie erzählte ihrer besten Freundin, wie sie die beiden Männer kennengelernt hatte. Sylvie kämpfte erfolglos gegen ein Grinsen an. Kopfschüttelnd murmelte sie: »Da siehst du jahrelang keinen Kerl an, und dann gleich zwei auf einen Streich!«

»Ich kann nichts dafür. Ein dummer Zufall.« Genauso wenig konnte sie dafür, dass sie dauernd kleine, wohlige Schauer durchliefen, wenn der Wolf in ihrem Kopf aufblitzte. Silvie sah ihr das natürlich an.

»Mann, dich hat's echt erwischt. Und der Glückliche ist Marc Wolfler?«

Bei ihrer Frage griff Leah unwillkürlich nach ihrem Smartphone und tippte, während sie zustimmend nickte, auf das WhatsApp-Icon. Aber es hatte nicht vibriert, und es stand keine kleine, rote Ziffer neben dem Symbol, also hatte sie keine neue Nachricht von ihm bekommen. Sie seufzte und schob das Handy zurück in die Hosentasche ihrer Shorts. Mit einem tiefen Atemzug blickte sie ihre beste Freundin an und hielt ihr das Glas entgegen. Sie schenkte nach und lächelte verständnisvoll.

»Erzählst du mir mehr über ihn?«

»Er verbirgt irgendein Geheimnis. Alle Welt warnt mich vor ihm, aber ich kann mich seinem Sog nicht entziehen. Und zwar schon, bevor ich mit ihm …« Errötend unterbrach sie sich und nahm einen kleinen Schluck.

»Bevor du mit ihm geschlafen hast?«

»Ja. Nein. Ich habe nicht mit ihm geschlafen, also …«, druckste sie herum. Wie sollte sie das erklären, ohne dass es eigenartig klang? »Wir waren kurz davor. Wir haben es fast gemacht.« Sie stockte. Die intimen Details wollte sie nicht breittreten.

»Ihr wart also nicht zusammen im Bett, sehe ich das richtig?«

»Doch. Im Grunde haben wir alles gemacht, bis auf das Eine. Verstehst du, was ich meine?«

»Ah, jetzt verstehe ich. Aber auch so bist du hin und weg?«

Leah verdrehte schwärmerisch die Augen. »Absolut. Ich kann mich nicht erinnern, mit einem Mann schon mal so intensive Momente erlebt zu haben. Einfach Wahnsinn! Es war irgendwie viel mehr als nur Sex.«

Silvie nickte. »Ich weiß, was du meinst. Und jetzt ist Marc verschwunden?«

»Ja. Er ist neben mir eingeschlafen, und den größten Teil der Nacht über war er bei mir, das weiß ich ganz sicher, weil ich immer erst in den Morgenstunden in Tiefschlaf falle. Tja, und da muss er sich verkrümelt haben.« Leah schluckte und nippte an ihrem Glas.

»Ohne eine Nachricht zu hinterlassen?«

»Genau.« Nervös warf sie einen Blick auf Silvies Notebook. Ihre Mails hatte sie schon länger nicht mehr gecheckt. Also zog sie das Handy wieder hervor und überprüfte den Maileingang – nichts. Silvie beobachtete sie mit gerunzelter Stirn.

»Vielleicht hast du dir wieder den falschen Kerl ausgesucht, Leah«, sagte sie vorsichtig.

Sie knurrte. »Sieht ganz so aus.« Sie verschränkte die Arme vor der Brust. »Mal ehrlich, kann man sich aussuchen, in wen man sich verliebt? Wenn ich nur wüsste, womit Marc sich so quält!«

Silvie stand auf und ging zu ihrem Sekretär. »Da kann ich dir vielleicht ein kleines bisschen helfen.« Sie zog das Ladekabel von ihrem Notebook ab und brachte den PC mit zur Couch, um sich neben Leah zu setzen und ihr die Internetseite zu zeigen, die sie geöffnet hatte. »Ich hatte zwar noch nicht viel Zeit, aber dein Brandunglück habe ich gefunden.«

»Echt?« Nervös beugte sich Leah über den Laptop, um auf den Bildschirm blicken zu können. Die Seite eines Zeitungsarchivs war geöffnet. Silvie klickte zielstrebig einen der Einträge an. Bevor sie das Notebook zu Leah rüberschob, sagte sie: »Vielleicht hat es tatsächlich mit seinem Problem zu tun. Da ist eine schlimme Geschichte passiert.«

Leah sah einen Artikel, der im zweiten Jahr ihres Studiums geschrieben worden war. Damals war sie zu einem Auslandssemester in England gewesen.

Brand mit tödlichem Ausgang nach Weinfest

Bei einem Feuer in der Nähe von Eguisheim ist vergangenen Sonntag ein junger Mann ums Leben gekommen. Nach Augenzeugenberichten schlug ein Blitz in eine Holzhütte in den Weinbergen oberhalb des Ortes ein und setzte diese in Brand. Von den jungen Leuten, die sich zu dieser Zeit in der Hütte aufhielten, musste einer mit dem Leben bezahlen. Christophe W., 23, Sohn einer hiesigen Winzerfamilie, erlag seinen schweren Brandverletzungen. Sein Bruder Marc, 22, sowie die gemeinsame Freundin Bianca W., 22, haben leichtere Verbrennungen erlitten und sind wegen schweren Schocks in Behandlung. André K., 22, ein weiterer Freund, hat den Notruf alarmiert, konnte jedoch zum genauen Ablauf des Unglücks keine näheren Angaben machen. Er war später zu der Hütte gekommen als seine Freunde. Die Polizei ermittelt.

Jetzt, da sie es im neutralen Stil eines Zeitungsartikels las, konnte sich Leah beinahe in die jungen Leute hineinfühlen. Vor dem Brand waren sie alle zusammen auf dem Weinfest gewesen, das wusste sie ja schon. Und dass es dort wohl Streit gegeben hatte. Sonst hätten die Leute nach ihrem Tanz mit André und Marcs Aufkreuzen nicht solch eigenartige Andeutungen gemacht. Aber der Artikel sagte eindeutig, dass an dem Unglück niemand schuld war. Gegen einen Blitzeinschlag konnte man sich nicht wehren. »Eine furchtbare Geschichte«, murmelte sie und blickte Silvie in die Augen. »Hast du noch mehr herausgefunden?«

Sie zog das Notebook zu sich und klickte sich durch ein paar Seiten, dann zeigte sie Leah die Todesanzeige von Christophe. Doch auch daraus ließ sich nur der Schock ablesen, in dem die Familie erstarrt gewesen sein musste.

»Die Polizei hat damals die Ermittlungen rasch eingestellt«, erzählte Silvie. »Vermutlich, weil die Aussage von André keinen Zweifel daran ließ, dass der Blitz den Brand verursacht hatte. Eine tragische Geschichte.«

Leah zog die Beine an und umfasste sie mit beiden Armen. »Ja, grauenvoll! Marc hat später Bianca geheiratet. Die beiden Kinder sind zehn und fünf Jahre alt. Ich habe sie kennengelernt, sie sind einfach toll.« Eine Gänsehaut überlief sie. »Bianca ist vor vier Jahren an Hautkrebs gestorben.«

Silvie zog heftig die Luft ein. »Schlimm! Aber ...« Sie druckste herum.

»Was?«

»Ich habe mich bei der Recherche wieder an die Sache von damals erinnert. Ich war zu der Zeit in München an der Uni, habe es aber durch meine Eltern mitbekommen. Sie wussten ja, dass ich in der Elsässer Weinstraße ein paarmal zur Weinlese gewesen war, und außerdem fahren sie regelmäßig hin, um dort Wein zu kaufen. Sie sprachen von Gerüchten, die im Umlauf wären.« Sie zog ein komisches Gesicht, das Ängste in Leah hervorrief.

»Was für Gerüchte meinst du?«

»Wie gesagt, die Polizei hat die Ermittlungen schnell eingestellt. Offenbar hat niemand Anzeige erstattet. Nur hinter vorgehaltener Hand wurde getratscht. Ich weiß noch, wie meine Mutter damals abwinkte, nachdem sie es mir erzählt hatte. Sie warnte mich, ich solle nichts darauf geben. Man weiß ja, dass die Leute gern selbst was hinzuerfinden, wenn eine Geschichte nicht skandalös genug ist.«

»Hör auf, mich auf die Folter zu spannen, und sag mir endlich, wovon du sprichst.«

Silvie stellte das Notebook auf dem Couchtisch ab und drehte sich zu Leah, ein Bein untergeschlagen. »Es wurde gemunkelt, Marc sei schuld am Tod seines

Bruders.« Sie legte Leah die Hand auf den Arm, mit dem sie noch immer ihre Beine umklammerte.

Leah wurde übel, sie setzte die Füße langsam wieder auf den Boden. »Wie bitte? Soll er ihn ins Feuer gehalten haben oder was? Das ist Schwachsinn.« Trotzdem konnte sie sich nicht dagegen wehren, dass sich alle Zweifel, die sie jemals bezüglich Marcs gehabt hatte, wieder meldeten. Die Narbe an seiner Hand – sicherlich erinnerte sie ihn an den grauenvollen Tag. War der Streit zwischen ihm und seinem Bruder doch gewichtiger gewesen, als er ihr gesagt hatte? Hatte etwas zwischen ihnen gestanden, das stark genug war, dem eigenen Bruder so sehr zu schaden, dass ... Den Gedanken wollte sie nicht zu Ende führen.

Sie sah Marc vor sich, wie er sie küsste, und seine Blicke beim Liebesspiel. Er war kein Mörder. Er konnte keiner sein. Er durfte keiner sein.

Aber warum floh er vor ihr, nachdem sie sich so nahegekommen waren? Nachdem er ihr gestanden hatte, sich in sie verliebt zu haben. Dieser ständige Wechsel zwischen Zuwendung und Zurückweisung ... Lag die Ursache darin, dass er eine solche Schuld mit sich trug? Hatte er wirklich seinen Bruder auf dem Gewissen? Und wenn ja – ihr blieb bei diesem Gedanken die Luft weg –, würde sie ihn trotzdem lieben können? Vertraute er sich selbst nicht, weil er nicht damit fertig wurde, was er getan hatte? Sah er sich als Monster?

Ihr wurde klar, dass sie nun doch für möglich hielt, was einfach nicht sein surfte. Hatte sie das Monster in ihm gesehen, als er André auf dem Weinfest angegriffen hatte? Sein wutverzerrtes Gesicht hatte ihr Angst gemacht. Sie schüttelte den Kopf und versuchte, das Bild wieder loszuwerden.

Silvie beobachtete sie schweigend und griff nach ihrer Hand. »Die Polizei hat damals die Ermittlungen eingestellt, Leah, und das solltest du auch tun. Mord war das mit Sicherheit nicht, sondern ein Unglücksfall.«

»Mit Todesfolge«, sagte sie tonlos. Sylvie nickte. Leah verbarg das Gesicht in den Händen. »Warum nur gerate ich immer an die kaputten Typen?« Es fühlte sich nicht richtig an, so etwas zu sagen. Trotzdem widerte es sie an, wie die Zweifel an Marcs Gefühlen sie wieder überfielen. Sie konnte sich nicht dagegen wehren. »Ich glaube, ich muss nach Hause, einen klaren Kopf kriegen.« Entschlossen stellte sie das Glas ab. Mehr als zwei Likör wollte sie nicht trinken. Sie musste nachdenken. Silvie stand mit ihr auf.

»Wenn du mich brauchst, melde dich. Ich bin da.« Sie zog sie in die Arme und hielt sie fest.

»Danke«, sagte Leah schlicht. Dann ging sie.

Kapitel 17

Wieder zu Hause fuhr sie ihren PC hoch. Auf dem Weg waren ihr die Gedanken in einem unsinnigen Strudel durch den Kopf geschwirrt, und nichts davon war effektiv gewesen. Marc war verschwunden, sie vermisste ihn und war hoffnungslos verliebt. Das war alles, was sie wusste.

Die Zeit, die sie gemeinsam verbracht hatten, war unglaublich intensiv gewesen, und sie wollte nicht akzeptieren, dass ihre Geschichte zu Ende sein sollte, bevor sie richtig angefangen hatte. Sie wusste nicht, was damals wirklich passiert war, und sollte das alles einfach vergessen. Marc war in den paar Stunden, die sie gehabt hatten, aufrichtig zu ihr gewesen, daran wollte sie glauben. Sie wollte glauben, dass er diese Auszeit nur brauchte, um herauszufinden, wie wichtig sie für ihn war, und um seine Trauer über Biancas Tod auszuleben. Er würde zurückkommen. Er würde niemals seine Kinder im Stich lassen.

Und was ist mit mir? Abermals sah sie ihn vor sich, spürte seine Hand in ihrem Nacken, sein Bernsteinblick war tief und klar. In diesem Moment war er sich seines Gefühls ihr gegenüber sicher gewesen, das hatte sie gespürt. Konnte sie ihrem Gespür vertrauen? Wie eine Tigerin lief sie in ihrer Wohnung herum, bis der Rechner ihr mit einem Ton seine Einsatzbereitschaft meldete. Sie straffte die Schultern und murmelte vor sich hin. »Jetzt beruhigst du dich und arbeitest. Arbeit hilft gegen alles.«

Sie holte eine Flasche Wasser aus der Küchenzeile und setzte sich an den Schreibtisch. Zuerst bereinigte sie ihre Mails, es war nach wie vor keine neue vom Weingut Wolfler angekommen. Dann öffnete sie den Text des anderen Auftrags, den sie noch zu Ende übersetzen musste. Sie begann, indem sie das überarbeitete, was sie bereits erledigt hatte. Sie konnte sich zwar nicht besonders gut konzentrieren, aber trotzdem schaffte sie es irgendwie, sich auf die Arbeit einzulassen. Es kostete sie jedoch eine übermenschliche Anstrengung, und nach einer guten Stunde hatte sie fürchterliche Kopfschmerzen. Um sich abzulenken, klickte sie wieder das Mailpostfach an.

Marc! Wo bist du? Sie zog ihr Smartphone aus der Tasche und tippte eine WhatsApp ein.

Marc, ich verstehe, wenn du Zeit brauchst. Aber ich mache mir große Sorgen. Was ist das mit uns beiden? Ich möchte dich wiedersehen. Melde dich, bitte!

Schließlich suchte sie selbst im Internet nach Informationen über das Brandunglück von Eguisheim, fand jedoch nichts Neues heraus. Die Fotos, auf denen man die jungen Leute sehen konnte, berührten sie. Marc wirkte gewohnt düster, André mit seinen leuchtend blonden Haaren dagegen lebensfroh. Bianca war eine Schönheit mit langen, roten Haaren. Sie wirkte sanft und verletzlich.

Leah klickte Bildarchive von Eguisheim und den anderen Weinorten durch, auf denen sie Bianca immer wieder finden konnte. Hinter einem Weinstand, mit Marc auf dem Weingut, beim Umzug auf dem

Weinfest. Stets war sie an ihren roten Haaren zu erkennen. Die Ähnlichkeit zu Clarisse war offensichtlich. Auf den älteren Fotos, die vor dem Unglücksjahr gemacht worden waren, sah man auch Chris. Er war hochgewachsen und ebenso auffallend hübsch wie Marc. Er strotzte vor Selbstbewusstsein. Sie sah Bilder von ihm im Weinberg, mit Trauben in der Hand, mit seinen Eltern, einen neuen Wein präsentierend. In allen Berichten zum Weingut Wolfler aus jener Zeit fiel immer nur Christophes Name, Marc tauchte nicht auf.

Irgendwann am Nachmittag wurde Leah klar, dass sie sich schon wieder nur im Kreis bewegte. All das brachte sie nicht weiter. Marc reagierte nicht auf ihre Nachricht; ein neuerlicher Versuch, ihn anzurufen, lief ins Leere, weil er das Handy offenbar noch immer abgeschaltet hatte. Sie seufzte, fuhr todmüde den PC herunter, aß einen Apfel und legte sich schließlich auf die Couch. Sie ließ die Beine über die Lehne hängen und versank wieder in Tagträumen, die nur Marc und sie zum Inhalt hatten. Sie bekam ihn nicht aus dem Kopf. Und es tat weh.

Endlich kam ihr eine Idee. Es gab jemanden, der ihr hundertprozentig die Wahrheit sagen konnte. Jemand, der wusste, was damals passiert war, weil er dabei gewesen war! Warum hatte sie nicht längst daran gedacht? Sie setzte sich auf, holte ihr Handy und tippte auf Andrés Nummer.

Er ging bereits beim zweiten Läuten ran. »Leah?« An seiner Stimme hörte sie, wie aufgeregt er war.

Sofort meldete sich das schlechte Gewissen als mulmiges Gefühl in ihrem Bauch. Das war so unfair ihm gegenüber. Und doch konnte sie nicht anders. André war damals dabei gewesen, und er kannte Marc. Er konnte ihr als Einziger die Wahrheit sagen.

»Ja, ich bin es.«

»Wie schön, dass du dich meldest. Hast du nachgedacht?«

Mist! Heute musste sie anscheinend zwei Männer unglücklich machen. »Ähm, können wir uns irgendwo treffen? Ich möchte mit dir reden.«

»Ja. Klar. Sofort. Wo möchtest du?« Seine Stimme klang eifrig wie die eines Jungen, der an Weihnachten die Tür zum Wohnzimmer öffnen durfte.

Das mulmige Gefühl verstärkte sich noch. Trotzdem konnte sie nicht sofort sagen, was sie loswerden musste. Das mussten sie Auge in Auge klären. »Tja, ich weiß nicht. Kennst du ein Lokal, in das wir gehen könnten?«

»Ja, komm zu *Kas'Fratz* in der Rue du Château. Das ist eine Wein- und Bierstube.« Er meinte Eguisheim.

Warum nicht? Sie konnte in einer knappen Stunde dort sein. »Okay«, sagte sie also. »Aber, André ...«

»Ja?«

»Das ist kein Date.«

Schweigen, dann leise: »Okay. Wir reden.«

»Ja, danke. Bis nachher.« Sie legte auf.

Da es bald Abend wurde, entschied sie sich für eine lange, leichte Sommerhose und eine ärmellose Bluse. Als sie nach draußen ging, umfing sie die gewittrigschwüle Luft wie warmer Nebel. Kein Wunder, dass sie Kopfschmerzen hatte.

Auf ihrer Fahrt zurück ins Elsass gab ihr Telefon keinen Mucks von sich. Dabei fühlte sie sich Marc hier sofort näher. Leider war auch die Sorge prompt zurück.

Und ihre Angst, er könne nichts mehr mit ihr zu tun haben wollen. Sie parkte außerhalb des Ortszentrums, da das Winzerfest noch immer im Gange war, fand die urige Gaststätte jedoch schnell, die André genannt hatte. Er wartete vor der Tür auf sie.

Was mache ich hier, fragte sie sich und ging auf ihn zu. Im nächsten Moment wunderte sie sich über einen starken Anflug von Zuneigung und Mitleid.

Da stand er, in Jeanshose und -hemd, beide Hände in den Taschen vergraben. Er war ein schöner Mensch, das sah sie in diesem Moment deutlich. Seine Ausstrahlung war grundpositiv, obwohl er unglücklich wirkte. Und verunsichert. Wie sie selbst.

»Hallo, André«, sagte sie, als sie vor ihm stand.

Er zog die Hände aus den Taschen und sah sie prüfend an. Dann gab er ihr die üblichen Wangenküsschen. »Schön, dass du gekommen bist.« Er öffnete die Tür und ließ ihr den Vortritt ins Lokal. Sie fühlte sich, als würde sie die Einrichtung nur durch beschlagene Glasscheiben sehen. Wie unter einer Glocke.

Der Schankraum war gut besucht, ein einziger Tisch in der Ecke war noch frei. Während sie darauf zu gingen, grüßte André einige der anwesenden Personen. War es eine gute Entscheidung gewesen, ihn ausgerechnet hier zu treffen, unter den Blicken der Eguisheimer Bürger? Wie beim letzten Mal. Leah sah auch die vier jungen Leute wieder, die auf dem Weinfest gewesen waren und offenbar aus Deutschland kamen.

Aber für ihre Bedenken war es zu spät. Als sich André auf den Stuhl setzte und sein Knie ihres berührte, war sie an das Mittagessen mit Marc in Obernai erinnert. Verlegen rutschte sie ein kleines Stück von ihm weg, um den Körperkontakt zu unterbrechen. Schon stand die Bedienung am Tisch und fragte nach ihren Getränkewünschen.

»Eine Flasche meines Rosés«, sagte André, Leah schüttelte rasch den Kopf.

»Nein, ich möchte ein Mineralwasser, bitte.«

»Und die Speisekarte?«, fragte die Bedienung nach.

Erst da merkte sie, wie ausgehungert sie war. Ihr Magen machte sich mit Geräuschen bemerkbar, wie immer, wenn es ums Essen ging. Ein Schmunzeln erhellte Andrés Gesicht, während sie die Hand auf den Bauch legte, um das Grummeln zu unterdrücken. Er sah sie fragend an, sie nickte.

»Ja, bitte. Und für mich dann ein großes Bier. Es ist schön, dass du dich gemeldet hast und hergekommen bist, Leah«, knüpfte André an seine Begrüßung von vorhin an, nachdem die Kellnerin vom Tisch weggegangen war.

Sie wollte gerade antworten, da kam die Frau bereits zurück und stellte Leah ein Wasser hin. »Das Bier braucht noch ein bisschen.« Sie legte zwei Speisekarten auf den Tisch.

Leah wusste nicht, wie sie ihr Anliegen vorbringen sollte. Trotz der Verunsicherung, die aus Andrés Augen sprach, sah sie die Hoffnung darin. Sie seufzte und nahm einen großen Schluck Sprudel.

Er legte eine Hand auf ihren Unterarm, sie scheute vor der Berührung zurück und versuchte, es zu überspielen, indem sie tat, als müsste sie ein Taschentuch aus ihrer Handtasche suchen.

Er faltete die Hände. »Lass uns reden. Was möchtest du loswerden?«

Sie räusperte sich umständlich. Es fühlte sich so schäbig an, ausgerechnet von André die ganze Wahrheit über den Mann erfahren zu wollen, in den sie sich verliebt hatte. Wie sehr musste ihn das verletzen! Die Kellnerin verschaffte ihr abermals einen kurzen Moment Aufschub. Sie stellte das Bier vor André hin, nahm die Speisekarten auf und gab sie ihnen in die Hand. Gezielt suchte Leah nach den Salaten und fand einen mit Geflügelfleisch. Noch bevor die Bedienung sich umdrehte, sagte sie: »Ich weiß, was ich will.«

André hatte die Karte nicht einmal aufgeschlagen. »Ich auch.«

Sie nahm die Mappen wieder an sich. »Bitte schön?«

»Den Fitness-Salat bitte.«

»Und für mich einen Flammkuchen.«

Die Kellnerin ging zum Tresen zurück.

»So, und nun schieß los.« André nahm einen langen Zug aus dem Bierkrug.

»Ähm ... ich möchte dich ein paar Dinge fragen.« Sie stockte.

Er stellte den Krug ab. »Und?«

»Wo fange ich am besten an?«

»Worum geht es denn? Nun mach es nicht so spannend.«

»Es geht um mich und dich ...«

Schon wieder wollte er nach ihrer Hand greifen, zog sie dann aber zurück.

»... und um den Wolf. Um Marc«, konkretisierte sie.

Bei dem Wort Wolf atmete André tief ein und sah sie an, die Hoffnung war aus seinem Blick verschwunden. »Was genau willst du wissen?«

»Also, ich glaube, ich muss dir die Wahrheit sagen. Ich bin verliebt. In Marc.«

Er runzelte die Stirn und nickte. Kaum merklich rückte er ein Stück von ihr weg. Diesmal war sie es, die die Hand auf seinen Arm legte. Er entzog ihn ihr ruckartig und trank einen weiteren Schluck Bier.

»André, es tut mir leid«, flüsterte sie. Sie fühlte sich furchtbar. Und doch tat es ihrem verwirrten Kopf gut, Klartext zu reden. André musste begreifen, dass er sich keine Hoffnungen mehr machen durfte.

Er bedeutete dem Wirt hinter dem Tresen, ein zweites Bier zu zapfen.

»Du kennst Marc seit frühester Kindheit«, begann sie.

Er schnaubte. »Ja, das kann man wohl sagen. Meine Mutter und seine haben uns schon gemeinsam in den Spielkreis geschleppt. Weißt du, meine Mutter hätte eigentlich Marcs Vater heiraten sollen. Liesel Kern. Das ist ihr Name.«

In ihrem Kopf blitzte eine Erinnerung auf. Irmi hatte abends in der Bar den Namen Liesel erwähnt. Leah hätte nicht gedacht, dass sie damit Andrés Mutter gemeint hatte.

»Mein Vater hat den Familiennamen bei der Heirat angenommen, weil es ein alteingesessener Winzername ist. Eigentlich hätte alles anders kommen sollen. Sie waren in jungen Jahren ein Paar, der Wolfler und meine Mutter. Jedem war klar, sie würden einmal heiraten. Sie hätten alles zusammengelegt. Nicht nur die Weingüter, sondern auch die Namen.« Er sah einen Moment zur Seite und wandte sich ihr dann wieder zu. »Meine Mutter hat lange gebraucht, um Marcs Vater zu verzeihen. Aber sie konnte seiner Mutter nie böse sein.

So ist sie eben, ein herzensguter Mensch.« André zog die Schultern hoch. »Nun, es ist ja ein Glück. Sonst gäbe es mich nicht. Oder ich wäre Marcs Bruder geworden.« Er wischte mit der Hand durch die Luft. »Ach, egal. Wir waren Freunde. Chris, Marc und ich. Und ihre Mutter war sehr gut zu uns. Sie war beliebt hier. Viele haben Marcs Eltern vermisst, nachdem sie weggegangen sind.«

Sie wusste nicht, was sie dazu sagen sollte, und beschloss, André einfach weiterreden zu lassen. Sie sah plötzlich die Parallele: Marcs Vater hatte eine andere Frau der Mutter von André vorgezogen. Wie Jeannette Ritter und sie selbst Marc ihm vorgezogen hatten. Das musste bitter für ihn sein. Trotzdem sprach aus Andrés Miene kein Vorwurf, sondern es war wohl Resignation, die sie darin erkannte. Ihre Bewunderung für diesen Menschen wuchs, und gleichzeitig ihr Bedauern. Er konnte nun mal nicht mit dem Wolf konkurrieren. Nicht in ihren Augen und nicht in ihrem Herzen. Dabei sollte es leicht sein, ihn zu lieben! Dennoch konnte sie es nicht. Nicht auf die Art, die er sich wünschte. Liebe entstand nun mal nicht im Kopf.

»Wie war Marc als Kind?«, fragte sie.

Was André ihr erzählte, deckte sich mit dem, was Irmi und Pierre ihr in der Bar berichtet hatten. Marc, der grüblerische und stille Junge, der im Schatten seines großen Bruders stand. Das Bild, das André zeichnete, passte zu allem, was sie bisher gehört, gesehen und gelesen hatte.

Während er ausgiebig von der gemeinsamen Kindheit und Schulzeit berichtete, trank er ein weiteres Bier, dann, beim Essen, ein viertes. Er überließ sich seinen

Erinnerungen und grub eine Anekdote nach der anderen aus.

»Das hört sich nach einer schönen Kindheit und einer tiefen Freundschaft an«, sagte sie, nachdem er von einem Kinderstreich der drei Freunde erzählt hatte.

Er nickte nachdenklich. »Ja, so war es. Wie gesagt, Marcs Mutter ist eine wunderbare Frau, und meine eigene Mutter sowieso. Und wir Jungs hatten immer viel Spaß. Wir sind oft zusammen weg gewesen, fast wie Brüder. Wir wussten alles voneinander.« Plötzlich verstummte er, setzte den Krug an die Lippen und trank ihn leer, bestellte sich einen neuen.

Leah hatte inzwischen das zweite Mineralwasser vor sich stehen. Das leere Essgeschirr war bereits abgeräumt. Etwa die Hälfte der Gäste war gegangen. Und sie wusste nun noch immer nicht, wie sie Marc einzuschätzen hatte. Den erwachsenen Marc. Das Unglück von damals, und wie er heute damit umging. Warum er verschwunden war, und ob sie damit rechnen konnte, dass er zurückkam. Zu ihr.

»Weißt du, warum Marc weg ist und warum das anscheinend niemanden hier wundert?«, wagte sie einen Vorstoß.

André fuhr sich mit den Fingern durch die dichten, blonden Haare. Die Geste wirkte fast verzweifelt. Doch sein Blick blieb fest, wie die ganze Zeit schon. »Ja, er macht das seit Biancas Tod.«

Das war ihr nicht neu, sie wollte mehr wissen. Wie brächte sie ihn dazu, ihr die Hintergründe begreiflich zu machen? Wie leitete sie ihn zum Kern ihrer Fragen? Er war der einzige Augenzeuge des Brandunglücks gewesen. Sie wollte alles wissen, um endlich zu verstehen, was damals passiert war. Sie musste wissen, ob Marc ... ob er mit dem Tod seines Bruders mehr zu tun hatte.

»Aber immer zum Winzerfest?« Vielleicht verleitete diese vage Formulierung André weiterzuerzählen. »Warum?«, schob sie hinterher.

Er lachte abgehackt auf. »Warum, fragst du?« Er trank abermals einen Schluck. »Das weiß nur er allein.«

»Hm, wenn sich keiner von euch wundert, dass er jedes Jahr um diese Zeit verschwindet, müsst ihr eine Erklärung dafür haben. Oder nicht?«

»Pah, Gui... Marc, ist erwachsen. Das ist seine Sache.«

So kam sie nicht weiter. Andrés Blick war nun nicht mehr ganz klar, aber betrunken wirkte er nicht. Leah straffte die Schultern. »Ich möchte begreifen, was mit Marc los ist. Und du bist der Einzige, der mir weiterhelfen kann.«

Er stierte in seinen Bierkrug, als hätte er ihre Worte nicht gehört.

Sie entschied sich, eine unfaire Karte auszuspielen, und verachtete sich beinahe dafür. Trotzdem – diese Sache war ihr zu wichtig, um falsche Skrupel zu haben. »André, du magst mich, hast du gesagt.«

Er sah sie an, seine Züge wurden weich, als sein Blick über ihre Wangen und ihre Lippen strich.

»Wenn es so ist, wenn du mich wirklich magst, dann möchtest du, dass ich glücklich bin, oder?« Sie verschluckte sich fast an diesen Worten. Sie klangen wie aus einem grottigen Liebesfilm. Trotzdem konnte sie nicht anders. Als würde ihre Hand nicht zu ihr gehören, legte sie sich auf seinen Unterarm. Die Selbstverachtung in ihr wuchs. Niemals hätte sie gedacht, die

Gefühle eines Menschen so gegen ihn ausspielen zu können.

»Ja, ich mag dich. Mehr, als du denkst.« Er nahm ihre Hand und legte sie zur Seite, bevor er den Kopf schüttelte. »Was ist das? Was haben die Wolflermänner an sich, das euch Frauen verrückt macht?«

»Ich weiß es nicht.« Ihr kippte die Stimme weg.

André stieß abermals das abgehackte, resignierte Lachen aus. »Gut, du willst es also wissen, eher gibst du keine Ruhe. Es ist nämlich so: Was dem Rest der Männerwelt gegenüber passiert, das ist auch unter den Wölfen selbst passiert.«

Was meinte er damit?

»Marc hat am eigenen Leib zu spüren bekommen, was es heißt, von einem Wolfler ausgebootet zu werden. Versteh mich nicht falsch, ich mochte – mag – beide, Chris und Marc. Chris war sein Leben lang ein Überflieger, wir haben ihn bewundert. Marc versuchte gar nicht erst, sich mit ihm zu messen. Allerdings war Marc auf seine Art auch immer erfolgreich, obwohl er neben Chris kaum auffiel. Ich war damals, in den letzten Schuljahren, wirklich froh, dass ich nicht mit den beiden konkurrieren musste. Ich war außen vor, hatte meine wunderbaren Eltern und bin der einzige Sohn. Mir würde das Gut sowieso zufallen. Bei Marc und Chris war das anders.« Er verzog den Mund. »Oder jedenfalls hatte Chris wohl das Gefühl, er müsse seinem kleinen Bruder zeigen, wo er hingehörte. Er ließ nie einen Zweifel daran, wer das Sagen haben würde. Trotzdem – keiner konnte Chris böse sein, er war witzig und liebenswert, einfach ein Charmeur. Man durfte ihm eben nichts wegnehmen, was er als seinen Besitz betrachtete. Und Marc gegenüber war er permanent darauf bedacht, genau das klarzustellen.«

»Das klingt nicht sympathisch. Einen solchen Bruder zu haben, muss schlimm sein.«

»Ja. Aber es gibt zwei Möglichkeiten, damit umzugehen. Entweder man akzeptiert es und sucht sich eben die eigene Nische, oder man kämpft ein Leben lang. Marc war der Klügere.« André unterbrach sich, es war offensichtlich, dass er die Erkenntnis in dieser Sekunde gewonnen hatte.

Leah musste daran denken, wie Marc ihr im Auto seine Version der Bruderbeziehung erzählt hatte. Er hatte nicht verletzt gewirkt, sondern nur voller Trauer um Christophe.

André berichtete von Marcs Studium in Bremen und wie sich damals die Beziehung zwischen den Brüdern entspannt hatte. Dann kam jedoch eine Nuance ins Spiel, die Marc ihr so nicht erzählt hatte. Bianca.

»Marc war schon in der Schule in Bianca verliebt. Ich wusste das, und Chris wusste es auch. Aber Marc sagte nichts. Bianca konnte nicht wissen, wie Marc für sie empfand.« André schluckte.

»In dieser Zeit kam Christophe mit ihr zusammen.«

»Ja. Während Marc weg war, hat Chris sie sich geschnappt.« Abwesend strich er mit den Fingern am Bierkrug entlang.

»Wie ist Marc damit umgegangen?«

»Er hat es in dem einen Frühjahr mitbekommen. Das muss in seinem zweiten Studienjahr gewesen sein. Als Marc über Ostern zu Hause war, hat Chris ihm seine Verlobte präsentiert. Tja, er ließ nichts anbrennen.« André kratzte sich an der Stirn. »Ich bin mir nicht sicher, ob Chris das aus Berechnung getan hat. Bianca war ... sie war einfach eine Wucht. Der Schwarm aller Jungs, wenn du weißt, was ich meine.«

Sie stellte sich das rothaarige, zierliche Mädchen vor, dessen Lebensfreude auf allen Fotos zu erkennen war, die Leah von ihm gesehen hatte, und nickte. »Ja, ich kann es mir vorstellen.«

»Marc war auch da der Klügere.« Leah hörte Anerkennung in Andrés Stimme. »Er akzeptierte es. Ging zurück, nach Phoenix sogar, und stürzte sich in seine Ausbildung. Und dann kam das Winzerfest.«

Plötzlich schien es sich im Raum abzukühlen. Schweigend wartete Leah, dass er weitersprach. Doch er nahm den Bierkrug und leerte ihn. Sie machte sich Sorgen. Wie viel vertrug er, und wie veränderte ihn der Alkohol? Bisher war ihm der Pegel kaum anzumerken, obwohl er wirklich viel getrunken hatte.

Er stand auf. »Ich muss kurz für kleine Jungs. Bin gleich zurück.«

Man sah ihm selbst im Gehen den Alkoholkonsum nicht an. Vermutlich war er einfach trinkfest. Waren das nicht alle Winzer?

Bereits nach den ersten beiden Schritten von ihrem Tisch weg griff Leah wie ferngesteuert in ihre Hosentasche, in der sie das Handy verstaut hatte, damit sie sofort merkte, wenn es vibrierte. Sie zog es heraus und checkte, ob endlich eine Nachricht eingegangen war. Natürlich nicht, sie hätte es ja auch gemerkt. Nichts könnte sie im Moment vom Vibrieren ihres Handys ablenken.

André aus den Augen und dem Sinn, übernahm in ihrem Kopf und ihrem Körper sofort der Wolf das

Kommando. Ihre Sorge und ihre Angst kamen mit ungebremster Wucht zurück. Leah konnte das Telefon nicht einfach zurückstecken, ohne noch eine WhatsApp abzuschicken. André brauchte lange auf der Toilette, und sie war froh darum. Mit fliegenden Fingern tippte sie ihre Nachricht ein. Sie wollte nicht von André dabei erwischt werden; warum, wusste sie selbst nicht genau.

Bin in Eguisheim in der Weinstube und spreche mich mit André aus. Verstehe jetzt vieles besser. Bitte melde dich! Ich möchte mit dir reden.

Ein Paar kam an ihren Tisch, sie erkannte Jost. Er grinste ihr zu. »Hallo, Leah! Schön, dich hier zu sehen.«

Sie tippte hastig auf das Symbol für *Senden* und ließ das Handy zurück in ihre Hosentasche gleiten. Die beiden mussten das Lokal eben erst betreten haben, sie rochen nach frischer Luft. Vermutlich war das Gewitter, das den ganzen Tag schon über der Region gehangen hatte, irgendwo runtergegangen.

»Dürfen wir uns zu dir setzen?«

Die Frau neben Jost hatte sie auf dem Weinfest nicht gesehen, was allerdings nichts zu bedeuten hatte. Sie konnte hinter einem der Stände Dienst gehabt haben. Eigentlich wollte Leah nicht, dass sich die beiden zu ihnen setzten. Sie wollte von André den Rest der Geschichte hören, und die Meinung von Jost zu alledem interessierte sie herzlich wenig. Sie konnte sich lebhaft vorstellen, wie er die Dinge kommentieren würde. Sie räusperte sich und warf einen Blick in die Richtung, in die André eben verschwunden war.

»Ähm, das passt heute Abend nicht so gut«, sagte sie, da kam André auch schon zurück.

Er legte Jost eine Hand auf die Schulter. »N'abend«, sagte er und reichte der Frau die Hand, die sie kurz drückte.

»Ach, mit dir ist Leah hier.« Jost konnte sich ein Feixen nicht verkneifen. »Ich habe gefragt, ob wir uns an euren Tisch setzen dürfen. Ist das okay?«

»Sei mir nicht böse, Jost, aber ich habe mit Leah wichtige Dinge zu besprechen. Und ausnahmsweise ist das nicht für deine Ohren bestimmt.«

Jost zog die Augenbrauen hoch.

»Komm, das macht nichts.« Seine Begleiterin schob ihn zu einem der anderen Tische, schön weit weg. Jost verzog den Mund, folgte ihr zum Tisch und setzte sich zum Glück mit dem Rücken zu ihnen.

»Jost ist mein bester Freund, seit das mit Marc und Chris passiert ist. Aber manchmal ist er mir echt zu neugierig. Na ja.« André zuckte die Achseln, während er sich auf der Bank niederließ. Eine leichte Bierfahne wehte Leah entgegen. »So ist das halt auf dem Land. Jeder kennt jeden und weiß alles.«

»Nur Fremden gegenüber haltet ihr dicht.« Ihre Stimme klang bitter, das merkte sie. Sie versuchte, die Bemerkung mit einem Lächeln abzumildern.

»Schon.« André schnaubte. »Aber ich habe beschlossen, dir alles zu erzählen. Du hast ja recht. Keiner weiß es besser als ich.«

Er drehte sich um und orderte ein unvermeidliches weiteres Bier. Sie hätte gern etwas zu seinem Trinkverhalten gesagt. Aber das nähme er ihr vermutlich übel, also hielt sie den Mund.

»Außerdem«, knüpfte er an seinen letzten Satz an, »hast du es verdient, die Wahrheit über Marc zu erfahren. Wenn nicht du, wer dann?«

»Okay, wir waren beim Weinfest, damals. Christophe hatte sich mit Bianca verlobt, und Marc hat es akzeptiert. Sagtest du jedenfalls.«

»So war es. Das funktioniert, ich weiß das sehr genau.« Er schnaubte. »Ich musste das auch tun. Einige Male.«

Die Kellnerin stellte den neuen Bierkrug vor ihm ab. Sie stützte die Hände in die Taille. »André, ich bringe dir kein Bier mehr, also lass dir Zeit mit diesem.« Sie zwinkerte Leah zu.

Überraschenderweise nahm André ihr die Bemerkung nicht übel, sondern lachte und ruckte mit dem Kinn in ihre Richtung. »Sie weiß, wann bei mir Schluss ist. Auf sie kann ich mich verlassen. Mach mir bitte die Rechnung, ich möchte zahlen.«

»Ich übernehme das«, sagte Leah und fragte sich gleichzeitig, was das sollte. Wollte er jetzt gehen, da sie kurz davorstand zu erfahren, was passiert war?

»Unsinn«, stieß André aus. »Ich lade dich ein.«

Sie wollte sich auf keine Diskussion einlassen und akzeptierte seinen Wunsch. Die Bedienung ließ sich jedoch Zeit mit der Rechnung. Vielleicht hatte sie mitbekommen, wie wichtig dieses Gespräch für sie beide war.

»Was meintest du damit, du hast das auch tun müssen?«, fragte sie stattdessen.

»Na, akzeptieren, dass eine Frau nicht das Gleiche will wie ich. Man kann dagegen nichts tun, man kann es nur annehmen.«

Seine Worte riefen Respekt in ihr hervor. Sie vermutete, er spielte auf Jeannette an. Und auf sie selbst.

»Tja«, sagte er, »bei Marc und Bianca lief es anders.«

Sie riss die Augen auf, und unerklärlicherweise fing ihr Herzschlag an zu rasen. Dabei wusste sie längst von der tiefen Liebe zwischen den beiden. Wobei Marc in seinem Bericht nicht erwähnt hatte, dass er Bianca schon in der Schulzeit angeschmachtet hatte.

»Meinst du, Bianca liebte ihn auch schon damals?« Sie konnte das kaum glauben. »War sie mit Christophe zusammen, obwohl sie in Marc verliebt war?«

»So sieht's aus. Weißt du, Christophe konnte extrem überzeugend sein. Bianca wusste nicht, dass Marc sie seit ewigen Zeiten anbetete. Als er wegging, hat Chris die Gelegenheit genutzt. Ich sage dir ja, er war ein Charmeur. Neben ihm hätte niemand sonst eine Chance gehabt.« Andrés Stimme hatte einen bitteren Unterton, der ihrem eigenen von vorhin glich. »Er machte Bianca nach allen Regeln der Kunst den Hof. Sie war einsam und unsicher. Ich habe das alles mitbekommen, hatte aber damals schon das Gefühl, Christophe wäre für sie die zweite Wahl. Ob sie sich das eingestand, weiß ich allerdings nicht. Ich ... ich hatte selbst mit einer Enttäuschung zu kämpfen.«

Sie erinnerte sich, dass André ihr erzählt hatte, er hätte in den Jahren, in denen sie, Leah, hier gewesen war, nur Augen für ein anderes Mädchen gehabt. Dann musste dieses Mädchen ihn wohl zur gleichen Zeit enttäuscht haben, als Chris und Bianca zusammenkamen und das Unglück seinen Lauf nahm.

»Ich verstehe. Und was geschah an dem Weinfest?«

Andrés Blick änderte sich. Offenbar rief er die Erinnerung an jenes Jahr in sich wach. Er begann zu erzählen, und sie unterbrach ihn nicht in seinem Redefluss.

»Es war ein heißer und schwüler Sommer. Das Wetter war wie heute. Wir waren alle jung, und jeder hatte gegen seine Dämonen zu kämpfen. Im Dorf war bekannt, dass Christophe und Bianca sich verlobt hatten. Ein oder zwei Jahre später wollten sie heiraten. Es gab keinen Grund, das zu übereilen. Marc war brav.« Wieder stieß André ein Schnauben aus. »Der Klügere gibt eben nach. Er machte Bianca gegenüber nicht die geringste Andeutung. Nur mir erzählte er damals alles. Schüttete mir sein Herz aus, wie man so sagt. Ich kam nicht dazu, ihm von meinen eigenen Problemen zu erzählen. Ich war nur der einfältige Weinbauer, der in seinem Kaff geblieben war, irgendein Dorfmädel abkriegen würde und den Job weitermachen würde, den schon drei Generationen vor ihm hatten.«

Leah runzelte die Stirn. Das passte nicht zu der stolzen Haltung, mit der er bisher über das Weingut seiner Eltern geredet hatte.

»Keiner erkannte damals, wie es wirklich lief. Bianca spielte die glückliche Braut, Marc den zukünftigen Schwager. Und Chris stolzierte herum wie ein Gockel. Ich beobachtete das alles und hielt die Klappe. Ich hatte Marc versprochen, mit niemandem darüber zu reden. Es ging keinen was an. Genauso wenig, wie der Rest der Welt sich dafür interessierte, was ich mir wünschte, sollte er sich für die Wünsche eines Marc Wolfler interessieren. Wozu auch? Der Ritter in seiner strahlenden Rüstung hatte sich sein Burgfräulein erwählt, alles war gut.«

Die Verbitterung in Andrés Stimme wurde deutlicher. Leah legte die Hand auf seinen Unterarm, er seine Finger darauf. Sie wünschte sich, ihm ein bisschen Trost zu geben. Ihr wurde klar, wie sehr er sich damals zurückgesetzt gefühlt haben musste. Nicht nur Chris hielt sich für den Nabel der Welt, sondern auch Marc verlangte von André volles Verständnis und verweigerte ihm im Gegenzug die Aufmerksamkeit, die er offenbar dringend gebraucht hätte. Leah konnte sich vorstellen, wie sehr Marc damals darunter gelitten hatte, Bianca verloren zu haben. Und noch dazu musste er aller Welt vorspielen, glücklich zu sein. Deshalb war ihm wahrscheinlich nicht aufgefallen, dass André auf seinen Zuspruch hoffte.

»Nun ja.« André stieß den Atem pustend aus. »Alles ganz normale Dinge, die jeden Tag überall auf der Welt passieren. Manche Menschen haben eben Glück, andere nicht. Es gibt keine Garantie dafür, den Partner fürs Leben zu finden.«

»Ja, ich weiß«, murmelte sie.

»So war das also an diesem Sonntagabend. Wir hatten getrunken. Christophe prahlte. Er fühlte sich unangreifbar. Klatschte Bianca auf den Po und gab damit an, dass er sie gewonnen hatte. Marc und ich schwiegen, der Rest des Dorfs freute sich mit den beiden. Bianca war diese Art der Aufmerksamkeit unangenehm, das konnte ich sehen. Immer öfter ertappte ich sie dabei, wie sie nachdenklich Marc beobachtete. Dann spielte die Musik auf. Es war die gleiche Combo wie dieses Jahr, nur die Geigerin ist die Tochter von der, die damals spielte.« André unterbrach sich, um einen Schluck Bier zu trinken. Er wischte sich mit dem Handrücken über den Mund, bevor er weitersprach. »Chris beging einen Fehler. Es wäre vielleicht alles gut gegangen, wenn der Gockel nicht noch mehr gewollt hätte. Er verkündete, er werde mit allen Frauen tanzen, die Lust darauf hätten.« André lachte lauthals, sodass selbst Jost sich umdrehte und einen Moment herüberschaute.

»Du weißt, dass die meisten Frauen gern tanzen und die meisten Männer nicht. In Eguisheim ist das genauso. Und Christophe war ein junger Mann mit unvergleichlicher Ausstrahlung. Die Frauen standen Schlange. Alle, ob jung oder alt. Er machte sich einen Spaß daraus und schob eine nach der anderen über die Tanzfläche. Mir ist damals die Lust aufs Tanzen vergangen. Ich hätte eh nur eine auffordern wollen, und die war unerreichbar. Ich saß also mit Bianca und Marc am Tisch, und wir beobachteten kopfschüttelnd, wie aufgeregt die Damen sich anstellten, um einen Tanz mit Christophe zu ergattern. Genauer gesagt, ich beobachtete das. Marc und Bianca sahen sich die ganze Zeit an, aber das bemerkte ich erst, als Bianca seine Hand ergriff und ihn zur Tanzfläche zog. ›Niemand wird mir einen Tanz mit meinem zukünftigen Schwager übelnehmen‹, sagte sie. Ich höre es noch, als wäre es heute gewesen.«

Leah musste schlucken, weil sie sich in dieser Sekunde genau daran erinnerte, wie sie sich gefragt hatte, warum nicht, als André sie zum Tanz aufgefordert hatte. Das war am Mittwoch gewesen. Erst vorgestern. Es fühlte sich an, als wären seitdem Wochen vergangen.

»Und dann spielte die Band Tango.« Er unterbrach sich und blickte ihr in die Augen. Seine Finger, die auf ihrer Hand lagen, wurden feucht. Nervös zog sie den Arm weg, er nickte. »Was steckt hinter diesem Tanz, dass man den Verstand verliert, wenn man ihn mit der richtigen Partnerin tanzt?«

Sie räusperte sich trocken. Es war ein Fehler gewesen, mit André Tango zu tanzen. Er hatte ihre Art, sich in den Tanz fallen zu lassen, falsch interpretiert. War damals das Gleiche passiert?

Er sah ihr unverwandt in die Augen, als forsche er darin. »Ich habe mich bei dir geirrt. Du hast dich nur dem Tanz hingegeben, nicht mir. Ich habe das begriffen.«

Leah nickte erleichtert.

»Aber damals war es anders. Marc und Bianca tanzten, als ob sie allein auf der Welt wären. Ihre Augen nahmen nichts mehr um sie herum wahr. Jedem war plötzlich klar: Die beiden lieben sich. Und dann sah Chris sie. Er schob die Frau, mit der er tanzte, beiseite, stapfte zu ihnen hinüber, und die Musik erstarb schon, bevor er Bianca aus Marcs Armen riss.« André rieb sich mit der flachen Hand über die Augen.

»Die Geschichte hat sich wiederholt«, flüsterte sie.

»Das kann man wohl sagen. Nur dass Marc vorgestern Abend an Christophes Stelle war. Und dass du dich eben nicht in mich verliebt hast. Das hab ich mir bloß eingebildet.«

»Was passierte dann?«

»Chris wollte Marc verprügeln, auf der Stelle. Zum Glück konnten ihn die Leute aufhalten. Er war betrunken, aber nicht so sehr, dass sein Verstand aushakte. Ich hatte Marc am Arm ergriffen. Der gab natürlich sofort nach und entschuldigte sich. Bianca auch. Sie wirkte verzweifelt. Man konnte ihr ansehen, dass sie nicht mehr wusste, was sie denken oder fühlen sollte. Chris' Wut war nicht zu übersehen, aber er hielt seine Fäuste unter Kontrolle.« Unvermittelt legte André beide Hände auf den Tisch. »Wollen wir gehen? Ich brauche frische Luft.«

Leah nickte, er winkte der Kellnerin zu, sie kam mit der vorbereiteten Rechnung an den Tisch. Nachdem er gezahlt hatte, standen sie auf.

»Ach, André, ich muss kurz zur Toilette, es dauert nicht lang.« Sie verschwand und sah noch, wie er sich zu Jost und seiner Begleiterin an den Tisch stellte. Natürlich konnte Leah es nicht lassen, ihr Handy abermals zu checken, nachdem sie sich die Hände gewaschen hatte. Nichts. Sie betrachtete sich im Spiegel und zog die Lippen mit dem Pflegestift nach. Ein unterschwelliges Zittern hatte ihren gesamten Körper ergriffen. Im Kopf hörte sie ein leises, permanentes Klingeln, eine Art Tinnitus. Bald würde sie alles wissen. Dann verstünde sie vielleicht endlich, was den Wolf umtrieb, und konnte einschätzen, ob sie eine Chance hätte, mit ihm glücklich zu werden.

Die Frau im Spiegel sah kläglich aus. Leah fasste nicht, wieso sie innerhalb weniger Tage einem Mann derart hatte verfallen können. Wie war es möglich, dass er für sie lebenswichtig geworden war? Eine Zukunft ohne ihn konnte sie sich nicht mehr vorstellen. Seufzend verstaute sie den Lippenstift in ihrer Handtasche und ging hinaus. Dort sah sie André, der in ein Gespräch mit Jost vertieft war. Er bemerkte sie, verabschiedete sich, bevor sie am Tisch war, und sie gingen nach draußen. Sie winkte den beiden im Vorbeigehen zu.

»Sollen wir ein paar Schritte gehen?« André nahm ihren Ellbogen und dirigierte sie aus dem Zentrum hinaus.

Sie folgte seiner Bewegung, und sie schlenderten durch die leerer werdenden, stillen Straßen. Sie unterhielten sich leise, damit kein ungesehener Zuhörer sie aus einem offenen Fenster heraus belauschen konnte.

»Wir blieben damals noch eine Weile auf dem Fest. Ich fühlte mich wie jemand, der zwischen allen Stühlen sitzt.« André hatte Leah losgelassen und die Arme vor der Brust verschränkt.

Sie hängte sich ihre Sommerstrickjacke lose über die Schultern. Obwohl die Schwüle nachgelassen hatte, war es noch warm.

»Die Leute waren von uns abgerückt, wir vier saßen an einem Tisch wie auf einer Insel. Chris hielt die ganze Zeit Biancas Hand wie in einem Schraubstock. Marc und ich saßen den beiden gegenüber. Chris schüttelte den Kopf. ›Ich fasse es einfach nicht‹, sagte er bestimmt zehnmal. ›Mein eigener Bruder macht mich vor dem ganzen Ort lächerlich.‹ ›Das ist Quatsch‹, versuchte ich zu vermitteln. ›Keiner hat dich lächerlich gemacht.‹« André schnaubte. »Chris hörte nicht auf mich. Klar, warum sollte er? Ich zählte gar nicht. Damals wurde mir klar, wie unwichtig ich für die Wölfe war.« Er sah Leah in die Augen.

Sie versuchte herauszufinden, wie er mit der Zurückweisung zurechtgekommen war, obwohl sie all die Jahre ein Dreiergespann gewesen waren. War es Wut oder verletzter Stolz, was sie erkannte? Sie war sich nicht sicher. Wie bereits den ganzen Abend wuchs ihre Anerkennung für Andrés Charakterstärke. Er hatte offenbar in der Freundschaft nie die Bedeutung gehabt, die er sich gewünscht hätte. Und doch konnte sie nicht sehen, dass er das Marc nachtrug.

»Wie bist du damit klargekommen?«, fragte sie, obwohl sie den Rest der Geschichte hören wollte.

André blickte kurz zum Himmel. »Es war an dem Abend nicht wichtig. Weißt du, da hing so eine Stimmung zwischen den dreien ... Ich hatte das Gefühl, ich müsse eine Katastrophe verhindern. Deshalb hörte ich einfach nicht auf mit Reden. Ich beschwichtigte Chris, Bianca und Marc entschuldigten sich bei ihm. Sie sagten, Chris hätte das falsch verstanden, da wäre nichts zwischen ihnen. Es wäre nur ein Tanz gewesen, und sie würden in Zukunft nicht wieder zusammen tanzen. Tja, wie gesagt, Chris war richtig sauer. Er fühlte sich blamiert, obwohl das Unsinn war.«

»Wie kam es, dass ihr in die Weinberge gefahren seid?«

»Ich musste irgendwann austreten und ging vom Tisch weg. Als ich zurückkam, war er leer. Die drei waren ohne mich verschwunden.«

»Oh ...«

»Ja! Ich nahm an, dass sie nach Hause gegangen wären. Fragte trotzdem noch die Leute, ob sie gesehen hätten, wohin sie verschwunden wären. Keiner hatte darauf geachtet. Ich hab also selbst den Wagen genommen und bin zu unserem Gut hochgefahren. Inzwischen hatte es angefangen zu donnern, ein Gewitter zog heran.«

Sie kamen zum Parkplatz, auf dem Leahs Wagen stand. In der Ferne sah sie Wetterleuchten. Ein wunderschöner Sommerabend war es. Plötzlich blieb

André stehen und sah ihr in die Augen. »Möchtest du sehen, wo es passiert ist?« Er griff nach ihrem Unterarm, es war eine sanfte Berührung. Er hatte akzeptiert, dass sie ihn nicht liebte. Eine neue Welle der Zuneigung durchlief sie. Sie wünschte sich, dass André ihr Freund wäre.

»Ja, das würde ich tatsächlich gern.«

In stummer Übereinkunft gingen sie zu ihrem Fiat, und André sagte ihr, wie sie fahren musste.

Kapitel 18

Es wurde dunkel. Leah tuckerte noch langsamer als sonst auf den Wegen durch die Weinberge, denn sie war keine gute Nachtfahrerin.

»Die drei waren also weg, und du bist nach Hause gefahren?«, nahm sie das Gespräch wieder auf.

»Ja, ich bin nach Hause gefahren. Meine Eltern waren noch auf dem Fest. Ich hatte sie gesehen, wie sie den Weinstand aufräumten. Es war relativ spät, und das aufziehende Gewitter hat die Leute zum Aufbruch getrieben. Die Gedanken ließen mich nicht los.« André drehte sich zu ihr, und sie warf ihm einen Blick zu, bevor sie sich wieder auf den Weg konzentrierte.

Die Steine glänzten von einem Regenguss, der kürzlich heruntergegangen sein musste. Im Dunkeln, ohne Straßenbeleuchtung, sah der Weinberg fast unheimlich aus. Sie zuckelte mit Schrittgeschwindigkeit weiter.

»Weißt du, wir waren wirklich gute Freunde damals. Ich mochte sie alle drei sehr gern, und ich machte mir Sorgen. Also rief ich bei den Wolflers an. Ich hatte Glück, Marcs Eltern mussten gerade heimgekommen sein. Ich fragte nach Chris und Marc, aber sie waren noch nicht da.«

Leah warf André abermals einen Seitenblick zu. Er hatte sich nach vorn gedreht und sah durch die Windschutzscheibe. Leah erahnte seine Gesichtszüge nur, er wirkte nachdenklich auf sie.

»Haben sie erst noch Bianca nach Hause gebracht?«

»Das war auch mein Gedanke. Aber sie wohnte damals im Ort, man kam an ihrem Haus vorbei, wenn man raus zu den Weinbergen fuhr. Jedenfalls rief ich bei Familie Weiß an. Bianca war noch nicht zurück. Ihre Mutter machte sich sofort Gedanken. Ich sagte ihr, dass Bianca noch mit Chris unterwegs war. Ich meine, die beiden waren verlobt, und wir waren alle erwachsen, also gab es keinen Grund, sich Sorgen zu machen. Das sagte ich ihrer Mutter. Die hatte von dem Aufruhr auf dem Fest nichts mitbekommen, weil sie krank war und nicht teilnehmen konnte. Ihr Mann war noch nicht zurück.« André schnalzte mit der Zunge. »Wie auch immer, ich wusste damit, dass die drei noch unterwegs sein mussten. Bieg hier ab, der Weg bringt uns hoch zum richtigen Weinberg.«

Leah erkannte in letzter Sekunde einen schmalen Weg, kaum mehr als ein Pfad, und bog ein. Er führte steil an den Reihen der Weinstöcke vorbei und stieß weiter oben auf einen weiteren Weinbergweg, der parallel zu dem unteren verlief. Sie meinte, dass sie jetzt in der Nähe von Marcs Gut wären, war sich jedoch nicht sicher. Weiter oben entdeckte sie ein Licht, das zu dem Gebäudekomplex gehören konnte. Verdammte Nachtblindheit!

André dirigierte sie nach rechts, von dem Licht weg, und erzählte weiter. »Ich stieg wieder in den Pick-up und machte mich auf die Suche. Zuerst hatte ich keine Idee, wohin ich sollte. Der Geräteschuppen fiel mir ein. Den hatten wir seit einigen Jahren öfter benutzt, wenn wir ungestört sein wollten. Er stand an der Grenze des Wolflerguts. Wir hatten dort ein paar Kisten Bier, Wein und Schnaps deponiert. Wie junge Kerle halt sind. Wie gesagt, wir waren gute Freunde. Eigentlich.«

Leah spürte, dass er sie betrachtete. Er schwieg eine Weile. Sie wusste nicht, was sie sagen sollte, und fragte sich, wie weit sie noch in diesem Weinberg herumkurven müssten. Da zerriss ein Blitz den Himmel vor ihnen, im begleitenden Donner schrak sie zusammen. »Huch, das ging schnell«, entfuhr es ihr. Einen Moment zuvor war das Gewitter noch weit weg gewesen.

»So war es damals auch. Genau das gleiche Wetter wie heute. Ein Gewitter, das wahnsinnig schnell heraufzog. Noch ein kleines Stück, bald kannst du anhalten.«

»Hast du die drei dann gefunden?«

»Ich fand ihren Wagen. Da vorn stand er. Hier kannst du anhalten. Es ist dieselbe Stelle. Ich parkte den Pickup hinter dem Kombi. Von den dreien war nichts zu sehen. Und dann kam dieser Blitz. Er war noch heller als der, den wir gerade gesehen haben. Ich saß noch im Wagen und hörte das Krachen. Du kannst es dir nicht vorstellen, es ging mir durch und durch. Dort oben ...« Er zeigte mit dem Finger in den Weinberg hinein, »... an der Grenze ist er eingeschlagen. In den Schuppen. Sofort stand die alte Hütte in Flammen. Das trockene, verwitterte Holz brannte wie Zunder.«

Andrés Finger zitterte, als er ihn herunternahm. Er rieb sich mit beiden Händen über das Gesicht. »Ich hörte ihre Schreie ...« Seine Stimme kippte. Leah wurde schlecht, sie griff nach seiner Hand. Er erwiderte den Druck. »Ich bin sofort losgerannt. Bianca heulte am lautesten, aber auch die beiden Männerstimmen konnte ich hören. Einer von beiden schrie vor Schmerzen. Es klang grauenvoll, wie die Schreie eines Tieres. Und das Feuer prasselte laut, es gab Stichflammen.«

Sie bemerkte, dass sie die Faust zum Mund gehoben hatte und in ihre Fingerknöchel biss. Entsetzt ließ sie sie sinken.

»Biancas Schreie schlugen um. Sie jaulte wie ein Wolf.« Er hielt inne, vermutlich, weil ihm trotz des Horrors die Analogie auffiel. »Die Schmerzensschreie hatten aufgehört, bis ich endlich oben war. Bevor ich sie sehen konnte, hörte ich, wie Marc ›Nein!‹ schrie. Er war längst heiser. Von Chris hörte ich nichts mehr. Dann war ich da. Der Schuppen stand lichterloh in Flammen. Bianca zog und zerrte an Marc, der immer noch versuchte, in das Feuer hineinzulaufen. Sie umklammerte seinen Bauch und muss über sich selbst hinausgewachsen sein. Sie schaffte es, ihn zurückzuhalten. Ich hab gesehen, wo er hinwollte. In den Flammen sackte eine Gestalt zusammen. Es musste Chris sein. Man konnte ihn nicht mehr richtig erkennen. Ich glaube, in dem Moment starb er ...« André stockte, riss die Tür auf und stieg aus.

Erschrocken stieg Leah ebenfalls aus und lief um den Fiat herum, um nach ihm zu sehen. Schwer atmend stand er vornübergebeugt neben ihrem Auto. Es regnete nicht, doch immer wieder donnerte und blitzte es. Mit wenigen Schritten war sie bei ihm, nahm ihn in den Arm, und sie klammerten sich aneinander.

Nun hatte Leah diese Bilder von den Flammen im Kopf. Sie zitterte. Es tat gut, an diesen großen, ruhigen Mann geschmiegt zu stehen. Sie spürte seine Wärme, und seine Arme hielten sie. Ihre Wangen wurden nass von ihren Tränen. Was für ein Grauen!

Gedankenverloren strich André ihr mit den Händen über den Rücken. Er senkte den Kopf, sie spürte seinen Atem in ihrem Haar und nahm den Geruch nach Bier wahr. Vorsichtig ging sie einen Schritt zurück.

»So war das damals.«

Seine Stimme klang dünn. Es musste furchtbar für ihn sein, die Erinnerungen zu durchleben. Was hatte sie ihm abverlangt? Das schlechte Gewissen regte sich in ihr. Eine solche Geschichte sollte man ganz tief in sich vergraben und nie mehr hervorholen.

Einzelne Regentropfen fielen herunter. Das Gewitter war weitergezogen. André griff nach ihrer Hand, sie konnte im Dunkeln das Glitzern seiner Augen sehen.

»Lass uns hochgehen. Die Rückwand und die Eckpfosten vom Schuppen stehen noch und halten ein Stück verbliebenes Dach, wir können uns dort unterstellen. Ich ...« Er schluckte. »... ich muss jetzt hin, sonst finde ich heute Nacht keine Ruhe, das kenne ich.« Er ging voraus und zog Leah hinter sich her.

Sie war aufgewühlt und musste an Marc denken. Wie grauenvoll, den eigenen Bruder im Feuer zu sehen und ihm nicht helfen zu können! Der Regen wurde stärker. André beschleunigte seine Schritte, hielt sie jedoch sicher an der Hand, damit sie ihm leicht folgen konnte, obwohl sie das Gelände nicht kannte. In der Ferne leuchtete ein Blitz auf, und sie konnte die Reste des Schuppens erkennen. Sie huschten unter das Dach, André ließ sie los.

Sie hatten nun den weiten Blick über Eguisheim und die Weinberge, die im unruhigen Licht hin und her wogten wie die Wellen eines aufgepeitschten, schwarzen Meeres. Es war ein wildes und zugleich idyllisches

Bild, das in dem weißen Licht verfremdet und großartig wirkte. André stand neben ihr, sein Atem ging jetzt wieder ruhig, und sie merkte, dass sich auch ihr Herzschlag normalisiert hatte. Irgendwie fühlte es sich an, als hätten er und sie durch diese Geschichte eine gemeinsame Vergangenheit gewonnen. Er war ihr jetzt viel vertrauter als vorher.

»Komm, wir setzen uns, da stehen zwei Holzkisten, die hinterher jemand hergebracht hat. Ich glaube, Marcs Eltern sind in den ersten Jahren hierhergekommen, um mit allem fertig zu werden.«

Sie ließ sich von ihm zu einer der Kisten führen, schweigend beobachteten sie weiter das Naturschauspiel. Im Westen rissen die Wolken schon auf, das Gewitter zog weiter. Der Regen prasselte unvermindert. Ihr Kopf war angenehm leer, und sie genoss die Stille darin eine ganze Weile.

Dann kamen die Gedanken, zuerst zögerlich. Sie erinnerte sich an die Gerüchte, von denen Silvie erzählt hatte. An ihre eigenen Zweifel Marc gegenüber und an seinen Gesichtsausdruck auf dem Weinfest, der ihr solche Angst gemacht hatte. Sie wusste jetzt, was sich damals zugetragen hatte. Aber sie begriff noch immer nicht, warum sich Marc mit dieser Sache so quälte. So sehr quälte, dass er sich auf eine neue Beziehung nicht einlassen konnte, und so sehr, dass er jedes Jahr die Flucht ergriff.

Und das Gerede der Leute. Woher kam es? Andrés Geschichte war eindeutig. Warum wollte man Marc dennoch eine Schuld zuweisen? Sie rieb sich in einem plötzlichen Schaudern die Oberarme und blickte

André an, konnte ihn jedoch nur schemenhaft erkennen.

»Es war also ein Unfall?«

»Nun ... Dem Blitzeinschlag ging noch eine Sache voraus. Das stellte sich erst später heraus. Bianca und Marc erzählten nach dem Unglück, die Brüder hätten vorher ein Lagerfeuer neben der Hütte entzündet und sich dann in einen Streit gesteigert. Chris wollte einfach nicht glauben, dass nichts zwischen Marc und Bianca gelaufen war. Dann muss Chris ausfallend geworden sein. Er machte sich über Marc lustig, nannte ihn einen Schlappschwanz und solche Sachen. Darin war Chris gut. Andere erniedrigen, das konnte er. Beide hatten viel getrunken. Wer am Ende den Vorschlag zur Mutprobe machte, konnten weder Marc noch Bianca sagen. Jedenfalls wollten die beiden sich messen. Sie schichteten mehr Holz auf das Feuer und sprangen darüber.«

»Sie sprangen über das Feuer?« Eine Mutprobe in dem Alter?

»Ja, eine alte Geschichte von früher. Wir hatten das als Jungs öfter gemacht. Es ist ungefährlich, solange man nicht gerade im Feuer landet. Und selbst dann kann man sich herausretten, bevor man sich ernsthaft verletzt. Aber dann kam der Blitz. Chris hat vermutlich gerade zwischen Hütte und Lagerfeuer gestanden, als er einschlug. Vielleicht hat ihn der Schlag auch einen Moment betäubt.«

»Also war das Feuer vor und hinter ihm«, flüsterte sie.

André nickte. »Ja, und Marc hat versucht, ihn herauszuziehen, kam jedoch nicht mehr an ihn heran. Die Hütte brannte wie eine Fackel.«

»Trotz allem war es demnach ein Unfall. Niemand hatte Schuld.«

Er stützte den Ellbogen auf seinem Oberschenkel ab und nickte. »Ja, ein grauenvoller, unnötiger Unfall. Ich rannte zu meinem Wagen – hier oben gab es damals keinen Mobilfunk-Empfang – und bin, so schnell ich konnte, zur Feuerwehr gefahren. Du kannst dir vorstellen, wie lange sie brauchten, bis sie mit Löschen anfangen konnten. Es gibt keinen Zufahrtsweg bis hierher. Für Chris kam ohnehin jede Hilfe zu spät. Die Notärzte haben sich sofort um Bianca und Marc gekümmert. Marc wollte nicht weg, irgendwie schafften sie es, ihn zu überzeugen. Wir wurden alle drei ins Krankenhaus nach Colmar gebracht und untersucht. Mir hat nichts gefehlt, außer einem Schock. Bianca hatte auch nichts weiter abbekommen, nur ein bisschen Rauch. Das war nicht bedenklich, da sie ja im Freien gewesen waren. Marc hatte schlimme Verbrennungen am linken Arm und der Hand. Ansonsten war er unversehrt, wie durch ein Wunder.« André knetete seine eigene linke Hand. »Den Rest der Geschichte kennst du, glaube ich.«

»Hm, ja. Marc und Bianca haben etwas später geheiratet.«

»Genau. Marc studierte Önologie und übernahm sofort das Gut. Seine Eltern haben ihre Trauer um Chris nie verarbeitet, obwohl sie froh darüber waren, dass Marc das Gut weiterführte. Sie haben es nicht mehr ertragen, hier zu leben, wo alles sie an Chris erinnerte. Also gingen sie fort, sobald Marc mit dem Studium fertig war. Schade für die Kinder, aber nachvollziehbar.«

»Und Marc und Bianca wurden glücklich zusammen?«

»Ja, nach der Trauerzeit öffneten sich beide, das konnten wir regelrecht beobachten. Die Kinder kamen, Marc hat aus dem Gut viel gemacht. Er hat ein Händchen dafür, und Bianca war eine große Stütze. Die Familie Wolfler war wieder zu Ruhm und Ehren gekommen.« Der letzte Satz irritierte Leah. André verschränkte die Arme vor der Brust.

»Trotz alledem gab es Gerüchte?«

Er blickte sie forschend an. »Was meinst du?«

»Eine Freundin von mir, sie ist Journalistin, hat in Zeitungsarchiven die Geschichte recherchiert. Sie hat mir erzählt, dass es hartnäckiges Gerede gab, Marc hätte Schuld an dem Unglück.«

»Hm ... ja, schon. Wegen der Mutprobe halt.«

»Aber du warst Augenzeuge und konntest das widerlegen. Wieso gab es trotzdem diese Gerüchte?«

»Kann ich etwas dafür, wenn die Leute reden? Ich hatte die Vorgeschichte auch nicht mitgekriegt. Es wurde nur das bekannt, woran Bianca und Marc sich erinnerten. Das war nicht unbedingt viel. Und du weißt, wie das mit Gerüchten ist.«

»Nein, das weiß ich nicht. Sag es mir.«

»Alle hatten den Krach auf dem Weinfest mitbekommen. Jeder wusste, dass Marc in Bianca verliebt war, und dann hat er sie geheiratet, nachdem sein Bruder unter der Erde war.« Er schüttelte den Kopf. »Nicht sofort, aber er war offensichtlich froh, Bianca nun für sich zu haben.«

»Das ist unfair, und das weißt du.«

Er schnaubte. »Mag sein. Aber die ganze Sache ist viel komplizierter, als es aussieht. Marc machte mit seinen neuen Weinsorten von sich reden, er bekam zwei wunderbare Kinder von seiner schönen Frau. Die Wolfflers lebten im Glück. Noch dazu war Marc seit dem Unfall noch eigenbrötlerischer als früher. Er weigerte sich, am Weinfest teilzunehmen. Er spricht nichts mit den anderen Winzern ab, sondern beschließt für sich, was er möchte. Wenn es Dinge zu besprechen und abzustimmen gibt, die uns alle betreffen, schießt er quer. Er hat immer seine verdammte, ganz eigene Meinung, die zu unseren Ansichten nicht passt. Verstehst du, er sondert sich in allem ab. Man respektiert ihn, weil er so erfolgreich ist und für den Ruf der Region Gutes bewirkt. Aber man liebt ihn nicht. Und er tut nichts dafür, geliebt zu werden. Er macht es uns allen schwer.«

Leah schwieg und dachte nach. Warum war Marc so? Machte er sich Vorwürfe, weil er sich damals auf diese Mutprobe eingelassen hatte? Vermutlich fühlte er sich deshalb schuldig, so war es wohl. Vielleicht hatte er selbst sogar den Vorschlag gemacht. Dann wäre es kein Wunder, wenn er sich das nicht verzeihen könnte. Sicherlich trauerte er noch um Bianca. Insofern war es verständlich, dass er seit ihrem Tod immer während des Weinfestes verschwand. Es war Pech für Leah, dass sie ihm ausgerechnet in dieser Zeit des Jahres begegnet war. Das wollte sie sich jedenfalls einreden. Es lag nicht an ihr, sondern war einfach schlechtes Timing. Wann käme er zurück, und käme er zu ihr zurück? Unwillkürlich tastete sie nach ihrem Handy, das die ganze Zeit stumm geblieben war. Sie zog es heraus: keine neuen Nachrichten.

André drehte sich ruckartig zu ihr und starrte auf das Telefon in ihrer Hand. Erschrocken ließ sie es in ihrer Hosentasche verschwinden. Er sah ihr unverwandt in die Augen. Die Wolken waren weg, sie konnte seine Züge im Mondlicht erkennen. Er starrte sie an und sagte kein Wort. Eine Gänsehaut überlief sie, sodass sie die Arme in die Ärmel ihrer Strickjacke schob.

»Ist dir kalt?« Er legte einen Arm um ihre Schultern, wodurch er ihr noch näher war.

Sie roch deutlich seinen Atem und versuchte, sich ihm zu entwinden, doch er hielt sie umklammert. Und sie erkannte ein Brennen in seinem Blick, das ihr nicht gefiel. Es machte ihr Angst.

»Ich halte dich warm, Leah. Du weißt, du kannst von mir alles bekommen. Alles.«

»Lass mich bitte los«, bat sie.

»Warum? Ich wärme dich, du brauchst vor mir keine Angst zu haben. Keine braucht vor mir Angst zu haben.« Er griff mit seiner zweiten Hand nach ihren Händen und knetete sie.

Widerstreitende Empfindungen brachten Leah durcheinander, aber am Ende überlagerte Misstrauen alles. Die Charakterstärke, die sie den ganzen Abend in Andrés Verhalten gesehen hatte – hatte sie sie hineininterpretiert? Hatte er ihr etwas vorgespielt?

»Du weißt, wie ich für dich empfinde?« Sein ruhiger Satz trieb ihr den kalten Schweiß aus den Poren.

Zögernd nickte sie, das Herz hämmerte ihr in der Brust. »Aber ich liebe dich nicht.«

Er lachte gereizt auf. »Ich weiß. Du liebst ihn. Marc. Weißt du, wie oft ich das in meinem Leben gehört habe?« Er ließ ihre Hände los, um eine ausholende Geste zu machen. Doch sein Arm um ihre Schultern fixierte sie auf ihrem Platz wie ein kleines Mädchen. »Immer war es Marc, der mir die Frauen wegschnappte.«

»Immer?«, flüsterte sie. »Was heißt das?

»Hast du es wirklich nicht begriffen? Was denkst du denn, wer die Frau war, in die ich damals unsterblich verliebt war? Seit der Schulzeit.«

»Etwa Bianca?« Sie musste sich räuspern.

»Ja, Bianca! Weißt du, wie es ist, ein Mädchen jahrelang heimlich zu lieben, das dich mit den Augen einer Freundin betrachtet? Dann ging Marc nach dem Abi endlich weg. Ich dachte, jetzt ist der Weg für mich frei. Ich habe Bianca die Welt zu Füßen gelegt.« Der Druck seines Arms um ihre Schultern verstärkte sich, sein Gesicht war dicht vor ihrem. Die Bierfahne verursachte ihr beinahe Brechreiz. »Weißt du, was sie sagte?«

»Nein.«

»Das gleiche wie du. *Aber ich liebe dich nicht.*« Er äffte es mit einer künstlichen, hellen Stimme nach. »Und kaum hat sie das gesagt, lässt sie sich auf Chris ein.« André ließ von ihr ab, sprang auf und lachte sein typisches, abgehacktes Lachen. »Anscheinend musste es auf jeden Fall ein Wolfler sein. Darunter tat sie es nicht. Dabei habe ich nicht weniger zu bieten.« Er stand dicht vor ihr, sodass sie keine Chance sah, aufzuspringen und an ihm vorbei zu fliehen. »Ich besitze ein Weingut, ich bin groß und stark.« Bei diesen Worten musste sie irrsinnigerweise ein Kichern unterdrücken. Groß und stark? »Marc hat nichts, was ich nicht auch hätte.«

»Nein, du bist ein toller Mann, André.« Sie versuchte, ihn zu beschwichtigen. »Die Frau, die dich bekommt, kann sich glücklich schätzen.«

Er grunzte und stemmte beide Hände in die Hüften. Breitbeinig stand er vor ihr, sie sah ihn schwanken. Die frische Luft hatte ihm vermutlich den Rest gegeben.

»Das sagen alle. Was nutzt es mir? Bianca hat mich nicht gewollt. Ich musste meinen Lebenstraum begraben und mit ansehen, wie sie glücklich wurde. Mit ihm. Mit ihm kriegte sie die Kinder, die ich mir gewünscht hatte. Denis ist ein großartiger Junge, ich mag den Burschen. Und er mag mich, genauso wie Clarisse.«

An dieser Stelle hakte sie ein. »Ja, ich hatte eigentlich das Gefühl, du magst die Familie trotz allem, auch Marc. Er ist dein Freund. Oder nicht?«

»Das glaubte er, ja. Ich habe den Kontakt zuerst wegen Bianca aufrechterhalten. So konnte ich wenigstens in ihrer Nähe sein. Dass ich nicht mehr von ihr bekam, musste ich akzeptieren. Es hat mich Jahre gekostet, damit fertigzuwerden. Und die Kinder ... ja, ich liebe die beiden. Sie waren der Grund, weiterhin diese Männerfreundschaft aufrechtzuerhalten.« Es wirkte verächtlich, wie er das Wort aussprach.

Ihr kam ein furchtbarer Gedanke. »Du ... hast du die Gerüchte damals absichtlich nicht widerlegt?«

»Bravo, die Kandidatin hat hundert Punkte. Sag mir einen guten Grund, weshalb ich das hätte tun sollen! Ich hatte meine Aussage zu Protokoll gegeben, das war mehr als genug.«

Leah schluckte ihr Ekelgefühl weg. Plötzlich spürte sie ein Vibrieren in der Hosentasche, und ihr Herzschlag setzte aus. Marc! Sie zog das Handy heraus. Tatsächlich, eine neue Nachricht. Sie klickte darauf, die Enttäuschung durchlief sie kalt. Es war eine WhatsApp von Tom.

»Wer schreibt dir?« André riss ihr das Handy aus der Hand und tippte auf das Symbol für die WhatsApp. Er runzelte die Stirn, ein hässliches Grinsen überlief sein

Gesicht. »Sieh an, du lässt noch mehr Kerle am langen Arm verhungern.« Sie wollte nach ihrem Handy greifen, doch er riss den Arm zur Seite und tippte auf dem Touchscreen herum. »Warum wundert mich das jetzt nicht?«

»Was tust du da? Gib mir mein Telefon zurück!«

»Gelöscht!« Er schob ihr Phone in die Tasche seiner Jeans. Sie sprang auf, wollte versuchen, an ihm vorbei zu gelangen. Er stieß sie grob zurück, sodass sie unsanft wieder auf der Kiste landete.

»Jetzt hörst du dir den Rest noch an. Ich hatte danach eine Freundin, aber sie war kein Ersatz für Bianca. Das habe ich dir schon erzählt. Sie trennte sich von mir, weil sie heiraten wollte und Kinder und alles. Ich konnte nicht. Sie hat nicht gepasst.« Er schüttelte den Kopf, machte ein paar Schritte zur Seite und begann, vor ihr auf und ab zu gehen. »Kurz darauf tauchte eine Frau auf, die alles wiedergutmachen konnte. Sie war eine neue Chance. Sie hätte mir gefallen. Ja, ich verliebte mich sofort in sie.«

»Jeannette«, sagte sie leise.

»Jeannette Ritter. Ungebunden, schön, leidenschaftlich. Eine Traumfrau. Ich wollte endlich glücklich werden, begreifst du das? Ich umwarb sie, und sie freundete sich mit mir an. Aber sie lernte auch Marc und Bianca kennen. Das heißt, sie musste Bianca früher bereits irgendwo begegnet sein. Die beiden wurden schnell gute Freundinnen. Dadurch war Jeannette oft im Wolflerschen Gut. Ich wollte diese Frau, ich bot ihr alles. Und was sagte sie zu mir?«

Er blieb stehen, leicht vorgebeugt. Sein Blick bohrte sich in ihren. Sie musste an den Morgen im

Schwimmbad denken und daran, wie ihr klar wurde, dass André Jeannette bewunderte. Dann fiel ihr ein, mit welchen Worten sie ihn ihr angepriesen hatte. Und sein unglückliches Gesicht bei ihrem Tanz auf dem Fest, als er Jeannette am Tisch betrachtete. Er hatte nie eine Chance bei ihr gehabt. Sie presste die Lippen zusammen. Er schnaubte durch die Nase, bevor er weitersprach.

»Aber ich liebe dich nicht. Das waren ihre Worte. Nein, sie liebte Marc!« Er schrie den letzten Satz heraus. »Kapierst du das? Wie kann eine intelligente Frau wie sie sich in einen verheirateten Mann verlieben? Sie musste doch begreifen, wie unerreichbar er für sie war. Warum muss ich diese Lektion in meinem Leben immer wieder lernen, ihr Frauen aber nicht? Marc war nicht zu haben, und er interessierte sich auch nicht für Jeannette – nicht auf diese Art –, und dennoch wies Jeannette mich zurück. Mich!« Er machte mit beiden Armen eine Geste, die seine Ungläubigkeit unterstrich, dann ließ er sie herunterhängen. »Sie raspelte das gleiche Süßholz wie Bianca und wie du. Jede würde glücklich sein, mich zu bekommen, die richtige Frau würde sicher irgendwo auf mich warten.« Er verstummte und zog eine Grimasse, die ihr Angst machte. »Ich lasse mir das nicht mehr bieten!« Plötzlich fuhr er mit der Hand in seine Hosentasche und zog ihr Handy hervor. Das Display war erleuchtet. Wieder eine Nachricht!

»Gib es mir.« Fordernd streckte sie die Hand danach aus und stand auf. Die vorgetäuschte Festigkeit in ihrer Stimme kaufte er ihr genauso wenig ab wie sie sich selbst.

Er tippte auf den Bildschirm und las laut:

Leah, bitte melde dich! Tom

Sie stöhnte. Wieso schrieb Tom ihr schon wieder? Sie hatte ihm doch klargemacht, dass sie beide endgültig Geschichte waren. Er brachte sie in Teufels Küche! »Ich kann das erklären«, fing sie an und bemerkte trotz ihrer Angst, was für einen abgegriffenen Satz sie da benutzte. Dann wurde sie wütend, weil sie hier nicht diejenige war, die sich rechtfertigen musste.

André lachte sie einfach aus. »Erklären?« Er steckte das Handy in seine Hosentasche. »Spar dir das. Ist mir doch scheißegal, wer dieser Tom ist. Für mich zählt nur, dass ich nicht der Einzige bin, den du dir warmhältst. Ihr seid alle gleich, weißt du das? Bianca, Jeannette und du. Ihr wollt euch den einen sichern, und gleichzeitig lasst ihr uns anderen zappeln. Bianca hatte nichts Besseres zu tun, als sich von Chris flachlegen zu lassen, nachdem Marc außer Reichweite war. Wenigstens Jeannette hat sonst mit keinem rumgemacht. Aber sie war so bescheuert, so blind! Rannte wie eine Besessene Marc hinterher. Und dann, als Bianca weg war …« Als er diese kalten Worte benutzte, verzog er kurz das Gesicht. Sie erkannte darin seine Trauer um die Liebe seines Lebens. Er straffte die Schultern und sprach weiter. »Nach ihrem Tod, da hat Jeannette sofort die Gelegenheit ergriffen und sich um Marc gekümmert, den Trauernden. Sie hat ihn und die Kinder von vorn bis hinten betüddelt. Selbst Madame Lorent fiel auf sie herein.«

Er griff nach ihrem Arm. »Jeannette und Marc waren zusammen im Bett. Wusstest du das? Haben sie dir das erzählt?«

Ein Stich durchzuckte ihre Brust, als vor ihrem inneren Auge das Bild von den beiden entstand. Die wunderschöne, dunkelhaarige Nymphe und der Wolf in wildem Liebesspiel. Flammende Eifersucht ließ sie heftig einatmen.

»Sie haben es dir verschwiegen!« Seine Stimme klang triumphierend. Er trat zu ihr und zog sie an sich, bis sie seinen Körper an ihrem spürte.

Leah zitterte vor Angst, Wut und Unglaube, dass ihr das passierte. André legte ihr beide Hände auf den Po und drückte sie noch fester an sich. Sie spürte deutlich, wie erregt er war. Er schwitzte und stank nach Bier. Er rieb sich an ihr.

»Spürst du das? Merkst du, wie sehr ich dich will? Stell dir vor, was ich dir alles geben kann, Leah! Ich kann dich glücklich machen wie kein anderer Mann. Probier es aus«, flüsterte er den letzten Satz und kam ihrem Gesicht nahe. Er wollte sie küssen.

O Gott, was konnte sie tun? Seine Arme und Hände hielten sie fest wie ein zu enges Korsett, während sich seine Lippen ihren näherten. Sein saurer Biergeruch schwappte zu ihr, sie musste würgen. Er verpasste ihr eine Ohrfeige, durch die ihr Kopf zur Seite flog und die Wange sofort heiß wie Feuer wurde. Entsetzt legte sie ihre eiskalten Finger darauf und konnte ihn nur stumm ansehen. Er hatte seine Umklammerung gelockert.

»Du lässt doch sonst nichts anbrennen«, brüllte er.

Ihr liefen die Tränen die Wangen hinunter.

»Mit Marc hast du es getan. Oder? Oder?«

Sie schüttelte stumm den Kopf.

»Natürlich warst du mit ihm im Bett. Genau wie die andere Schlampe.« Wieder zog er sie an seine Brust und drückte seine Erektion gegen sie. Mit der zweiten Hand fasste er nach ihrer Brust und knetete sie grob, sie unterdrückte einen Schmerzenslaut.

»Ich lass dich nicht einfach davonkommen, weißt du das? Warum soll er alles haben und ich leer ausgehen? Du bist eine Hexe, genau wie die anderen beiden.« Er begann, ihren Hals zu küssen, biss sie, tat ihr weh. Zugleich hielt er sie fest, und ihre Versuche, ihn von sich wegzudrücken, wirkten wie das kraftlose Gezappel eines Kleinkinds. »Ich will dich«, hörte sie ihn undeutlich murmeln, während er ihre Haut vollsabberte. Es ekelte sie an.

»Du gehörst mir.«

Wie kann ich mich befreien? Mit einer unmenschlichen Selbstüberwindung hörte sie auf, die Handflächen gegen seine Brust zu drücken, und hielt einfach still. Sie rührte sich nicht mehr. Er spürte es, offensichtlich irritiert zog er den Kopf zurück und blickte sie an. Ein Geistesblitz durchzuckte sie.

»André, ich muss mal«, sagte sie. Es war eine glatte Lüge.

Er lachte auf. »Komm mit, ich zeige dir, wo du pinkeln kannst.« Er zog sie an der Hand unter dem Dach heraus und hinter die Ruine des Schuppens. »Ich halte deine Hand. Du wirst sicher verstehen, dass ich dich nicht loslassen kann.«

Mist. Er hielt tatsächlich ihre Hand fest, drehte sich aber von ihr weg. Sollte sie sich jetzt wirklich die Hose herunterziehen? Das war wohl keine gute Idee.

»Soll ich dir helfen?«, fragte er, und diese Worte bewirkten, dass sie schnell mit einer Hand ihre Hose öffnete, sie hinunterschob und sich hinhockte. Natürlich konnte sie nicht. Wie sollte sie, mit der Angst im Nacken und André neben sich? Sie stand auf und zog sich die Hose hoch, bevor er sich zu ihr umdrehte. Natürlich schaffte sie es nicht, sie mit einer Hand zu schließen.

»Bitte, lass mich los. Ich laufe nicht weg.«

Er zog sie zu sich. »Nein, du läufst mir nicht mehr weg.« Er griff mit beiden Händen nach ihrem Hosenbund und zog ihn zusammen. Etwas wie Erleichterung durchzuckte sie, da schob er seine Hand in ihren Slip und glitt mit den Fingern tiefer. Sie stieß einen atemlosen Schreckenslaut aus und versuchte, nach hinten auszuweichen. Doch er war viel zu stark. Seine Hand blieb, wo sie war, und mit dem anderen Arm zog er sie einfach zu sich. Sie war verloren!

Überraschenderweise nahm er einen Augenblick später seine Finger aus ihrer Hose, zog den Reißverschluss zu und schob den Knopf durch das Knopfloch. Er tätschelte ihren Po. »Ich habe dir gesagt, vor mir braucht keine Angst zu haben. Wir haben Zeit.«

Leah zweifelte inzwischen an seinem Verstand. Sein Verhalten war völlig unberechenbar. Er zog sie zurück unter das Dach und drückte sie wieder auf die eine Kiste, setzte sich neben sie und hielt sie, wie zuvor, mit einem Arm umschlungen, sodass sie nicht weg konnte. Aber wenigstens versuchte er nicht weiter, sie zu vergewaltigen.

»Ich werde dich überzeugen, dass du mich lieben kannst«, sagte er. Dann hörte sie den Ton in seiner Hosentasche, den sie den ganzen Tag ersehnt hatte. Dieses

Mal war es keine Nachricht, sondern das Handy vibrierte kontinuierlich. Jemand versuchte, sie anzurufen!

Mit einem Fluch zog André das Telefon heraus und blickte darauf. Leah konnte auf dem Display Marcs Namen erkennen. André drückte den Anruf weg, öffnete den Rückdeckel des Handys und zog die SIM-Karte heraus. »Das war's.« Er warf die Karte weit von sich. Sie landete irgendwo in den Weinstöcken unter ihnen. »Jetzt kann dich keiner mehr orten. Wir sind ungestört, meine Liebe.«

Er nahm ihre Hände in seine und sah sie an, als ob sie ein Liebespaar wären. Gruselig! Hatte sie es mit einem Psychopathen zu tun?

»Weißt du, ich muss dir noch etwas erzählen. Über deinen geliebten Marc und seinen großartigen Bruder.« Er schmunzelte. Schaudernd zuckte sie zusammen. »Sie waren beide nicht die Unschuldslämmer, für die alle Welt sie hält. Ich weiß das. Und ich hätte sie anklagen können. Marc und Bianca. Chris war dann ja tot.«

Sie riss die Augen auf. Hörte dieser Albtraum gar nicht mehr auf? »Was meinst du?«, krächzte sie.

»Ich habe dir doch eben von der Mutprobe erzählt.«

»Ja.«

»Chris war derjenige, der sie unbedingt wollte. Zufällig weiß ich das ganz genau.«

Wenn möglich, wurde ihr noch schlechter. »Wieso? Du kamst doch erst hinzu, als alles zu spät war.«

Er lachte auf, und sie spürte, wie seine klammernden Finger an ihren Händen feucht wurden.

»Ja, das glaubt jeder. Ist ja auch sinnvoll, die Geschichte so am Leben zu erhalten. Schließlich bin ich nicht schuld daran, wenn die beiden Idioten sich gegenseitig umzubringen versuchen.«

»Gegenseitig? Umbringen?«

»Das wäre ein Fest gewesen, nicht wahr? Das siehst du auch. Was hätte mir Besseres passieren können, als dass sie sich gegenseitig das Licht auspusten?« Er blickte eine Sekunde ins Leere, dann redete er weiter. »Ich war nämlich schon früher da. Hörte ihren Streit mit an und schlich ein Stück nach oben, um sie zu beobachten. Das Lagerfeuer flackerte fröhlich vor der Hütte, und die beiden Wölfe machten ihrem Namen alle Ehre. Sie umkreisten sich und knurrten sich gegenseitig an. Bianca, die Arme, stand dabei und versuchte abwechselnd, Marc und Chris zu beschwichtigen.« Er zuckte die Achseln. »Keine Ahnung, ob der Alkohol schuld war oder ob Marc in den Jahren außerhalb der Reichweite seines großen Bruders endlich gemerkt hatte, dass er Eier in der Hose hat. Er ließ sich jedenfalls nicht einschüchtern. Er stellte sich aufrecht hin, anders, als er es bis dahin in Christophes Gegenwart getan hatte, und ich merkte, jetzt wollte er Klartext reden, der Idiot! Er fing damit an, dass er Bianca seit ewigen Zeiten geliebt hätte. Ja, er kippte vor Chris die ganze rührselige Geschichte aus, die er mir schon vorgeheult hatte.« André stieß ein geringschätziges Schnauben aus. Die Erinnerung lenkte ihn ab, er lockerte seine Umarmung und den Griff um ihre Hände. Sie streckte vorsichtig den Rücken durch, den sie in seiner Umklammerung gebeugt hatte.

»Keine Ahnung, was er damit erreichen wollte. Etwa, dass Chris das einsehen und Bianca ihm überlassen würde? Und überhaupt, keiner dachte daran, sie zu fragen. Was sie wollte, spielte für die Wölfe keine Rolle. Und ich sah das alles! Ich hätte sie am liebsten dort weggeholt und ihr meine Liebe gezeigt. Ich hätte sie auf Händen getragen.«

Leah musste sich beherrschen, um ihm nicht zu widersprechen. Auf Händen getragen? In ein Gefängnis gesteckt, meinte er wohl.

»Egal, dann rief Chris, Marc sei überhaupt kein Kerl, nie einer gewesen, und was er sich eigentlich einbilde. Das war wahrscheinlich der Moment, in dem er auf diese kindische Idee kam. ›Lass es uns austesten‹, sagte er. Seine Stimme war ganz leise, ich verstand ihn kaum. ›Lass uns die Feuerprobe machen.‹

›Feuerprobe?‹, fragte Marc.

›Ja, wie früher. Wir springen über das Feuer.‹« André hielt inne.

»Wie hoch war das Feuer denn?«, wagte Leah zu fragen.

Er lachte verächtlich. »Ein ganz normales Lagerfeuer. Weißt du, damals, als wir dreizehn, vierzehn Jahre alt waren, war das ein Kick. Chris hat sich natürlich von Anfang an getraut, Marc und ich die ersten paar Male nicht. Kein Wunder, er war der Größte und hatte die längsten Beine. Aber, tja, ein Jahr später, er war wohl sechzehn und wir beide fünfzehn, da haben wir es natürlich genauso locker geschafft wie er. Danach hat er die Probe nicht mehr gefordert.« André ließ endlich ihre Hand los und rieb sich über die Stirn. »Eigentlich ist es eine Lachnummer. Dachte Chris wirklich, er könne Bianca damit beeindrucken, über ein kniehohes Feuerchen zu springen?«

»Wohl kaum.«

»Ja, es war ein Bild wie in einem Zeichentrickfilm für Kinder. Diese riesenhaften Kerle sind über das winzige Feuer gehopst. Was für ein Krampf! Das hat wohl auch Chris gemerkt. Bianca redete die ganze Zeit auf sie ein, fasste mal den einen am Arm, dann den anderen. Es wäre jetzt ja gut, keiner sei ein Schwächling, und sie sei ja mit Chris verlobt, und Marc hätte das akzeptiert. Sie sollten jetzt alle heimgehen und erst mal eine Nacht drüber schlafen. Aber du kennst ja Marc. Und Chris war genauso, nur krasser. Keiner von beiden hat überhaupt hingehört. Sie kämpften wie Wölfe um die Rangordnung im Rudel. Chris war es nicht gewohnt, dass sein Bruder sich wehrte. Irgendwann wusste er nicht mehr, was er noch auffahren konnte.« André sah sie an und schwieg einen Moment, als müsse er nachdenken. Dann straffte er die Schultern in einer fast unmerklichen Geste. »›Ach, ihr könnt mich mal‹, brüllte Chris und rannte plötzlich los, in meine Richtung, den Berg herunter. Ich musste sprinten, das kannst du mir glauben, um vor ihm unten zu sein.« Wieder stockte André.

»Chris ist davongelaufen?«

»Ja, kaum zu glauben, oder? Auf einmal hat er gekniffen! Ich stand hinter seinem Kombi und hab ihm angesehen, wie sehr er außer sich war. Und besoffen.« André blickte Leah an, als wollte er hinter ihrer Stirn ihre Gedanken lesen. »›Hey, Chris, was hast du vor?‹, hab ich ihn gefragt, da bemerkte er mich erst. Schon bevor er mir antwortete, hatte ich die Idee. Ich hab den Kofferraum geöffnet, und richtig, da stand ein Benzinkanister. Wir alle haben fast immer einen Ersatzkanister im Wagen. Ich hab ihn aus der Halterung genommen und Chris entgegengestreckt. Der Kanister war mindestens halbvoll.«

»Warum hast du das getan?«

Bei ihrer Frage zuckte André zusammen. Er runzelte die Stirn. »Nach so einem Streit einfach aufgeben? Das ist was für Weicheier. Das hab ich auch zu Chris gesagt. ›Du willst weg? Wenn schon, dann mach's richtig!‹ Er riss mir den Kanister regelrecht aus der Hand und ist zurückgestürmt. Ich glaube, er grummelte noch sowas wie ›Jetzt zeig ich's dir.‹«

André hielt inne und wirkte, als wollte er am liebsten zurücknehmen, was er ihr gerade erzählt hatte. Sie sog scharf die Luft ein, weil sie jetzt begriff, wie es sich tatsächlich zugetragen hatte.

»Das Gewitter brach in diesem Moment los, es war fast genau über uns. Ich rannte wie ein Irrer nach oben, um zu sehen, was die machten.« Ein Zittern überlief seinen Körper. »Als ich oben ankam, hatte Chris den Kanister bereits geöffnet. Er redete was davon, sie würden jetzt über ein richtiges Feuer springen. Marc versuchte, ihn abzuhalten, aber schon kippte Chris das Zeug aus.« Andrés Gesicht war jetzt aschfahl. »Die Flammen griffen sofort auf ihn über, und dann schlug dieser verdammte Blitz ein. Marc fing selbst Feuer, am Arm, als er an Chris zerrte, und Bianca konnte ihn in letzter Sekunde wegziehen. Die Schreie von Chris werde ich nie vergessen. Der Rest war genauso, wie ich es dir erzählt habe. Chris war vom Feuer eingekesselt, Bianca heulte laut, Chris brüllte vor Schmerzen, Marc versuchte, sich von Bianca zu befreien, um Chris aus der Hölle zu retten. Und ich hab dagestanden, unbemerkt, und hab mich nicht mehr gerührt. Ich konnte nicht.« André sprang auf und raufte sich die Haare.

»Du bist schuld«, entfuhr es ihr. »Chris war schon weg von den beiden, und du hast ihn zurückgeschickt!«

Er blieb vor ihr stehen und sah auf sie herunter. Er wirkte jetzt wie ein ganz anderer Mensch. Von dem André, den sie vor ein paar Stunden noch für einen großmütigen und toleranten Mann gehalten hatte, konnte sie keine Spur mehr entdecken. Ein Schaudern überlief ihn, er sprach wie unter Zwang weiter.

»Ich bin zu mir gekommen, als Biancas Heulen sich so eigenartig veränderte. Ich half, die Flammen an Marcs Arm auszuklopfen, während Chris in der Feuersbrunst zusammensackte. Dann hab ich Marc und Bianca ein Stück weggeführt, aus der Gefahr hinaus.«

Dieses Mal war Leah es, die ein Schnauben ausstieß. »Bianca und Marc mussten denken, dass Chris den Kanister selbst aus dem Wagen genommen hat.«

»So ist es.« Er zuckte mit den Achseln. »Sie waren total aufgewühlt, aber das war ich auch. Ich sagte ihnen, sie sollten sich nicht von der Stelle rühren, ich würde Hilfe holen. Und das hab ich gemacht, hab die Feuerwehr und den Notarzt geholt. Jetzt kennst du die ganze Wahrheit.«

Leah umklammerte ihren Oberkörper mit beiden Armen.

Kapitel 19

André stand noch immer vor Leah und sah auf sie herab. Sie senkte den Blick, damit er nicht darin lesen konnte.

André hatte diese Tragödie auf dem Gewissen! Er hätte niemals zulassen dürfen, dass Marc die Schuld mit sich herumtrug und das Dorf ihn abstempelte. Ein weiterer Gedanke durchzuckte sie und setzte sich fest: Marc ahnte nicht, dass André Chris den Benzinkanister gegeben hatte, damit das Feuer außer Kontrolle geraten sollte. In ihr zog sich alles zusammen bei der Vorstellung, wie sehr sich Marc seit damals quälte.

Der Gedanke an Marc und ihre Wut lenkten sie für einen Moment von ihrer Angst ab, doch ein leises Grunzen aus Andrés Mund machte ihr mit einem Schlag wieder klar, in welcher Gefahr sie schwebte. Niemand wusste, wo sie war und dass dieser Irre sie entführt hatte, der sie früher oder später wahrscheinlich vergewaltigen wollte. Sie zwang sich zu einer eiskalten Ruhe. Das Einzige, was jetzt zählte, war, unbeschadet hier herauszukommen. Sie blickte nach oben. André wirkte geistesabwesend. Fieberhaft ratterte ihr Hirn. Wie benahm man sich als Gefangene am besten, um den Entführer zu beschwichtigen? Es ging um ihr Leben, und sie konnte nicht darauf zählen, dass irgendjemand ahnte, wo man nach ihr suchen sollte!

Zitternd zog sie die Strickjacke vor ihrer Brust zusammen und knöpfte sie zu. Das fühlte sich wie ein Schutz an, der André ein winziges bisschen auf Abstand halten würde. Langsam stand sie auf, worauf er unwillkürlich einen kleinen Schritt nach hinten machte.

»André ...« Es kam ziemlich piepsig heraus.

Er griff wie mechanisch nach ihrer Hand und sah ihr in die Augen. »Ja?« Er sagte es sanft, wie ein Liebender zu seiner Angebeteten.

»Wir sollten heimfahren. Eine Nacht darüber schlafen.« Zu spät fiel ihr auf, dass sie Biancas Worte benutzte. Das war sicher ein Fehler!

Tatsächlich straffte er bei ihrem letzten Satz die Schultern, und sein Blick wurde wachsamer. Er griff nach ihrer zweiten Hand. Dann schüttelte er langsam den Kopf. »Du wirst sicher begreifen, wie dumm das von mir wäre. Ich weiß, wie das läuft: Du wirst mich verlassen, genau wie die anderen. Du rennst zurück zu ihm. Und wer weiß, was du erzählst. Über das Unglück damals, über den Benzinkanister, den ich Chris gegeben habe. Und darüber, was heute Abend hier geschehen ist.«

»Aber es ist ja nichts geschehen«, versuchte sie ihn zu beruhigen. »Ich werde nichts sagen. André, wir sind Freunde und bleiben es.«

Er runzelte die Stirn. »Ich habe dir gesagt, dass mir das nicht reicht, Dummerchen.« Er zog sie an sich und schob einen Arm in ihren Rücken. »Du hast mich angemacht, und jetzt zahlst du die Rechnung dafür.«

»Das stimmt nicht, ich habe dich niemals glauben lassen, ich würde dich lieben. Ich mag dich, mehr war da nie. André, glaub mir!«

Er legte ihr den zweiten Arm in den Rücken, sie stemmte sich mit beiden Händen gegen ihn, aber sie war zu schwach, es nützte ihr gar nichts. Er beugte sich über sie und brachte sie dazu, den Oberkörper nach hinten zu biegen, wie im Tanz. Er hielt sie fest, dann zog er sie in einer langsamen Bewegung mit nach oben, als ob sie Tango tanzen würden. Mit der Hand auf ihrem Po glitt er in einen Ausfallschritt nach hinten und zog sie mit, sodass seine Hüfte auf der gleichen Höhe war wie ihre.

»Fühlst du es?« Seine Stimme war heiser. Er drückte sein Becken noch fester gegen ihres. Dann brachte er sie beide wieder in eine aufrechte Position. »Du willst sagen, du hast mir keine Signale gesendet? Schon bei unserem Tanz auf dem Fest hast du alles getan, um mich heißzumachen. Ich kauf dir nicht ab, dass du da keine Lust hattest.« Er schob eine Hand nach vorn, zwischen ihre Beine. »Mach mir nicht vor, du seist nicht erregt!« Er griff mit der zweiten Hand nach ihrer, hielt sie an die Beule in seiner Hose und rieb sich daran. »Du hast ihn heißgemacht, und jetzt fordert er sein Recht.«

Seine Lust vernebelte sein Hirn, und er vergaß ihre zweite Hand, die nun frei war. Das war ihre Chance! So fest sie konnte, kniff sie unten zu und stieß ihm die andere Hand vor die Brust. Sie legte ihre ganze Kraft in die Bewegungen. Er krümmte sich unwillkürlich vor Schmerz zusammen, doch ihr Stoß bewirkte, dass er zurücktaumelte. Dabei stolperte er über eine Wurzel im Boden, stürzte nach hinten und knallte mit dem Kopf auf. Er blieb bewegungslos liegen. Sie wusste, sie sollte jetzt rennen, so schnell sie konnte. Aber sie brachte es nicht fertig. Er lag da wie tot!

Alles in ihr schrie nach Flucht, trotzdem ließ sie sich auf die Knie hinab und tastete nach Andrés Hals, um seinen Puls zu fühlen. Ihre Hände zitterten, sie konnte ihrer Wahrnehmung nicht trauen. Lebte er? Mit den Blicken suchte sie nach Blut neben seinem Kopf. Jetzt erkannte sie den unscheinbaren Stein, auf den er aufgeschlagen sein musste, und eine dünne Blutspur, die daran hinunterlief. Entsetzt sackte sie zusammen und suchte nach dem Handy in ihrer Hosentasche. Sie war leer. Erst dann fiel ihr ein, dass sie es sowieso nicht mehr hätte benutzen können. Was sollte sie bloß tun?

Sie überwand sich, um in Andrés Taschen nach seinem Handy zu suchen. Im gleichen Moment hörte sie einen Ruf.

»Leah!«

Sie erkannte kaum Marcs Stimme darin, und doch löste sich in ihr sofort ein Damm, eine Welle lief durch sie hindurch, wie sie sie noch nie erlebt hatte. Der Wolf war in der Nähe! Alles würde wieder gut.

»Ich bin hier«, rief sie laut, rappelte sich auf und hielt Ausschau nach ihm.

»Wo bist du, Leah?« Seine Stimme klang von weit unten herauf, sie vermutete, dass er ihren Wagen entdeckt hatte.

»Hier oben, beim Schuppen! Komm schnell hoch, André ist verletzt!«

Kurz darauf hörte sie Zweige knacken. Ein Hummelschwarm stob in ihrem Bauch auf, ihre Knie fingen an zu schlackern. Und dann tauchte Marc in der Dunkelheit auf. Sie sah die Sorge in seinem schönen, geliebten Gesicht, und die Tiefe in seinem jetzt schwarzen Blick. Sie ließ sich fallen, als er nach ihr griff, ihre Kraft war einfach weg. Er hielt sie fest, bis das Zittern in ihren Knien nachließ. Noch während er sie hielt und ihr Gesicht mit Küssen übersäte, bemerkte sie aus den

Augenwinkeln eine zweite Gestalt, die an ihnen vorbei zum Schuppen stürzte und sofort in die Hocke ging.

»Leah, Gott sei Dank, du bist unverletzt!« Marc zog seinen Kopf ein Stück zurück, hielt sie aber weiter in den Armen und sah sie an. »Hat er dir etwas angetan?«

»Nein«, sie schüttelte den Kopf, »nein, er hat es nicht geschafft. Woher weißt du ...?«

Noch bevor Marc antworten konnte, hörte sie eine zweite Männerstimme. »Marc, ich brauche Hilfe.«

Sie drehten sich zu dem Mann um, und überrascht erkannte Leah Jost, der neben André kniete. Er sah zu ihnen hoch. »Er lebt, aber wir müssen einen Krankenwagen rufen. Ich weiß nicht, wie schlimm die Verletzung ist.«

Leah sah Andrés Lider zittern, er schien zu sich zu kommen. Ein leises Stöhnen entrang sich ihm.

»Hast du ein Handy?«, fragte Marc Jost. Der nickte, stand auf, zog es hervor und wählte eine Nummer.

Während sie alle André anstarrten, öffnete er die Augen endgültig und hob den Kopf. Langsam setzte er sich auf.

Währenddessen sprach Jost ins Handy.

»Kommt bitte zur Hütte am Weinberg vom Gut Wolfler. Eguisheim, ja. Verdammt, wo damals das Unglück geschah. Ja, ihr müsst durch unwegsames Gelände. Ich weiß nicht, ob der Patient aufstehen kann.« Jost blickte zu André, hockte sich neben ihn und blickte ihm forschend ins Gesicht. »Ich denke, er sollte lieber hierbleiben. Einer von uns kommt nach unten an den Pfad. Ja, es ist der obere. Mensch, ihr seid doch von hier, oder nicht? Roger, ich erkenn dich an der Stimme.« Während er redete, bedeutete er André, sitzen zu bleiben.

Leah fühlte sich wie gelähmt. Ein ungekanntes Gefühl stieg in ihr auf: Sie spürte Eiseskälte bei Andrés Anblick. Sie könnte ihn nie wieder berühren. Fühlte sich so Hass an?

Jost beendete das Gespräch und drehte sich zu ihnen um, ließ seine Hand aber auf Andrés Unterarm liegen, um ihn am Aufstehen zu hindern.

»Könnt ihr beide unten bei den Wagen auf den Notarzt warten und ihm zeigen, wo er hinmuss?« Jost musterte Leah prüfend. »Du solltest dich untersuchen lassen, Leah. Du bist kreidebleich.«

Sie schüttelte den Kopf. »Nein, es geht, mit mir ist alles in Ordnung.«

»Was ist hier oben passiert?« Jost betrachtete kopfschüttelnd André und sah sich um, als suche er nach Beweisen eines Verbrechens.

»Nichts«, sagte sie, »ihr seid gerade rechtzeitig gekommen.«

Marc zog sie an sich und spitzte die Lippen, als wolle er ein »Pst« hauchen. »Komm, wir gehen hinunter und warten auf den Notarzt.«

Er hielt ihre Hand, während sie hinter ihm den steilen Fußpfad hinunterkraxelte. Leah fühlte sich unangreifbar und sicher. Der Wolf war bei ihr, und sie dachte ... Sie dachte, sie hätte die Liebe in seinen Augen gesehen. Unten stand Marcs Kombi hinter ihrem Fiat. Sie gingen zu seinem Wagen, sie lehnte sich dagegen. Ihre Knie zitterten unkontrolliert. Vielleicht hatte Jost recht, sie sollte sich ärztlich untersuchen lassen. Doch dann zog Marc sie in die Arme.

»Ich dachte, ich hätte dich verloren!« Er vergrub das Gesicht in ihrem Haar.

»Lass mich nie mehr allein, hörst du?«, flüsterte sie. Sie konnte das Glück kaum fassen, das sie bei seinen Worten durchflutete. Er hielt sie so fest, dass es beinahe wehtat. Sie fühlte sich, als sei sie angekommen. Dort, wo sie hingehörte.

»Wie hast du mich gefunden, Marc?«

»Durch Jost. Er war mit seiner Freundin noch da, als ich zum *Kas'Fratz* kam. Er hat gesagt, dass ihr vor einer Stunde gegangen seid. Oder auch vor zwei Stunden. Er wusste aber nicht wohin.«

In diesem Moment hörten sie ein Martinshorn und sahen Blaulicht auf dem unteren Pfad, demjenigen, der parallel zu dem verlief, auf dem sie standen.

»Hoffentlich wissen sie, dass sie hier hoch müssen«, murmelte Marc. Er ließ sie los. »Geht es?«, wollte er wissen. Sie nickte. Er beugte sich in sein Auto und schaltete das Abblendlicht ein. Sie beobachtete, wie der Krankenwagen auf dem gleichen Weg weiterfuhr, den sie an diesem Abend genommen haben musste, und wie er auf den Pfad herauf einbog. Jetzt konnte er sie nicht mehr übersehen. Eine Minute später war er da. Zwei Sanitäter stiegen aus. »Wo ist der Patient?«, fragte einer, während der zweite die Türen hinten öffnete und eine zusammenklappbare Trage herauszog.

Marc deutete nach oben. »Dort. Ich führe euch hinauf.« Er warf Leah einen fragenden Blick zu, sie nickte.

»Ich warte in deinem Auto. Es geht mir gut.«

Danach saß sie in Marcs Wagen auf dem Beifahrersitz und nahm den Geruch nach Erde und dem Gehölz der Weinstöcke wahr. Dazu seine besondere Note. Nur er roch so. Ein Zittern durchfuhr sie, als sie sich die Ereignisse dieses Abends vor Augen führte. Wie in einem

Zeitraffer durchlief sie wieder das Essen mit André, ihre anfängliche Zuneigung, ja sogar Bewunderung für ihn. Ihr Irrglaube, er sei ein gefestigter, toleranter Mensch und ihr wohlgesinnt. Die Fahrt hierher, und wie sie gutgläubig mit ihm gegangen war und ihm jedes Wort abgekauft hatte. Die Wandlung in ihm, wie er ihr nach und nach die Wahrheit sagte und seine Maske fallenließ. Ihr Zittern wurde stärker, der Adrenalinschub war vorbei. Sie starrte unverwandt nach oben und wartete darauf, dass die Männer herunterkämen.

Dann sah sie sie tatsächlich, zuerst Jost, dahinter die Sanitäter mit André auf der Liege, er war festgeschnallt. Am Schluss kam Marc. Sein bloßer Anblick reichte, damit sie sich sicher fühlte. Ein Gefühl wühlte sie auf, es war stärker als alles, was sie bisher erlebt hatte, sogar stärker als die Angst vor André, als er sie in seinen Klauen gehabt hatte. Verblüfft erkannte sie, dass es Liebe war. Sie liebte diesen Mann.

Sie öffnete die Tür und stieg aus. Ohne zu zögern, schoben die beiden Sanitäter die Liege auf den Schienen in den Krankenwagen und redeten geschäftig auf Jost und Marc ein. »Wir bringen ihn ins Hôpital Pasteur in Colmar. Er muss gründlich untersucht werden, aber es sieht gut für ihn aus. Glück im Unglück.« Der eine schlug die Hecktüren zu und ging zur Beifahrerseite, der zweite hielt Jost die Hand hin. »Morgen wissen wir mehr«, sagte er, schüttelte anschließend auch Marcs Hand und deutete mit einem Blick auf Leah grüßend an seine Stirn. Dann fuhren sie los, ohne Sirene, mit Blaulicht.

Leah sah Jost an. »Ich weiß nicht, wie ich dir danken soll.«

Verlegen fuhr er sich durch das Haar. »Hm, das war Glück.« Forschend betrachtete er sie. »Ich glaube, ich will heute Abend gar nicht wissen, was da gelaufen ist.« Er warf Marc einen unsicheren Blick zu. »Wir sollten alle sehen, dass wir ins Bett kommen, finde ich.«

Leah fing an zu zittern. »Ich ... ich glaube, ich kann nicht mehr nach Hause fahren.«

Marc legte den Arm um ihre Schultern. »Du kommst mit zu mir. Ich will dich heute nicht aus den Augen lassen.« Seine Stimme klang fremd, Leah glaubte, daraus die Sorge zu hören, die er um sie gehabt hatte.

»Okay, dann nehme ich den Fiat, oder wie sehe ich das?« Jost streckte ihr die Hand entgegen, sie zog den Autoschlüssel aus ihrer Hosentasche und ließ ihn erleichtert hineinfallen.

»Das ist wohl das Beste. Ich käme heute nirgendwo mehr an.« Sie merkte, wie geschwächt sie sich fühlte, und war den beiden Männern dankbar, dass sie ihr halfen.

»Ich bringe den Wagen morgen hoch zum Gut«, sagte Jost in Marcs Richtung. Der nickte.

Bevor Jost losfuhr, reichte er ihr ihre Handtasche durch das Fahrerfenster nach draußen. Marc öffnete ihr erneut die Beifahrertür des Kombis und hielt fürsorglich ihren Arm, als sie einstieg. Bevor er zur Fahrerseite ging, küsste er sie. Zärtlich, ein Kuss wie eine Umarmung. Er ging zur Fahrerseite, setzte sich hinter das Lenkrad, startete den Wagen und fuhr den Weg zurück und hinauf zu seinem Gut.

Dort führte er sie in ein Schlafzimmer, aber sie war zu matt, um noch irgendetwas wahrzunehmen. Er entkleidete sie bis auf die Unterwäsche, hob sie hoch und legte sie auf das Bett. Sein Geruch umfing sie, und gerade überlief ein wohliger Schauer sie, weil sie erkannte, dass es sein Bett war, da sackten ihr die Lider herunter, und ihr Gehirn beamte sie weg in einen Schlaf ohne Gedanken, ohne Bilder, ohne Träume.

Kapitel 20

Bevor Leah ganz aufwachte, nahm sie einen Geruch wahr, der sie tief einatmen ließ und glücklich machte. Mit einem Kribbeln in der Brust schlug sie die Augen auf. Als Erstes sah sie das leere Kopfkissen neben sich. Aber dieses Mal erschrak sie nicht, denn sie lag in *seinem*, in Marcs Bett. Sie war umgeben von seinem Duft, jede einzelne Pore ihrer bis auf die Unterwäsche nackten Haut nahm ihn auf. Das Kopfkissen und die Decke hielten sie warm und geborgen. Sie ließ den Blick schweifen und betrachtete das Zimmer. Es sah nicht aus wie das eines Ehepaars, sondern es trug die alleinige Handschrift eines Mannes. Am Fenster stand ein Schreibtisch, an einer Wand ein großes Regal mit Büchern und Sammelordnern für Magazine und Broschüren. Das Bett stand mit der Längsseite an der Wand, sie lag auf der Innenseite. Es war ein französisches Bett, nicht so breit wie ein Ehebett, doch mit genug Platz für zwei Menschen, wenn sie eng zusammenlagen.

Sie räkelte sich wohlig unter der Decke. Diese Nacht hatte Marc sie in den Armen gehalten, sie konnte ihn beinahe noch spüren.

Plötzlich bemerkte sie, wie dringend sie zur Toilette musste. Wo war das Badezimmer? Und wo war ihre Kleidung? Sie stand auf und fand ihre Hose, Bluse und Strickjacke auf dem Schreibtischstuhl. Sie griff danach und schlüpfte hinein, weil sie nicht in Unterwäsche auf die Suche nach dem Bad gehen wollte. Sie wusste nicht einmal, in welchem Stockwerk sie war. Waren sie gestern Abend Treppen hinaufgestiegen? Und wo war Marc?

Leah suchte nach einer Uhr und sah einen Radiowecker auf einem niedrigen Holzkasten neben Marcs Bett. Es war schon nach neun – sie hatte wirklich tief geschlafen. Sie öffnete die Tür, um in den Flur zu blicken. Kurzerhand probierte sie die Tür neben Marcs Zimmer. Ja, ein Bad. Sie beschloss, schnell unter die Dusche zu springen, denn sie wollte alles abwaschen, was sie an den vergangenen Abend erinnerte. Auch wenn sie damit Marcs Geruch von ihrer Haut spülte.

Unter der Dusche stürzten plötzlich die Erinnerungen auf sie ein. André! Sie zitterte, obwohl das Wasser warm an ihrer Haut hinablief. Was für ein Horror! Ihr wurde mit voller Wucht klar, dass er gestern Abend kurz davor gewesen war, sie zu vergewaltigen. Gott sei Dank hatte sie ihn von sich stoßen können. Und dann ... Zum Glück waren Jost und Marc aufgekreuzt, als sie nicht mehr weitergewusst hatte. Wieso hatten sie sie eigentlich gefunden?

Sie musste Marc unbedingt erzählen, wie das mit dem Benzinkanister damals wirklich gewesen war! Hastig spülte sie die Haare aus und stieg aus der Dusche. Sie fand einen Föhn, mit dem sie ihre Mähne oberflächlich trockenpustete, zog ihre Kleidung an und flocht das noch feuchte Haar zu einem Zopf, den sie mit einem knallgelben Haargummi zusammenhielt, der wohl Clarisse gehörte. Zögernd ging sie hinaus. Zuerst sah sie in Marcs Zimmer nach, dort war niemand. Also ging sie zur Treppe, die nach unten führte. Kaum hatte sie die ersten Stufen betreten, tauchte Marc unten auf, dicht gefolgt von Madame Lorent.

»Da ist sie ja«, rief die Haushälterin aus und strahlte. »Wie schön, Sie zu sehen, Leah! Was habe ich mir Sorgen gemacht. Dieser ungehobelte Klotz hat mich gestern Abend einfach nicht mehr nach Ihnen sehen lassen.«

Marc war auf die untere Stufe getreten und blickte Leah entgegen. Seine Miene jagte ihr Glückschauer über die Haut. Nichts als Zuneigung konnte sie daraus lesen. Sein Bernsteinblick war hell und klar, wie sie ihn bisher nur gesehen hatte, als sie so dicht beieinander gewesen waren, wie zwei Menschen es nur sein konnten. Bei Madame Lorents Worten stahl sich ein breites Grinsen auf sein Gesicht, sie konnte das Grübchen in seiner Wange erkennen, und ihr Herz lief über vor Liebe.

»Ich habe ihr gesagt, es geht dir gut und niemand dürfe zu dir außer mir.«

Schon stand Leah vor ihm und strahlte ihn an.

»Und dann bist du sofort eingeschlafen und hast die ganze Nacht durchgesägt wie ein Trupp Holzfäller.«

Madame Lorent beugte sich vor und klatschte ihm mit der flachen Hand gegen den Oberarm. »Das stimmt gar nicht!«

Marc nahm Leahs Hand, und sie gingen zusammen die letzte Stufe hinunter. Er drehte sich zu Madame Lorent. »Woher wollen Sie das denn wissen, hm?«

Sie zwinkerte Leah zu. »Das kann ich einfach nicht glauben.«

»Ich ... ähm ... doch, kann sein.«

Marc lachte laut auf.

»Kommen Sie, jetzt essen Sie erst mal etwas, alles andere findet sich. Die Kinder sind bei Freunden, die stören Sie heute nicht.« Madama Lorent verschwand in der Küche. »Ich bringe gleich den Kaffee, der Tisch ist gedeckt«, rief sie noch.

»Aber die beiden stören mich doch nicht«, murmelte Leah.

Bevor sie ins Esszimmer gingen, zog Marc sie in die Arme. »Ich bin der glücklichste Mensch der Welt, weißt du das?«, flüsterte er und küsste ihre Schläfe.

Die Berührung durchrieselte ihren gesamten Körper. Sie drängte sich gegen ihn. Nie wieder wollte sie ihn loslassen! »Nein, das bin ich.«

Er zog den Kopf zurück und sah ihr in die Augen. In diesem Moment konnte sie sich gar nicht mehr vorstellen, wie es gewesen war, als er sich vor ihr versteckte, als sein Blick sein Inneres vor ihr verbarg.

Eine Tür öffnete sich hinter ihnen. »Ts, jetzt steht ihr ja immer noch da. Ab mit euch ins Esszimmer. Leah braucht einen Kaffee.«

Lachend ließen sie sich los und gingen ins Esszimmer. Der Tisch war für vier Personen gedeckt, die beiden Müslischälchen der Kinder und die Tassen daneben waren leer. Dazwischen standen eine Milchtüte, eine Kakao- und die Müslipackung. Madame Lorent stellte eine Kaffeekanne in die Mitte des Tisches und räumte mit wenigen Griffen die anderen Dinge auf ein Tablett. Quark, Marmelade und verschiedene Wurst- und Schinkensorten standen für sie bereit.

Madame Lorent stützte die Hände in die Hüften. »Ich lasse euch jetzt allein, aber ich will die ganze Geschichte hören, klar? Aus erster Hand.«

Leah musste kichern. »Auf jeden Fall, Madame Lorent. Ich werde Ihnen alles erzählen.«

Sie nickte zufrieden und verließ mit dem Tablett den Raum.

Als Marc sich auf die Eckbank setzte und Leah sich auf den Stuhl am Kopfende des Tisches, erklang ein Geräusch aus ihrem Bauch. Typisch!

Marc lachte schallend. »Es wird Zeit, dass du was in den Magen bekommst, mein hungriges Rotkäppchen.«

Er goss ihnen beiden Kaffee ein, sie nahm sich ein Croissant und griff nach der Schinkenplatte, bevor sie beides an ihn weiterreichte. Sie aßen ein paar Minuten schweigend und sahen sich dabei ununterbrochen an. In Marcs Gesicht spiegelten sich all die Gefühle, die sie selbst spürte, und sie fragte sich, wie er in den letzten Tagen einfach hatte verschwinden können. Auch wenn sie die Hintergründe nun kannte. Nachdem sie noch einen großen Schluck Kaffee genommen hatte, holte sie tief Luft. »Wir müssen reden.«

»Ja.« Abwartend sah er sie an.

»Zuerst einmal: Wie hast du mich gefunden?«

»Ich war im *Kas'Fratz*, das sagte ich dir bereits. Gestern Abend bin ich gegen neun Uhr nach Hause gekommen.«

»Wo warst du überhaupt?«

»Das ist eine komplizierte Geschichte. Ich weiß, ich habe dich verletzt.« Das schlechte Gewissen stand ihm ins Gesicht geschrieben.

»Du warst einfach verschwunden«, sagte sie vorwurfsvoll. Sie fühlte sich an ihr Erwachen am vorangegangenen Morgen erinnert, an den Moment, als sie entdeckte, dass der Wolf sie verlassen hatte, und spürte wieder die Leere. Das schien so lange her zu sein. »Wie konntest du mich nach den Stunden, die wir in meinem

Bett verbracht hatten, einfach ohne eine Nachricht zurücklassen?«

Er griff nach ihrer Hand und hielt sie fest. »Es hatte nichts mit dir zu tun, Leah. Ich musste plötzlich wieder gegen meine Dämonen ankämpfen. Ich hatte geglaubt, ich hätte sie besiegt, bereits nach dem Vorfall auf dem Weinfest. Ich wäre ja beinahe schon da abgehauen, nachdem ich dich mit André gesehen hatte, aber dann habe ich es doch geschafft, zu dir zu kommen. Es war eine wunderbare Nacht, für mich auch. Eine solche Nähe habe ich nicht mehr gespürt seit ...« Er verstummte und blickte sie traurig an. »Seit Biancas Tod.«

»Aber dann bist du trotzdem verschwunden! Warum nur?«

»Wenn ich es dir erklären könnte! Aber das kann ich nicht. Es tut mir so leid, Leah. Und ich kann dir nicht garantieren, dass es nie wieder vorkommt.«

Sie straffte die Schultern. »Es darf nie wieder vorkommen, Marc. Du musst mir wenigstens sagen, wo du bist, damit ich weiß, dass dir nichts zugestoßen ist. Und damit wir dich im Notfall finden können.« Ihr wurde bewusst, dass sie »wir« gesagt hatte und damit sich, Marcs Kinder und Madama Lorent meinte.

»Ja, ich versuche es.« Er blickte zur Seite. »Es ist eine Hütte in einem abgelegenen Waldstück. Ich habe sie vor vielen Jahren mit Christophe entdeckt.«

»Was hast du dort gemacht? Hast du denn nicht gespürt, dass ich bereit war, über alles mit dir zu sprechen? Ich bin für dich da, Marc.«

Er nahm auch ihre zweite Hand. »Ich werde noch etwas Zeit brauchen, das zu begreifen, glaube ich.«

»Und was hast du nun in der Hütte gemacht? Du warst fast einen ganzen Tag weg.«

»Es klingt vielleicht völlig bescheuert, aber ich habe Holz gehackt.« Er verzog den Mund. »Das hat mich geerdet. Dieses Mal ging es schneller vorbei als in den letzten Jahren.« Er deutete ein Kopfschütteln an. »Die körperliche Arbeit, allein im Wald, tut mir gut. Ich komme dadurch wieder bei mir selbst an. Dort habe ich auch kein Netz. Deshalb konntest du mich nicht erreichen. Meine Therapeutin unterstützt diese Vorgehensweise. Sie sagt, alles, was mich wieder zurückholt, ist gut.«

»Aber sie sagt dir bestimmt auch, dass du deine Familie nicht einfach im Unklaren lassen sollst.«

Er lächelte reumütig. »Madame Lorent weiß für den Notfall Bescheid. Und ich sage den Kindern immer, dass sie keine Angst haben müssen. Ich würde sie nie im Stich lassen.«

Leah schnaubte empört. »Madame Lorent weiß Bescheid? Dann hätte sie es mir also sagen können?«

»Das ist mein Fehler, Leah, und ich entschuldige mich dafür! Ich hatte ihr schon vor Jahren eingeschärft, dass sie niemandem etwas davon sagen dürfe, auch keiner lieben Freundin und keinem Freund.« Er zog eine Schulter hoch. »Nicht, dass es vor dir eine Freundin gegeben hätte, für die ich solche Gefühle empfunden hätte.«

Eine Gänsehaut überlief sie. Dann stahl sich ein Erinnerungsfetzen in ihren Kopf. Sie hörte Andrés Stimme, seinen ätzenden Tonfall. »Jeannette und Marc waren zusammen im Bett. Wusstest du das? Haben sie dir das erzählt?«

»Auch nicht für Jeannette?« Die Frage brach aus ihr heraus, bevor sie sie zurückhalten konnte.

Er hielt ihre Hand weiter, und nur kurz zuckte seine Augenbraue hoch. Sein Blick blieb offen. »Für Jeannette? Was meinst du?«

»Ich weiß, dass sie in dich verliebt ist ... war, und André hat gesagt, ihr beide hättet miteinander geschlafen.«

»Behauptet er das? Das stimmt nicht. Ich gebe zu, beinahe hätten wir es getan. Es war eine schreckliche Zeit damals, ich konnte Biancas Tod nicht wegstecken. Jeannette war eine wirklich gute Freundin. Das ist sie immer noch. Es war verlockend, sie tröstete mich und, ja, hat mich verführt. Aber wir sind nicht bis zum Letzten gegangen. Ich konnte es nicht. Irgendwann begriff ich, warum. Weil ich sie nicht liebte. Ich wollte ihr das nicht antun.«

Mit einem schalen Gefühl fiel Leah ein, dass er und sie auch noch nicht bis zum Letzten gegangen waren. Röte überzog ihr Gesicht. »Ach so«, sagte sie matt.

Er beugte sich zu ihr herüber. »Was soll das heißen, warum siehst du mich so an? Leah, was ist los?«

»Ich, wir haben auch noch nicht ...«

Marc legte seine freie Hand an ihre Wange und kam ihr nahe, bis sich ihre Lippen beinahe berührten. »Wir werden aber.« Er kam noch näher, hauchte ihr einen Kuss auf beide Mundwinkel, dann legte er seine Lippen auf ihre und bewegte sie sanft, lockend, sodass sie die Zunge vorschob, um ihn zu kosten. Als wäre der gestrige Abend nicht geschehen, war sie sofort entflammt wie in den Tagen davor. Die Hitze sprang auf ihn über, sie konnte es spüren und riechen. Sein Kuss wurde fordernder, er tat mit seinem Mund Dinge, deren Echo sie tief unten widerhallen spürte. O Gott, sie wollte ihn!

Die Tür öffnete sich, sie lösten sich voneinander und sahen sich mit einem Grinsen an, erhitzt und verliebt wie Teenager.

Madame Lorent stand da, in einen Sommermantel gehüllt. »Ich muss los, zum Einkaufen. Ihr kommt hier ohne mich klar, nehme ich an.« Sie konnte ein zufriedenes Lächeln kaum unterdrücken. Marc nickte, griff nach seinem Brötchen und biss hinein. Sie verließ das Zimmer.

»Also«, nahm Leah den Faden auf, »du bist gestern Abend zurückgekommen. Hast du meine Nachrichten auf dem Handy gefunden?«

»Ja, aber erst später. Die Kinder und Madame Lorent waren aus dem Häuschen, weil ich zurück war. Sie kennen das zwar, aber umso mehr freuten sie sich, weil ich dieses Mal nicht lange weggeblieben bin. Ich, es tut mir leid, aber zuerst kam ich nicht dazu, das Handy zu checken. Ich hatte wirklich vor, mich sofort bei dir zu melden, weil ich mir denken konnte, dass du verunsichert sein musstest, aber, na ja, die Kinder belegten mich mit Beschlag.«

Zu der Zeit hatte Leah noch mit André in der Kneipe gesessen und gedacht, die Welt wäre in Ordnung. Abgesehen davon, dass sie sich vom Wolf im Stich gelassen gefühlt hatte. Sie nickte also. »Ja, verstehe.«

»Ich musste den Kindern noch eine Gutenachtgeschichte vorlesen. Am Ende war es nach elf, bis ich dazu kam, einen klaren Gedanken zu fassen. Da schaltete ich sofort mein Handy ein und fand deine Nachrichten. Du hattest dich mit André getroffen. Das gab mir den Rest.«

Das konnte sie sich allerdings denken nach allem, was sie inzwischen über die beiden erfahren hatte. Sie nickte und trank einen Schluck Kaffee.

»Ich bin sofort losgefahren. Ich wusste, dass Andy sich in dich verguckt hatte. Zwischen ihm und mir, das ist eine komplizierte Geschichte. Ich kann nichts dafür, aber André glaubt seit ewigen Zeiten, ich würde ihm die Frauen ausspannen. Völliger Blödsinn. Bianca und Jeannette haben sich niemals so für ihn interessiert, wie er es sich wünschte. Und du auch nicht, oder?«

»Nein. Das kannst du mir glauben.«

»Mir war also mulmig dabei, dich bei ihm zu wissen. Ich habe ihm nicht getraut. Das war das dritte Mal, dass eine Frau sich für mich interessierte und ihn deshalb abblitzen ließ. Ich wusste nicht, wie er reagieren würde. In der Kneipe wart ihr nicht mehr. Jost sagte, ihr wärt vor längerer Zeit gegangen, wusste aber nicht, wohin. Ich sagte ihm, dass ich mir Sorgen machte, und versuchte sofort, dich zu erreichen. Das Gespräch wurde weggedrückt.«

Leah überlief ein Schauder. Das war gewesen, als André austickte und die SIM-Karte wegwarf. Marc sah ihr an, wie die Erinnerung sie mitnahm, und fasste nach ihrer Hand.

»Jost bekam das mit, und egal, was man über ihn sagen mag und über seine Loyalität André gegenüber – in der Sekunde hat er genauso schnell wie ich begriffen, dass irgendwas nicht stimmte. Er hat seine Freundin allein nach Hause fahren lassen und mich begleitet. Wir haben zuerst ganz Eguisheim abgesucht, deinen Wagen aber nirgendwo gefunden. Also zermarterten wir uns das Hirn, wohin Andy mit dir verschwunden sein könnte. André hatte sein Handy abgeschaltet. Ich suchte in meinen Mails nach deinem Festnetzanschluss und hab dir auf Band gesprochen. Auf einmal habe ich mich an deine beste Freundin erinnert, von der du mir erzählt hattest, Silvie Meise. Den Namen habe ich mir gemerkt, weil ich ihn so witzig fand. Das Örtliche online spuckte ihre Nummer aus, und ich rief sie an.« Er zog kurz die Schultern hoch. »Ups, bei ihr musst du dich unbedingt melden. Sie macht sich Sorgen.«

»Silvie!«, rief Leah aus und wollte nach ihrem Telefon greifen, aber sie hatte ja keins mehr. Plötzlich war sie nervös und zittrig. »Erzähl schnell zu Ende, ich will wissen, wie du auf den Weinberg und die Hütte gekommen bist, aber dann muss ich unbedingt Silvie anrufen, die Gute!«

»Sie hat erzählt, ihr beide hättet über den Brand gesprochen, und sie vermutete, dass du André ausfragen wolltest, weil er damals Zeuge war. So sind Jost und ich fast gleichzeitig auf den Gedanken gekommen, wo ihr sein könntet. Wir sind sofort losgefahren – und den Rest kennst du.«

Sie sprang auf. »Bitte, gib mir ein Telefon. Wir dürfen Silvie nicht auf die Folter spannen, sonst alarmiert sie meine Eltern. Und mir geht es ja gut.«

Marc ging in den Flur und kam mit einem schnurlosen Telefon zurück. »Möchtest du allein sein?«

»Nein, bleib bei mir, bitte.«

Er begann, leise das Geschirr zusammenzuräumen, während Leah Silvies Nummer eintippte. Nach dem ersten Klingeln hob sie ab.

»Hallo?« Sie kannte die Nummer nicht und konnte nicht wissen, wer dran war.

»Silvie, ich bin es.«

»Leah!« Ihr Ruf schallte in Leahs Ohr. »Gott sei Dank! Geht's dir gut? Wo bist du, was ist passiert? Hat Marc Wolfler dich gefunden?«

»Ja, ich bin bei ihm. Alles ist gut. Hörst du, alles ist gut, ich bin gesund. Keiner hat mir ein Haar gekrümmt.«

»Erzähl, was ist passiert?«

»Es ist eine lange Geschichte. Ich mach's kurz. André hat mich entführt, aber Marc hat mich rechtzeitig gefunden. André liegt im Krankenhaus.«

»Hat Marc ihn zusammengeschlagen?«, unterbrach sie Leah.

»Nein, ich war das.« Sie musste grinsen.

»Du warst das?« Sie stieß ein ungläubiges Lachen aus.

»Ja, ich erzähle dir alles, wenn ich zurück bin. Es gibt hier noch vieles zu klären. Sei mir nicht böse, ich möchte jetzt lieber Schluss machen. Okay?«

Nachdem sie aufgelegt hatte, sah sie Marc wieder in die Augen. »Du gibst uns jetzt also wirkliche eine Chance? Rotkäppchen und der böse Wolf werden ein Paar?«

»Aber ja. Du hast mich einfach bezaubert, von Anfang an. Zuerst mit deinen Fragen nach den schwierigen Wörtern, deren Bedeutung wir klären mussten. Weißt du noch? Gras und solche Sachen.« Er lachte, sie genoss den Klang seiner Stimme, die tief in ihr widerzuhallen schien.

»Sag mal, hast du etwas von André gehört?«

»Ja. Jost hat im Krankenhaus angerufen und mir Bescheid gegeben.« Er runzelte die Stirn. »Genau begriffen habe ich nicht, was er mir erzählt hat. André gehe es gut, und er habe von sich aus nach der Polizei verlangt. Ich bräuchte mir keine Sorgen zu machen, und du auch nicht. Er hat die Schuld an allem komplett auf sich genommen.«

Sie sog scharf die Luft ein. »Wirklich? Das hätte ich nicht gedacht. Dann steckt doch noch irgendwo der Kerl in ihm, für den ich ihn zuerst gehalten habe.«

»Wie meinst du das?« Er setzte sich gerade hin und sah ihr unverwandt in die Augen. »Was genau wollte er denn gestern von dir? Ist er ... hat er ...?«

Sie nickte. »Ja, er war betrunken und hat sich da in etwas hineingesteigert. Und, ja, er hat mich bedrängt. Er wollte nicht einsehen, dass ich keine Gefühle für ihn habe. Er hat auch von Bianca und Jeannette gesprochen. Du hast recht, er hält dich für seinen ewigen Widersacher.«

Marc schüttelte den Kopf. »Ich wusste es! Aber du konntest dich wehren?«

»Ja, ich habe ihn von mir gestoßen, und er ist gefallen. Das war kurz, bevor ihr uns gefunden habt.« Sie hielt einen Moment inne, weil sie sich gar nicht vorstellen wollte, wie die Sache sonst hätte ausgehen können. »Das Wichtigste, Marc, das weißt du noch gar nicht.«

Er sah sie an, eine dunkle Braue hochgezogen. Sie streichelte sanft darüber.

»Er hat mir etwas erzählt, das dich von allen Schuldgefühlen befreien wird.«

»Wie meinst du das?«

»Na, ich habe den Eindruck, du machst dir wegen des damaligen Brandunglücks bis heute Vorwürfe, obwohl du es nicht hättest verhindern können.«

Nun war er zurück, der dunkle Vorhang, der seinen Blick verbarg. »Es hätte gar nicht erst so weit kommen dürfen. Wenn ich nicht mit Bianca getanzt hätte, würde Chris heute noch leben. Verstehst du das nicht?«

»Es ist falsch, es so zu sehen. Chris hat dich provoziert. Aber das meinte ich gar nicht, sondern eure Feuerprobe.«

»Du weißt davon? Das war der nächste große Fehler. Ich hätte mich einfach nicht weiter provozieren lassen dürfen. Ich wusste doch, wie Chris tickt, wenn er wütend ist. Ich hätte ihn ins Leere laufen lassen müssen. Einfach meine Klappe halten, anstatt wie ein wütender Wolf mit gefletschten Zähnen zurückzuknurren. Aber ich war außer mir!«

»Ja, aber worauf ich hinauswill: Chris ist mit einem Benzinkanister zurückgekommen, erinnerst du dich daran?«

Marc rieb sich über die Stirn. »Klar. Er ist weggerannt, und ich hab nicht geglaubt, dass er wiederkommen würde. Zu dem Zeitpunkt bin ich selbst erst wieder klar geworden, meine Wut verrauchte. Aber dann ist er zurückgekommen und hat mit dem Kanister herumgefuchtelt. Bianca hat auf uns eingeredet, doch dann ging alles viel zu schnell. Ich wusste nicht, dass Benzin so schnell so tödlich sein kann.«

»Den Kanister hat André ihm gegeben. Dein Bruder wollte tatsächlich weg, aber André hat ihn angestachelt, die Feuerprobe richtig zu machen.«

Marc starrte sie an, sein Unterkiefer klappte herunter. Er schüttelte langsam den Kopf. »Das kann nicht sein. André kam erst später dazu, als der Blitz eingeschlagen war, alles lichterloh brannte und Chris ...« Er schluckte.

»Siehst du, und genau das ist nicht richtig. André hat mir alles gestanden. Er war schon früher da, hat euch beobachtet und gesehen, wie Chris zu eurem Kombi lief. Und dann hat er Chris aufgehalten und ihm den Kanister in die Hand gedrückt. Chris hatte null Chance! Das konntet du und Bianca nicht wissen, außerdem wart ihr in einem Schockzustand. André hatte leichtes Spiel, er hat euch nie aufgeklärt. Er hat es sogar akzeptiert, dass die Leute über dich munkelten. Und dass du dich mit diesem Schuldkomplex ein Leben lang quälen würdest. Verstehst du, Marc? Der Einzige, der Schuld hat, ist André. Du hättest nichts ändern können, gar nichts!«

Er sprang auf. »Unfassbar!«, rief er aus und begann, auf und ab zu laufen. Er raufte sich die Haare, murmelte vor sich hin und schüttelte den Kopf. Dann blieb er stehen und drehte sich zu ihr. »Ich muss mit ihm sprechen! Ich fahre sofort ins Krankenhaus.«

Leah sprang ebenfalls auf. Sie griff nach seinem Arm und spürte das leichte Zittern, das ihn erfasst hatte. Sie war sich nicht sicher, ob es der blanke Zorn war oder eine Art Schock. Wenn man sich über so lange Zeit einen Schuldkomplex zu eigen gemacht hatte, war es vielleicht gar nicht so einfach, wenn er sich plötzlich löste.

»Marc«, sagte sie, ließ die Hand an seinem Arm herunter gleiten, bis sie seine Finger umschloss, dann fasste sie nach seiner zweiten Hand und drückte sie sacht. »Komm zu dir! Ja, du kannst zu André fahren und mit ihm sprechen. Aber nicht heute. Lass die Ereignisse zuerst einmal einsinken.« Sie schluckte. »Ich bin auch noch nicht bereit, dich schon wieder wegzulassen.« Unverwandt sah sie ihm in die Augen. »Bitte, Marc. Versuche, dich zu beruhigen.« Sie zog ihn zu sich heran, und plötzlich löste sich seine Anspannung.

»Komm, wir setzen uns wieder«, sagte sie, er folgte ihr.

»Du hast recht. Aber zur Rede stellen werde ich ihn.«

»Natürlich. Aber nicht heute.«

»Nein, nicht heute.« Dann legte er schweigend einen Arm um sie, er lastete schwer auf ihren Schultern. Aber es war eine süße Last. Sie bildete sich beinahe ein, sie könnte spüren, wie der Felsbrocken von seiner Seele gerollt wurde. Sie beobachtete von der Seite sein geliebtes Gesicht, das zuerst noch den Schmerz zeigte, den er seit dem Tod seines Bruders und seiner geliebten Frau tief in sich vergraben hatte. Ein Zug um seine Brauen verschwand, und sie begriff, dass diese eine, kaum wahrnehmbare Falte, seine Methode war, den Zugang zu seinem Innern zu verschließen. Langsam drehte er ihr das Gesicht zu, und es wirkte entspannt, wie sie es erst einmal gesehen hatte, in einem ihrer intimsten Momente. Wie sehr sie diesen Mann jetzt schon liebte, nach so kurzer Zeit! Die Veränderung, die sich gerade vollzog, ließ ihr Herz hüpfen. Jetzt war Marc ganz bei ihr, so fühlte es sich an. Und sie glaubte daran, dass sie ihn nicht mehr verlieren würde. Das war der glücklichste Moment ihres Lebens.

Epilog

Nur wenige Tage waren vergangen, aber Leah hatte wieder in den Alltag gefunden – nun, mehr oder weniger. Viele wundervolle Stunden mit dem Wolf lagen hinter ihr. Die Liebe zwischen ihnen schien täglich zu wachsen, auch wenn sie sich nicht sahen. Allerdings erwischte sie sich beim Arbeiten immer öfter bei dem Gedanken, dass sie das Übersetzen von überall aus machen könnte. In Marcs Haus gab es noch ein freies Zimmer, das als Büro infrage käme …

Wieder einmal saß sie mit dem Laptop auf der kleinen Dachterrasse und träumte. In den Weinbergen gab es viel Arbeit, die noch mehr würde, wenn die Weinlese erst begann. Was leider bedeutete, dass sie den Wolf nicht so oft würde treffen können, wie sie es gern täte.

Sie konnte nichts dagegen tun, dass Marcs geliebtes Gesicht vor ihrem inneren Auge erschien, wann immer sie einen Moment innehielt. Jedes Mal war ihre Sehnsucht wieder da, egal, wie kurz es erst her war, dass sie zusammen gewesen waren. Und wenn sie seine Augen vor sich sah, hatte sie seinen Geruch in der Nase, seine Stimme im Kopf und musste daran denken, wie sehr er sie in den Momenten erfüllte, in denen sie ganz für sich waren.

Ein Zwitschern kündigte den Eingang einer WhatsApp auf ihrem Handy an. Sie war von ihm! Leah merkte, dass ein Lächeln auf ihrem Gesicht lag, als sie die Nachricht öffnete.

Der Wolf sehnt sich nach Rotkäppchen. Wann sehe ich dich wieder?

Wann immer du willst.

Er hatte ihr gestern gesagt, dass er heute keine Zeit hätte, und sie war sich nicht sicher, wo er war, vermutlich im Weinberg oder in der Kelter.

Rotkäppchen fühlt sich auch einsam

tippte sie in einer zweiten Nachricht und schickte sie ab.

Bist du bereit, dem Wolf zu öffnen?

Das weißt du doch.

Warum stehe ich dann hier vor der Tür und klingle mir die Pfoten wund?

Leah sprang auf. Was meinte er? Erst da hörte sie das Klingeln in der Wohnung. Von der Terrasse aus war es kaum wahrnehmbar. Ihre Hände waren sofort schweißfeucht. Damit hatte sie nicht gerechnet. Sie trug labberige Baumwollshorts und ein Top, das schon bessere Tage gesehen hatte. Und sie war ungeschminkt. Wahrscheinlich war sie auch total verschwitzt, weil auf der Terrasse die Sonne immer ihre volle Kraft entfaltete.

All diese Gedanken flogen ihr durch den Kopf, während sie nach drinnen lief und auf den Türöffner drückte. Sie machte die Wohnungstür auf und lehnte sie an, dann hastete sie ins Bad, um sich schnell Gesicht und Hände zu waschen. Sie sah unmöglich aus! Aber dann, als sie ihre roten Wangen bemerkte, wurde ihr klar, dass der Wolf sie nicht zum ersten Mal so sah. Und hatte er nicht erst bei ihrer letzten Begegnung gesagt, dass er sie so zerzaust unwiderstehlich fand? Schon hörte sie ihn hereinkommen und schnupperte schnell unter ihren Achseln. Sie roch nicht nach Schweiß.

»Leah?« Marcs Stimme löste immer noch dieses Flattern in ihr aus und wirkte bis in ihre verborgensten Regionen. Wahrscheinlich könnte er sie allein mit seiner Stimme zu allem bringen, was er wollte.

»Hier bin ich.« Sie ging aus dem Bad und weidete sich an seinem Anblick. Er trug verwaschene Jeans und darüber ein kobaltblaues, kariertes Hemd mit hochgekrempelten Ärmeln. Seine Haare waren verwuschelt und ungezähmt, und seine Haut wirkte, als hätte sie eine Extraladung Sonne abbekommen. Der helle Bernstein leuchtete wie Gold aus diesem unwiderstehlichen Gesicht heraus. Aber fast noch intensiver strömte sein erdiger Geruch auf sie ein. Verlegen zog sie am Saum ihrer Shorts herum.

»Ich dachte, du schaffst es heute nicht, wegen der vielen Arbeit?«, fragte sie.

»Dachte ich auch.« Er kam zu ihr und zog sie an sich. »Aber ich habe es nicht mehr ausgehalten.« Er küsste sie zur Begrüßung auf die Lippen.

»Ich glaube, ich sehe unmöglich aus«, sagte sie. »Sorry.«

Mit einem Lachen deutete er auf seine Kleidung, die nach Sonne, Luft und Weinbergen roch. »Ich bin auch nicht taufrisch. Aber ich musste dich so dringend sehen, dass es mir egal war, also habe ich einfach die Arbeitsklamotten anbehalten.« Noch während er es sagte, knöpfte er sein Hemd auf.

»Was hast du vor?«, fragte sie und spürte schon wieder die Hitze in sich. Seine Pupillen wurden groß, als er das Hemd herunterfallen ließ. Sein Oberkörper war gebräunt von der Arbeit im Freien. Sie atmete tief ein und ließ ihre Blicke über seine Muskeln wandern.

Er warf einen Blick zur Seite auf ihren Küchentisch, dann schenkte er ihr sein Wolfslächeln. Er wusste, wie er mit ihr spielen musste. »Der Tisch hat die richtige Höhe, glaube ich.«

Allein der Gedanke, was er vorhatte, brachte sie um den Verstand.

»Ist er stabil genug?« Marc hielt ihr auffordernd die Hand hin und zog sie zu sich. Noch in der Drehung umfasste er ihre Taille mit beiden Händen, hob sie hoch, als wäre sie leicht wie eine Feder, und setzte sie auf die Tischplatte. Er stellte sich zwischen ihre Schenkel, beugte sich vor und küsste ihren Hals, während seine Hände unter dem Top ihren Körper erkundeten.

Was er dann mit ihr tat, ließ sie die unbequeme Holzplatte in ihrem Rücken vergessen. Sie konnte den Blick nicht von ihm wenden. Er war unglaublich sexy, wie er da vor ihr stand und die Lust seine Züge veränderte. Was für ein atemberaubender Anblick! Nie zuvor hatte ein Mann sie so geliebt wie er.

Sie verließen ihre Wohnung an diesem Abend nicht mehr, sondern genossen ihre Lust, ihre Liebe und ihre

Körper. Wenn Marc bei ihr war, fühlte sich Leah vollkommen, wie sie es vorher nicht gekannt hatte.

Spät in der Nacht lagen sie auf der Terrasse, auf ihrer Liege unter der riesigen Decke aneinander gekuschelt, und betrachteten die Sterne.

»Weißt du, von meinem Gut aus kann man sie noch viel besser erkennen«, sagte Marc.

Leahs Kopf lag an seiner Schulter, sie spielte mit den Fingern seiner Hand. »Was meinst du?«

»Die Sterne. Wenn wir alle Lichter löschen, können wir sie nachts betrachten. Dort draußen scheinen sie noch heller zu strahlen. Hier stören die Lichter der Stadt.«

Sie nickte.

Er küsste sie auf das Haar, dann griff er nach ihrem Kinn, drehte vorsichtig ihren Kopf, sodass sie das Glitzern seiner Augen erkennen konnte. »Leah, ich möchte, dass du zu mir ziehst. Für immer.«